À PROPOS DE L'AUTRICE

Fascinée par l'Angleterre et l'Écosse médiévales, Terri Brisbin est imbattable sur la généalogie des rois, qu'elle se plaît à mettre en scène dans ses romans. Elle est également présidente d'un cercle littéraire de Washington et prodigue des conseils en ligne à de jeunes romanciers débutants.

L'écossaise insoumise

TERRI BRISBIN

L'écossaise insoumise

Traduction française de
ANNIE LEGENDRE

Les Historiques

HARLEQUIN

Collection : LES HISTORIQUES

Titre original :
THE HIGHLANDER'S INCONVENIENT BRIDE

HARPERCOLLINS FRANCE
83-85, boulevard Vincent-Auriol, 75646 PARIS CEDEX 13
Service Lectrices — Tél. : 01 45 82 47 47 - www.harlequin.fr
ISBN 978-2-2804-6429-1 — ISSN 1159-5981

Composé et édité par HarperCollins France.
Imprimé en février 2022 par CPI Black Print (Barcelone)
en utilisant 100% d'électricité renouvelable.
Dépôt légal : mars 2022.

FSC www.fsc.org MIXTE Papier issu de sources responsables FSC® C159065

Pour limiter l'empreinte environnementale de ses livres, HarperCollins France s'engage à n'utiliser que du papier fabriqué à partir de bois provenant de forêts gérées durablement et de manière responsable.

Prologue

Lairig Dubh, place forte du clan MacLerie.
An de Grâce 1367- an de Grâce 1375 – Écosse

Sheena MacLerie, le regard fixé sur la tapisserie mille-fleurs qui lui faisait face, s'efforçait d'en admirer les riches motifs aux couleurs vives. Mais le sifflement régulier de la lanière du martinet qui s'abattait sur la peau nue de la victime la contraignait à fermer les yeux à chaque fois qu'elle atteignait sa cible.

Pas un seul son, si ce n'est un soupir vite refoulé, ne s'échappait des lèvres du garçon qui recevait son juste châtiment pour avoir poussé dans la rivière l'une des filles du maître de maison.

Sheena aurait voulu crier à son père de s'arrêter, mais n'était-elle pas à l'origine de la punition ? Si elle s'était tenue à l'écart, si elle s'était contentée de jouer avec sa sœur aux toupies ou au cerceau, en fille bien élevée, rien de tout cela ne serait arrivé. Robbie Cameron n'aurait pas eu à subir cet horrible sort.

Oh ! bien sûr, ce n'était pas la première fois qu'il essayait de se débarrasser d'elle. Il ne s'était pas contenté de la jeter à l'eau. Il avait déjà essayé plus ou moins énergiquement de l'écarter des jeux de garçons qui les entraînaient loin de la maison, le frère de Sheena et lui.

La première fois, il s'était débrouillé pour s'esquiver discrètement après lui avoir proposé de l'accompagner dans l'exécution d'une course imaginaire pour laquelle Lady MacLerie n'avait jamais sollicité sa fille. Cela avait valu à Sheena un mortel après-midi enfermée dans le donjon avec sa mère à trier des fils de couleur pendant que les garçons battaient librement la campagne.

Plus tard, alors qu'elle avait acquis une certaine habileté à leur filer le train au cours de leurs escapades, Robbie avait réussi à l'enfermer dans l'un des immenses placards de l'office et il avait disparu pendant des heures. En y repensant maintenant, des années plus tard, Sheena réalisait que, loin d'en être effrayée, elle avait passé là l'une des meilleures après-midi de sa vie. Au lieu de chercher à s'évader de sa prison, elle avait dormi dans une chaude et douce pénombre jusqu'à ce qu'une servante vienne la délivrer.

Son père n'en avait jamais rien su. Sheena s'était plainte à sa mère, qui avait réprimandé Robbie avec sa ferme douceur habituelle et cela ne s'était plus jamais reproduit.

Mais là, devant ce qui pouvait ressembler à une dangereuse imprudence, Connor MacLerie, le chef du puissant clan MacLerie, ne pouvait passer l'éponge. La punition devait être édifiante !

Pourtant, quand, en ayant enfin terminé, son père fit signe aux hommes qui retenaient Robbie de le libérer, des larmes inondaient le visage de Sheena.

Robbie rajusta ses vêtements et salua son tourmenteur avant de s'éloigner. En tant que chef de clan et parrain de Robbie Cameron, Connor MacLerie avait le droit et le devoir de veiller à ce que le jeune garçon respecte la discipline de la maisonnée. Seulement, Sheena ne se souvenait pas d'avoir vu son père traiter quelqu'un avec tant de rudesse. Et elle avait senti la morsure du remords lui entamer le cœur.

— Tu n'as pas le droit de maltraiter une fille, Robbie, martela la voix dure de Connor. Même si…

S'interrompant une fraction de seconde, Connor MacLerie rencontra brièvement le regard de sa fille avant d'achever sa phrase.

— … même si tu juges qu'elle le mérite. Est-ce compris ?

— Oui, milord, marmonna Robbie, l'air aussi peu convaincu que possible.

— Je ne t'entends pas, mon garçon. Répète et regarde-moi dans les yeux !

— Oui. J'ai compris, répéta Robbie d'une voix forte, en affrontant le terrible regard de son hôte.

— Sheena n'est encore qu'une enfant et elle peut être tannante, parfois. Mais tu es tout de même assez grand pour comprendre. Ce n'est pas parce que tu es le plus fort que tu dois en profiter !

Sheena sentit le regard de Robbie l'effleurer un instant, pour se porter ensuite vers les étroites fenêtres puis revenir vers elle. Les beaux yeux bleus l'affrontèrent franchement, et elle y lut tant de haine qu'elle ne put retenir un frisson.

— Oui, milord, répéta le garçon en détournant les yeux. J'ai compris

Il attendit que le maître de maison le congédie d'un signe de tête et s'empressa de détaler. Mais, tandis qu'il quittait le *solar*[1] où la Bête des Highlands avait réuni sa mesnie[2]

1. Dans toute demeure importante du Moyen Âge et jusqu'à une époque avancée dans les demeures bourgeoises et aristocratiques des grandes villes, le *solar* est une pièce aménagée au premier étage de la maison et orientée plein sud. La famille s'y réunit en hiver pour profiter du soleil et de la lumière. (Toutes les notes sont de la traductrice.)

2. Le terme de *mesnie*, utilisé surtout au Moyen-Âge, fait référence aux diverses personnes qui habitent la même maison, qu'elles soient ou non de la même famille. Il s'oppose à la notion de *lignage*.

pour assister au châtiment, malgré ses pas encore un peu vacillants, il avait la tête droite et le regard fier. Sheena aurait voulu courir après lui pour mendier son pardon, mais les mots que prononça ensuite Connor MacLerie l'arrêtèrent net dans son élan.

— Sheena MacLerie ! J'ai deux mots à vous dire. Il me semble que, dans cette affaire, vous n'êtes pas tout à fait innocente. On vous a déjà demandé de laisser les garçons vaquer librement à leurs occupations.

Devant l'expression furibonde de son père, Sheena baissa la tête, le souffle coupé. Quand le maître de céans utilisait ce ton, il n'en fallait rien attendre de bon. Elle opina vivement du chef et s'empressa de détourner les yeux, fuyant le regard d'ambre clair qui la transperçait jusqu'à l'âme.

— Jocelyn, occupe-toi de l'enfant, je te prie. Ce soir, je ne veux pas la voir paraître au souper.

La mère de Sheena se leva de son siège et se dirigea vers la porte sans un mot, s'attendant évidemment à ce que sa fille la suive.

Si le regard fulminant de son père avait rempli Sheena de terreur, l'attitude de sa mère, à la fois si froide et si triste, lui serra douloureusement le cœur. Elle détestait plus que tout la décevoir.

Lady MacLerie gravit, toujours sans mot dire, les escaliers qui menaient aux appartements privés de la famille et s'arrêta devant une des chambres inoccupées. Ouvrant la porte de la pièce obscure, d'où émanait un souffle glacé, elle ordonna d'un geste à sa fille d'y pénétrer.

— Tu resteras ici jusqu'à ce que je vienne te chercher, Sheena. Tu serais bien inspirée d'utiliser ce temps de recueillement pour demander pardon à Dieu pour ta part de responsabilité dans cette affaire. Après tout, Robbie est ici comme un frère adoptif pour Aidan, Lilith et toi.

Et s'il a subi un châtiment aussi humiliant et douloureux, c'est en partie par ta faute.

Sheena sanglotait maintenant ouvertement, incapable de contenir sa peine. Bien sûr, elle était coupable. Mais pourquoi Robbie ne lui prêtait-il aucune attention ? Pourquoi la méprisait-il depuis toujours ?

— Mère, je…

— Non, Sheena. Ne dis rien. Tu me ferais prononcer des paroles que je regretterais plus tard. Entre ici, s'il te plaît. Et tu as entendu ton père. Inutile de réclamer à manger. Tu devras te contenter de pain et d'eau jusqu'à demain.

Le froid qui émanait des dalles de pierre montait le long des membres de Sheena, l'engourdissant lentement comme une statue de glace.

La dame de Lairig Dubh tourna vers elle un regard brillant de larmes. Mais elle ne faiblit pas.

— Entre ! intima-t-elle en montrant du doigt l'intérieur hostile de la chambre. Immédiatement !

Aveuglée par les pleurs, Sheena courut se jeter sur le matelas nu jeté dans un angle, et la porte se referma avec un claquement sinistre.

Quand ses larmes furent taries, elle se remit sur son séant, repoussa ses cheveux en désordre et essuya ses larmes de sa manche, peu soucieuse de l'état de sa toilette.

Puis, assise dans le silence étouffant de cette pièce isolée sous les toits, elle réfléchit à la réaction de ses parents. Et surtout à la haine qu'elle avait lue dans les yeux de Robbie. Jamais plus il ne voudrait avoir affaire à elle. Jamais plus il ne lui adresserait une seule parole, bonne ou mauvaise, jusqu'à la fin de son séjour parmi eux, à Lairig Dubh.

Et le pire de tout cela, c'était qu'elle l'aimait vraiment beaucoup. En règle générale, tant qu'elle ne l'embêtait pas, Robbie était plutôt gentil. Grand et dégingandé, avide d'apprendre tout ce qu'il devait savoir pour devenir un bon guerrier, toujours courtois et respectueux à l'égard de sa mère, il promettait d'incarner un jour le bon chevalier, courageux et noble, que son clan espérait qu'il devienne.

Alors qu'elle-même n'avait d'autre destinée que de rester l'enfant non désirée qu'elle était depuis toujours.

La laissée pour compte.

Le soleil qui filtrait par l'étroite fenêtre la tourmentait de sa clarté radieuse. Avant ce malheureux épisode, elle avait achevé ses tâches du jour et, à l'heure qu'il était, si elle n'avait pas été en train de moisir dans ce trou, elle aurait été dehors à jouer avec ses amis.

Se mettant debout sur son lit, Sheena grimpa sur le coffre pour tenter de regarder par l'ouverture.

En bas, dans la cour, la vie continuait sans elle. Les guerriers poursuivaient leur entraînement au combat, les serviteurs vaquaient à leurs tâches, tout suivait son train-train quotidien comme si elle, Sheena, la fille cadette du seigneur de ces lieux, n'avait jamais existé.

Elle s'apprêtait à redescendre de son perchoir quand elle aperçut Robbie.

Il se tenait immobile dans la pénombre, contre le mur des écuries, sans répondre aux saluts ou aux paroles qu'on lui adressait. Tandis qu'il se dandinait d'une jambe sur l'autre, ne sachant comment apaiser ses souffrances, elle pouvait sentir dans son propre corps le martyre éprouvé par le jeune garçon. Parfois, il s'appuyait d'une épaule contre le mur puis se redressait vivement avec un rictus douloureux.

Et Sheena ne pouvait s'empêcher de grimacer à son tour, sachant ce qu'il endurait par sa faute, à elle.

Il fallait à tout prix qu'elle trouve un moyen de se faire pardonner. Elle ne supporterait pas plus longtemps de lire dans son regard tant de haine.

C'est seulement trois jours plus tard qu'elle put sortir de sa prison. Trois jours à se contenter de soupe et de pain sec.

Elle fut autorisée à descendre dans la grande salle pour partager le souper avec toute la maisonnée.

Mais Robbie n'était pas là, à sa place habituelle au bout de la longue table, loin de la cheminée. Aussi têtue que son père, Sheena attendit patiemment l'occasion de le voir et de lui parler. Il lui fallut patienter encore deux jours pour le rencontrer. Et même alors, il s'obstina à éviter son regard. La porte des écuries s'ouvrit, et Robbie entra tandis qu'elle s'occupait de son cheval préféré. Il passa devant elle sans dire un mot.

— Robbie ! souffla-t-elle à mi-voix. Je voudrais te dire quelque chose.

Comme il continuait à avancer, elle quitta le box pour le rejoindre dans l'allée.

— Je t'en supplie, Robbie… Il faut m'écouter.

— J'ai des choses à faire, rétorqua-t-il sans se retourner ni même ralentir le pas. Laisse-moi tranquille.

— Robbie… Je ne voulais pas que tu sois puni. Pas aussi sévèrement, en tout cas.

Il ne répondit pas tout de suite. Puis, soudain, il fit une brusque volte-face.

— Je t'avais pourtant demandé de me laisser tranquille ! cracha-t-il. Et comme d'habitude, ç'a été plus fort que toi. Il a fallu que tu nous files le train, à Aidan et à moi. Et maintenant, un courrier va être envoyé à mon père et à mon oncle, le chef de clan des Cameron. Et je vais être rappelé à la maison. Par ta faute ! Avec une autre punition… Un bon à rien, un véritable échec ambulant, voilà ce qu'ils diront de moi.

Il se frotta les yeux des deux poings, comme pour empêcher ses larmes de couler.

Quand il lui tourna le dos, ses épaules voûtées, son long

dos maigre et torturé, serrèrent le cœur de Sheena. Et le mot « échec » la frappa en plein cœur. Elle savait l'effet que cela faisait de se sentir imparfait, médiocre, aux yeux de ses parents.

— Mais tout ça, c'est ma faute, Robbie, pas de la tienne !

— Ton père m'a châtié devant tout le monde. Aux yeux de mes parents, ça suffit pour que je sois coupable. On m'a donné le fouet en public. Pour un Cameron, c'est le déshonneur.

Elle le regarda sortir des écuries sans plus rien dire. Qu'aurait-elle pu ajouter ?

Durant les quelques années où, malgré ses craintes, Robbie put vivre encore au manoir, Sheena finit par se convaincre que, pour mieux garder ses distances avec le fils des Cameron, le mieux était de le détester.

Aussi s'accoutuma-t-elle à cette haine sourde qu'elle éprouvait à son encontre. Elle finit même par se convaincre que c'était une haine sincère et justifiée et reporta l'intérêt qu'elle portait aux jeux des garçons sur les chevaux du domaine. En peu de temps, elle gagna suffisamment la confiance du chef des palefreniers pour qu'il lui apprenne tous les secrets du pansage et du dressage des chevaux. Elle put ainsi occuper agréablement son temps sans plus se soucier de ce que faisaient les autres enfants.

Tandis qu'ils grandissaient tous les deux, chacun de son côté, l'antipathie qui les opposait semblait s'accroître à vue d'œil.

Quand vint pour Robbie le moment de rentrer chez lui, à Achnacarry, leurs sentiments l'un pour l'autre n'avaient pas évolué. Ils se vouaient mutuellement une haine farouche et évitaient soigneusement toute forme de rapprochement.

Mais, au moment où Robbie allait enfin quitter Lairig

Dubh, au vif soulagement de Sheena, une grande nouvelle leur fut annoncée.

Ce fut Lady Jocelyn qui s'en chargea. Quand le temps serait venu, à une date décidée en commun par leurs deux familles, Sheena et Robbie seraient mariés l'un à l'autre. Bien sûr, il ne serait jamais venu à l'esprit de Sheena qu'elle pourrait avoir son mot à dire dans le choix de son futur époux. En tant que fille d'un puissant chef de clan, elle n'avait de valeur aux yeux de son père qu'en tant que monnaie d'échange pour établir ou renforcer de brillantes alliances avec les clans voisins. Elle en conclut avec tristesse que cela ne faisait que confirmer le peu d'amour et d'intérêt que ses parents éprouvaient pour elle.

Sa seule consolation, c'était que, Robbie n'étant que le neveu du chef des Cameron, il ne trônerait jamais sur le Haut Siège du pouvoir. Elle ne serait donc pas dans l'obligation de seconder le chef de famille d'un clan d'autant plus difficile à gérer qu'il était nombreux et bien implanté dans la région. Elle n'aurait pas à veiller sur tout une place forte, sur les gens des fermes avoisinantes et même sur le village qui en dépendait, comme il se doit pour l'épouse d'un seigneur ou, pis encore, d'un chef de clan. Il ne lui restait plus qu'à se résigner à la perspective d'épouser un homme qui ne l'accepterait à ses côtés que contraint et forcé.

Un homme qui ne l'aimerait jamais.

Puis leur vint d'Achnacarry une autre étonnante nouvelle. Le père de Robbie avait revendiqué le Haut Siège du clan Cameron et, contre toute attente, par son mariage, Sheena deviendrait l'épouse de l'héritier de ce titre. Terrifiée par une telle perspective, elle priait nuit et jour pour échapper à un destin dont la réalisation conduirait à une révélation publique de ses misérables secrets. Elle priait de tout son cœur pour que, ayant atteint un si haut rang, le père de

Robbie désire maintenant une union plus glorieuse pour son fils.

Elle pria, pria, pria…

Mais il semblait que le Dieu tout-puissant ait d'autres chats à fouetter, car Sheena se trouva bientôt officiellement fiancée à l'héritier des Cameron. Deux ans après le mariage de sa sœur, Lilith, elle reçut l'ordre de se rendre dans la demeure de l'un des clans les plus puissants d'Écosse afin de préparer ses noces.

Chapitre 1

Achnacarry, manoir du chef du clan Cameron.
An de grâce 1377 – Écosse

— Les MacLerie et moi-même avons le désir que ce mariage soit célébré au plus tôt.

Ces mots que Robbie Cameron redoutait d'entendre depuis si longtemps résonnaient dans sa tête comme un glas.

Depuis le jour où ses fiançailles avaient été célébrées sans que nul se soucie de son consentement, il avait soigneusement évité d'y repenser. C'était son oncle, le chef des Cameron à cette époque, qui lui en avait parlé à l'occasion d'une des rares visites de Robbie chez lui pendant son séjour chez les MacLerie. En ce temps-là, les fiançailles n'avaient encore rien d'officiel. Mais, peu de temps après, quand Robert Cameron avait succédé à son oncle à la tête du clan, c'était une affaire entendue.

Comme Robbie n'avait pas encore atteint sa majorité, il n'avait même pas été tenu d'assister à la cérémonie, qui s'était déroulée en l'absence des deux principaux intéressés.

— Le faut-il vraiment ?

Le petit sursaut qu'eut sa mère attira l'attention de

Robbie. Comme ses parents n'avaient jamais ouvertement abordé ce sujet devant lui et que lui-même n'en avait jamais parlé, ils devaient supposer qu'il était d'accord. Ce qui était très loin de ses propres sentiments.

— Y vois-tu une objection, mon fils ? s'enquit Robert Cameron, chef du clan Cameron, d'une voix tranquille.

Son père élevait rarement la voix, et Robbie savait d'expérience que, s'il baissait encore d'un ton, ce serait l'annonce d'une terrible tempête. Un frisson lui parcourut la moelle épinière…

— Eh bien, mon fils ?

À dire vrai, Robbie y voyait beaucoup d'objections, en effet. Depuis l'incident des coups de fouet, qui lui avait infligé une honte publique, des années plus tôt, il avait tout fait pour éviter Sheena MacLerie, et elle était bien la dernière donzelle sur terre qu'il avait envie de prendre pour épouse.

— Oui, Père. J'y vois beaucoup d'objections. Mais rien qui compte vraiment, je suppose, pour annuler les engagements qui ont été pris entre nos deux familles.

Sa mère fit un pas vers lui, le front soucieux.

— Que reproches-tu à cette jeune fille, Robbie ? En quoi pourrait-elle te déplaire ?

— MacLerie m'a parlé d'une querelle de gamins entre vous, dit Robert Cameron. Mais, comme tu as la sagesse de le constater toi-même, rien d'assez grave pour compromettre un accord de mariage, n'est-ce pas ?

Robbie dévisagea son père, bouche bée. Une « querelle de gamins » ? Connor MacLerie n'aurait-il jamais révélé à son allié la disgrâce de son fils, son humiliation devant tous les membres du clan qui habitaient sous son toit ? Dans le code de la chevalerie, le châtiment du fouet n'avait rien d'anodin.

Son père fronça les sourcils, qu'il avait fort roux et broussailleux.

— Y aurait-il un autre problème ? Se serait-il passé quelque chose de grave entre vous, à part cette peccadille ?

Une peccadille ? Est-ce ainsi que Connor MacLerie avait présenté le drame qui hantait Robbie depuis toujours ? Robbie ne se souvenait pas de grand-chose de son premier retour à la maison après cet événement. Son clan avait été agité pendant plusieurs années par son conflit avec les Mackintosh. Quelques coups de fouet pour punir une faute de gamin n'auraient pas retenu longtemps l'attention face aux défis et aux enjeux de la lutte entre les deux clans les plus puissants d'Écosse.[1]

— Non, Père, finit-il par répondre en baissant la tête,

— Robbie, reprit sa mère, nous ne voudrions pas que tu fasses un mariage malheureux. Si vraiment tu as quelque chose à nous dire…

Robbie refoula un soupir. Il n'avait jamais formulé le moindre reproche à l'égard de sa future femme. Et, au vu des espoirs que ses parents avaient fondés sur ce mariage, ce n'était pas aujourd'hui qu'il allait commencer.

— Ne vous inquiétez pas, mes chers parents. J'accomplirai mon devoir vis-à-vis du clan. J'épouserai Sheena MacLerie.

Sa mère eut beau l'étreindre affectueusement, exprimant sa satisfaction et ses encouragements, Robbie perçut dans son regard le reflet de ses propres doutes. Les mariages arrangés, en général pour des raisons stratégiques, étaient chose courante dans les grandes familles d'Écosse. Et plus

1. À partir de 1337, le clan Cameron et le clan Mackintosh vont se disputer les terres de Glenlui et du Loch Arkaig puis entrer en guerre de manière épisodique pendant près de trois cents ans.

encore quand il s'agissait du *tanist*[1], de celui qui allait hériter du pouvoir. C'était l'histoire de sa vie, à elle aussi, et elle ne devait pas être surprise de l'obéissance de son fils. Après tout, ne l'avait-elle pas élevé dans le respect de son devoir et la soumission aux lois du clan ?

Il attendit respectueusement que viennent d'autres questions.

Comme le silence persistait, il demanda :

— Y a-t-il quelque chose d'autre, Père ?

— Oui. La fille des MacLerie va arriver bientôt. Cela lui laissera le temps de s'accoutumer à nous et à nos coutumes avant le mariage.

— Et de renouer connaissance avec toi, Robbie, ajouta sa mère, une lueur d'espoir faisant briller son bon regard.

Son père carra ses larges épaules, toisant son fils d'un air sévère.

— La parentèle suivra dans quelques semaines pour officialiser ce mariage et assister à la cérémonie. Aussi, je te pose de nouveau la question, Robbie. Es-tu toujours disposé à épouser Sheena MacLerie ?

Robbie baissa la tête. C'était la dernière occasion pour lui de dire ce qu'il pensait de ce mariage. Il en était parfaitement conscient. Mais il comprenait où était son devoir. Aussi répondit-il ce que sa loyauté lui dictait.

— Oui, Père. J'épouserai la fille de Connor MacLerie.

Ayant obtenu la réponse qu'il attendait, Robert Cameron administra une large tape sur l'épaule de son fils. Puis il l'étreignit avec toute l'affection un peu brusque dont il était capable.

1. La « tanistrie » est une loi de succession coutumière observée par certaines populations celtes et pictes. Le successeur d'un roi ou d'un chef de clan est choisi du vivant du chef de clan parmi les parents collatéraux. Il est distingué pour son intégrité physique et intellectuelle et ses mérites.

— Parfait. Ton accord me réjouit. Grâce à ce mariage, nous allons pouvoir renforcer notre clan, étendre encore notre territoire et réaliser enfin les rêves de nos pères.

Libérant son fils, Robert Cameron se tourna vers sa femme.

— Elizabeth, tout est-il prêt pour recevoir la fiancée ? Rassurez-vous, ma mie, s'empressa-t-il d'ajouter avec un gros rire avant que son épouse ait ouvert la bouche. Je suis certain que vous avez fait le nécessaire Avez-vous besoin d'un surcroît de serviteurs ? Ou de quoi que ce soit d'autre ?

— Non, mon mari. Tout est en ordre.

Un léger malaise planait dans la salle, comme si tout n'était pas dit. Robbie, pris d'une soudaine appréhension, qui ne faisait que s'ajouter à ses réticences personnelles, cherchait à comprendre.

— Quand Sheena arrive-t-elle ? s'enquit-il quand son père reporta son attention sur lui.

Devoir épouser la femme qu'on détestait le plus au monde requérait un certain délai pour s'y préparer, n'est-ce pas ? Une fois qu'il se serait fait à cette idée, il jouerait sans barguigner son rôle de fiancé.

Mais le large sourire satisfait qui s'étalait maintenant sur la rude figure de son père et la réponse qui s'ensuivit ne firent que confirmer son appréhension.

— Demain après-midi.

— Je… Je vous demande pardon ?

— J'ai dit que Sheena MacLerie sera ici demain. Un messager est arrivé il y a une heure pour nous en informer.

Les épaules de Robbie s'affaissèrent. Décidément, le destin était contre lui. Depuis que son père avait été promu chef du clan Cameron de manière inattendue, la situation avait bien changé. Lui qui espérait rester dans l'ombre, à un rang modeste dans la hiérarchie du clan, voilà qu'il occupait maintenant le devant de la scène, en tant qu'héritier du titre.

Robbie salua ses parents et sortit de la salle. Tant de questions et de doutes se bousculaient dans sa cervelle que, traversant la cour, il alla se réfugier dans les écuries. La dernière fois qu'il avait vu Sheena, à Lairig Dubh, elle entraînait un cheval pour son père. Indifférente au danger, elle avait débourré le poulain avant l'âge et elle circulait, les cheveux au vent, sur les terres du manoir et dans le village sans le moindre harnachement, à califourchon sur sa monture encore à moitié sauvage.

Comme d'habitude, elle n'en faisait qu'à sa tête, se souciant comme d'une guigne des objurgations de son père et des inquiétudes maternelles.

Et malheureusement, bien trop tôt, elle arriverait à Achnacarry et deviendrait son problème. À lui, Robbie Cameron. Son fiancé.

Cette petite peste, comme il l'appelait souvent, devrait apprendre à grandir un peu et à devenir l'épouse d'un futur chef. Plus question de courir par les chemins, sa longue tignasse flottant sur les épaules et la cotte retroussée pour mieux tenir son cheval entre ses jambes.

Robbie s'appuya avec un long soupir sur la barrière de l'enclos occupant un côté de la cour des écuries pour suivre les évolutions d'un jeune cheval.

Sheena MacLerie essaierait certainement de suivre les instructions de ses parents, n'est-ce pas ? Elle ferait de son mieux pour assumer son nouveau statut… Avec un peu de bonne volonté, même une gamine insupportable et têtue devait pouvoir devenir une dame de haut parage.

Du moins, il ne lui restait plus qu'à l'espérer.

Mais il avait été bien placé pendant des années pour savoir de quoi la véritable Sheena MacLerie était capable.

Et, dans les semaines à venir, il s'attendait au pire. Ou du moins, à pas mal de turbulences…

L'estomac de Robbie se contracta tandis qu'il regardait le poulain ruer et donner de l'encolure pour tenter de se libérer du licol et de la selle de débourrage.

Oui, il allait avoir du pain sur la planche. Et sa tranquillité venait de prendre fin.

Demain… Déjà !

D'après ce que lui avait dit l'un des gardes de son escorte, il leur restait une heure de route pour arriver à la forteresse d'Achnacarry. Un jour clair s'était levé, et la journée de voyage s'écoulait sans incident. Personne ne semblait conscient de l'inquiétude que Sheena sentait croître en elle au fur et à mesure que le but se rapprochait.

Après des heures de cheminement tranquille sur le chemin qui les menait vers son destin, Sheena sentit la tension qui l'habitait se communiquer à sa monture, un grand cheval fougueux qu'elle affectionnait particulièrement. Il lui fallait de plus en plus de vigilance pour le retenir au pas ou au petit trot. Pauvre bête ! Lui aussi avait besoin de se dégourdir les jambes. Quand ils arrivèrent sur un terrain plat, à la sortie du Loch Arkaig, Sheena décida de lui laisser un peu la bride sur le cou. Lâchant les rênes, elle fit un petit geste d'adieu à son escorte, et, serrant à peine les mollets, lança son cheval en avant.

L'animal, sans demander son reste, cavala sur le chemin dans un nuage de poussière, galopant de plus en plus vite tandis que sa cavalière, couchée sur son encolure, lui murmurait des encouragements. Incapable de contenir son rire, Sheena s'abandonnait au vent de la course, les yeux mi-clos, jouissant désespérément de ces dernières minutes de liberté.

Avec un peu plus d'attention, elle se serait aperçue plus tôt que la route tournait brutalement sur la droite. Mais il était maintenant trop tard pour ralentir et le cheval chargea avec sa cavalière dans d'épais buissons de ronces aux épines acérées.

Le cheval poussa un hennissement déchirant tandis que les épines s'enfonçaient cruellement dans sa chair frémissante. Sheena sentit les ronces lui déchirer la jupe et les jambes. Elle reprit aussi vite que possible le contrôle du pauvre animal et le dirigea vers une clairière avant de mettre pied à terre. Elle dut attendre l'arrivée de son escorte, faisant patienter Wee en murmurant des paroles apaisantes dans ses oreilles soyeuses, en baisant les beaux yeux humides. Puis, quand deux de ses hommes purent l'aider à maintenir le cheval blessé, elle examina les blessures. Profondes et sanguinolentes, elles nécessitaient des soins urgents.

— Ce n'est pas si grave. Il pourra aller jusqu'à Achnacarry, assura l'un des gardes.

— Merci, Fergus. Alors, pressons-nous d'arriver.

Elle tendit la main au cavalier, posa un pied sur le sien et, s'enlevant avec aisance, s'installa à califourchon derrière lui.

— Milady, prévint l'homme en lui jetant un coup d'œil par-dessus son épaule, souvenez-vous que, là-bas, chez votre promis, ce n'est pas à vous de vous occuper de votre cheval. Ils ont des gens pour ça.

Opinant du chef, Sheena tendit la main à l'autre garde qui lui remit les rênes du pauvre Wee Dubh. Elle savait bien que les choses allaient changer et ce brusque rappel, après l'émotion provoquée par l'accident, suscita en elle un soudain sentiment de panique. Il lui fallut toute sa volonté pour ne pas intimer au dénommé Fergus de tourner bride et de la ramener chez elle, à Lairig Dubh.

Non seulement elle n'aurait plus la liberté de s'occuper de

ses chevaux et de les entraîner, mais elle perdrait également toute autre forme d'indépendance. Il ne lui restait plus qu'à espérer que Robbie et son père voudraient bien considérer qu'il s'agissait de circonstances exceptionnelles. Elle tenait à soigner son pauvre Wee comme elle l'avait toujours fait.

— Nous verrons bien, lâcha-t-elle dans un soupir. Allons-y. Nous n'avons plus de temps à perdre.

Les derniers miles furent plus longs à franchir que prévu, mais Sheen et son escorte arrivèrent enfin au village qu'ils devaient traverser de part en part avant d'atteindre le pont-levis de la place forte. Sur leur passage, hommes, femmes et enfants s'amassaient dans l'étroite rue centrale pour les regarder avec une curiosité non dissimulée. Pas un salut, pas un cri joyeux ne les accueillirent. Des regards froids les suivaient, presque hostiles. Ces gens savaient-ils qui elle était ? La croyaient-ils incapable de monter correctement un cheval et, si besoin était, de soigner ses blessures ? Leur messager n'avait-il pas fait son travail ?

Quand ils eurent franchi le pont-levis, elle s'arrêta à l'entrée de la cour centrale pour repérer les écuries.

— Par là, dit-elle en reconnaissant les bruits et les bonnes odeurs familières.

Sans discuter, Fergus conduisit le cheval blessé dans la cour des communs. Ils avaient à peine eu le temps d'y parvenir qu'un géant roux sortit des bâtiments pour les accueillir. Sans un mot, il s'empara de la bride du pauvre Wee et, lui flattant précautionneusement l'encolure, se mit à murmurer des mots apaisants.

— Chut… mon beau… Là, ça va aller…

— Je… Je suis, commença Sheena.

Mais son interlocuteur la fit taire d'un geste. Se laissant glisser du cheval de Fergus, elle suivit l'homme jusque dans l'un des bâtiments tandis qu'il continuait à caresser le cheval blessé et à lui parler tout en marchant. Un jeune lad ouvrit l'un des box, sur un signe de celui qui semblait le maître des lieux, et Wee se retrouva confortablement installé sur une épaisse litière. Seulement alors, l'homme se tourna vers eux.

— Mon nom est Geordie, milady. Et je suis le maître d'écurie des Cameron. Je vais soigner votre cheval.

— Merci, Geordie, mais je préfère m'en occuper moi-même.

En écho à tant d'audace, une brusque tension s'installa dans le vaste local. D'ordinaire, Sheena le savait bien, les hommes n'appréciaient guère qu'on empiète sur leur territoire et qu'on remette en question leurs prérogatives. Mais elle n'en avait toujours fait qu'à sa tête, du moins quand il s'agissait de chevaux, et elle n'avait pas l'intention de céder.

— Il faudra des points de suture, je le crains, ajouta-t-elle en retirant ses gants et en les tendant à Fergus, qui l'avait rejointe. Surtout là, et là, et là… Et il faudra aussi un onguent cicatrisant. Nous devons en avoir dans nos bagages…

— J'ai ce qu'il faut, dit Geordie d'une voix paisible.

Il ajouta en se tournant vers son aide :

— Va me chercher un seau d'eau chaude. Et ma boîte de soins.

— Je peux préparer un onguent qui…

— Inutile, milady. Quand a-t-il bu pour la dernière fois ?

— Peu avant de se blesser, répondit Sheena en s'accoudant à la porte du box. Que comptez-vous utiliser pour le tranquilliser ? Il ne faut rien de trop puissant. Il risquerait de tomber et de se faire mal.

— « La fontaine coule et le bœuf agit », rétorqua Geordie avec un clin d'œil.

Il ponctua ce qui devait être un dicton local d'un hochement de tête. Il n'avait pas l'intention d'en dire davantage. Comme tous les hommes de l'art, il avait ses recettes et ne tenait pas à les divulguer. Sheena ne put s'empêcher d'apprécier son ton tranquille et ses manières bonhommes. Elle renvoya son garde et se pencha encore davantage.

Respectant les initiatives de Geordie, qui était visiblement à son affaire, elle ne l'interrompit plus tandis qu'il donnait l'ordre à ses aides de préparer une décoction pour tranquilliser le grand Wee Dubh. Elle se contentait d'observer attentivement ses faits et gestes tout en prenant note mentalement des ingrédients utilisés.

— Milady, dit Geordie quand tout fut enfin prêt, si vous voulez bien lui tenir la tête, cela va le rassurer.

S'empressant d'obtempérer, elle entra dans le box et saisit l'animal par la bride. Geordie lui tendit le seau contenant une petite portion d'eau mêlée de poudre odorante.

— Dites-lui de boire, ordonna-t-il d'une voix brève.

— Allez, mon garçon, murmura Sheena à l'oreille de l'animal. Bois gentiment. C'est pour ton bien.

Il fallut plusieurs minutes pour que Wee boive tout le liquide mais, enfin, on y parvint. Et son effet se fit bientôt sentir. Ils aidèrent Wee à s'allonger sur la paille et l'animal reposa enfin, encore éveillé mais calme, sa grosse tête sur les genoux de Sheena. Elle se sentait terriblement coupable et ne partirait pas tant que les soins ne seraient pas achevés.

Le chef palefrenier nettoya soigneusement chacune des plaies avec de l'eau de centaurée puis extirpa une à une les longues épines acérées. Comme on ne pouvait disposer ni de pansement, ni de bandage sur les plaies, il appliqua un onguent cicatrisant qui les aiderait à se refermer. Sheena ne s'aperçut qu'elle pleurait que lorsque le maître d'écurie lui tendit un chiffon propre pour s'essuyer les yeux. Puis il l'aida à se dégager du poids du cheval et, sortant tous les deux du box, ils attendirent que, de lui-même, l'animal se remette sur ses pieds.

— Merci beaucoup, Geordie. Merci pour tout.

— À votre service, milady. C'est une belle bête. Un peu grande pour vous, si j'ose dire.

— J'ai fait naître Wee Dubh dans nos écuries et c'est moi qui l'ai dressé, expliqua-t-elle avec un sourire tremblant.

— Alors, vous savez y faire. Y a pas à dire. Cela n'a pas dû être tous les jours une partie de plaisir.

— Oui, Geordie, je confirme, dit une voix dans leur dos. Cette demoiselle sait s'y prendre. Au moins avec les chevaux…

Sheena reconnut le nouvel arrivant avant même qu'il ne sorte de l'ombre de l'allée centrale. Elle attendit, les yeux clos, qu'il achève sa phrase, sachant d'avance ce qu'il allait dire.

— … avec ses semblables, c'est une autre histoire.

Bien que prononcée d'une voix égale, l'insulte contenue dans ces paroles n'échappa ni à Geordie, ni au petit lad qui se tenait à côté de lui. Un petit rire forcé leur échappa. Quant à Sheena, réprimant une réplique cinglante, elle secoua ses jupes pour en faire tomber les brins de paille.

— Bonjour, Robbie.

— Bonjour, Sheena.

— Dépêchons-nous, dit-il sans perdre son temps en paroles de bienvenue. Mon père attend dans le hall que tu lui sois présentée.

Sheena se tourna vers Geordie.

— Encore tous mes remerciements pour vos excellents soins, Geordie. Je reviendrai plus tard pour prendre des nouvelles.

Puis, sans attendre de réponse, elle posa sa main sur le bras de Robbie et se laissa conduire sans un mot à travers les cours.

Quand ils arrivèrent devant les marches de l'entrée principale, elle articula entre ses dents :

— Toujours le même petit tyran domestique, on dirait.

Sous le coup de la surprise, Robbie trébucha, et Sheena faillit éclater de rire. Seules les circonstances les empêchèrent de se disputer comme lorsqu'ils étaient enfants. Mais elle ne doutait pas qu'il saisirait la première occasion de prendre sa revanche. Et ce n'était pas le temps qui allait leur manquer.

Hélas.

Chapitre 2

Sheena avançait maintenant aux côtés de Robbie, très raide, la main effleurant à peine la manche de son surcot, comme un oiseau prêt à prendre son envol.

— Bienvenue à Achnacarry, Sheena, dit-il entre ses dents.

Il s'attendait à ce manque de respect, même s'il avait espéré que la jeune fille ait un peu gagné en maturité depuis leur dernière rencontre. Lorsqu'ils s'étaient revus à Lairig Dubh, à l'occasion de leurs fiançailles, Sheena avait tout fait pour l'éviter et, quand elle ne le pouvait pas, lors des repas au cours desquels ils devaient siéger côte à côte, ou à l'occasion des différentes réceptions, elle lui lançait des regards hostiles et le gratifiait de coups de coude qui disaient assez son désaccord. Elle avait dû espérer, tout comme lui, que l'accession de Robert Cameron au titre de chef du clan annulerait ce projet de mariage. Malheureusement, les deux familles avaient confirmé les fiançailles et décidé de concert de la date du mariage.

— Et t'es-tu bien reposée de ton voyage ? s'enquit Robbie tandis qu'elle retirait sa main sans lui faire face.

— Je t'en prie, ne prétends pas que cela t'intéresse.

— Ce qui m'intéresse, Sheena, c'est le manque de respect dont tu fais preuve à l'égard de mes parents en les faisant attendre trop longtemps, rétorqua Robbie en lui faisant face, les mains sur les hanches. Cela fait un bon bout de temps qu'ils sont là, dans la grande salle, prêts à te souhaiter la bienvenue, pendant que tu préfères t'occuper de ton cheval.

Les yeux de Sheena brillèrent d'indignation.

— Il est gravement blessé ! Je suis certain que tes parents comprendront.

Il ignora l'inquiétude sincère qui faisait vibrer sa voix.

— Mais tu ne leur as pas demandé leur avis, n'est-ce pas, Sheena ? Comme d'habitude, tu n'en fais qu'à ta tête. Et que les autres aillent au diable !

Les mots étaient sortis tous seuls. Et ce dont Robbie l'accusait était si près de la vérité… Comme pendant toutes ces années.

Quand son père lui avait confirmé son futur mariage avec Sheena MacLerie, il s'était efforcé de refouler toute la rancune qu'il éprouvait à l'égard de la jeune fille. Mais la colère qui avait fait irruption en lui en trouvant Sheena aux écuries, perdant un temps précieux avec son cheval, pendant que toute la mesnie l'attendait, lui disait assez qu'il avait échoué. Il prit un malin plaisir à la pousser encore davantage dans ses retranchements.

— Et comment ce cheval s'est-il blessé, Sheena ? Peut-on le savoir ?

L'air coupable de son interlocutrice le confirma dans ses soupçons. Elle avait ses responsabilités dans l'accident. Qu'importait si autrui payait les pots cassés !

Secouant la tête, il constata d'une voix lente :

— Je vois que tu n'as pas changé. Allons-y, ajouta-t-il en la prenant par le bras. Mes parents attendent.

Le garde ouvrit la porte à double battant et ils pénétrèrent dans la salle.

Leurs yeux s'habituant peu à peu à la pénombre, trouée ici et là par la lumière des torches dansantes, ils se frayèrent un chemin entre les tréteaux où étaient attablés les commensaux, jusqu'au dais sous lequel siégeaient les maîtres de maison et leurs proches.

Ils s'arrêtèrent devant l'estrade et Sheena adressa aux parents de Robbie la révérence de rigueur. En l'observant de côté, Robbie nota en elle des changements auxquels il n'avait pas encore prêté attention. L'enfant insupportable s'était transformée en une gracieuse jeune fille au maintien et à l'éducation irréprochable. Enfin... À peu de choses près. Il n'oubliait pas le temps insensé qu'elle venait de passer avec son cheval...

— Bienvenue chez nous, Lady Sheena, dit sa mère en saluant leur invitée d'un gracieux signe de tête.

La châtelaine d'Achnacarry ajouta avec un geste aimable :

— Venez donc vous asseoir à notre table.

Robbie, la main sous le coude de la jeune fille, l'aida à gravir les trois marches. Mais, quand ils parvinrent aux places qui leur étaient réservées, près des maîtres de maison, Sheena eut un geste tout à fait inattendu. Dégageant son bras, elle se tourna vers Lady Elizabeth et plongea dans une gracieuse révérence.

— Je vous demande de bien vouloir me pardonner, Lady Elizabeth, dit-elle en baissant la tête. En vous faisant attendre, vous et votre mesnie, je me suis montrée fort discourtoise. Et je ne suis guère présentable pour siéger à vos côtés, ajouta-t-elle en ramassant ses jupes autour d'elle pour en dissimuler les souillures dues à la boue des chemins et aux soins apportés à son cheval... Je comprendrais fort bien que vous me demandiez de me retirer.

Lady Elizabeth regarda son invitée, médusée. Chose très rare chez Lady Elizabeth MacSorley, connue pour son esprit alerte et son art de $1a repartie. Même le père de Robbie parut surpris.

— Non, Sheena, dit enfin Elizabeth. Je vous en prie. Vous êtes la bienvenue chez nous. Et nous comprenons votre fatigue et votre inquiétude après un tel voyage, hélas ponctué de ce malheureux accident.

Comme par magie, la tension se dissipa aussitôt autour de la table, et Lady Elizabeth leur fit signe de prendre place. Robbie s'apprêtant à s'asseoir à côté de sa mère, celle-ci l'arrêta d'un geste avec un aimable sourire.

— Laisse plutôt la place à Sheena, mon garçon, afin que nous fassions plus ample connaissance, ta fiancée et moi.

Quand ils furent tous installés, les serviteurs apportèrent des plats chargés de viandes[1] diverses, poisson entier, gibier et volailles rôtis, agrémentés de verjus ou de sauces aux baies parfumées, légumes arrosés de sauce au miel ou au safran, qui firent gronder doucement l'estomac affamé de Sheena. Robbie, qui savait ce qu'on attendait de lui, remplit l'assiette de sa voisine de tranches de rôti et d'un assortiment de topinambours, raves et haricots verts, chacun accommodé de manière différente. Tout en le remerciant d'un signe de tête, sa voisine évitait soigneusement son regard.

Au cours du repas, Lady Elizabeth sut poser différentes questions sans se montrer intrusive ni gêner la fiancée de son fils de quelque manière que ce soit. Robbie écoutait et observait, désireux d'en apprendre davantage sur celle qui, dans peu de temps, allait devenir sa femme.

Quand ils en arrivèrent aux douceurs qui, ici comme ailleurs, marquaient la conclusion du repas, Lady Elizabeth reprit la parole.

— Sheena, ma chère enfant, j'ai invité notre cousine, Lady Glynnis MacLachlan, à habiter avec nous. Elle sera votre demoiselle de compagnie. Vous avez le même âge et elle vous sera d'une grande aide lors de vos débuts ici.

Glynnis, d'humeur douce et accommodante et d'une

1. Le mot « viande » désignait à l'époque toute forme de nourriture : fruits et légumes, céréales, laitages, produits de la chasse, poissons, etc.

éducation parfaite, serait la compagne idéale pour Sheena. La jeune fille inclina la tête et elles échangèrent un sourire. Bien que Robbie ait soupçonné un moment qu'on lui réservait Glynnis pour épouse, il n'éprouvait pour elle qu'une réelle admiration teintée d'affection. Quand elle regarda dans sa direction, il lui sourit.

Il s'apprêtait à accompagner Sheena dans sa chambre quand sa mère lui fit signe de se rasseoir.

— Je suis certaine que Glynnis se fera un plaisir de montrer ses appartements à ta fiancée, mon fils. Sheena, ma chère enfant, si vous avez besoin de quoi que ce soit, n'hésitez pas à nous le faire savoir.

La jeune fille remercia d'un signe de tête et, comme elle ouvrait la bouche pour prendre la parole, Robbie serra les dents. Sûrement, maintenant qu'elle avait repris des forces, la fille de la Bête des Highlands n'allait-elle pas manquer de montrer sa vraie nature. D'ordinaire, elle avait plutôt tendance à parler d'abord et à réfléchir après.

— Permettez-moi de vous rendre grâce pour toutes vos aimables attentions, milady. Je suis certaine que mon appartement sera parfait et que Lady Glynnis sera pour moi une bonne compagne.

De nouveau, elle gratifia la maîtresse de maison d'une révérence, salua Robert Cameron d'un gracieux signe de tête et pivota sur elle-même pour suivre Glynnis, qui la précédait déjà dans le hall.

Robbie suivit les deux jeunes femmes du regard, comme la plupart des convives, jusqu'à ce qu'elles aient disparu dans le hall. Et, quand le brouhaha des conversations reprit, il se surprit à s'égarer dans de perplexes méditations.

Il avait tout de même grandi avec cette fille. Il la connaissait sur le bout des doigts. Il avait pu faire en elle la part du bon grain et de l'ivraie, et malheureusement cette dernière prenait trop souvent le dessus. Pourtant, il ne reconnaissait pas Sheena MacLerie dans la jeune lady avec laquelle il venait de souper.

La voix grave de son père le tira de ses pensées.

— Sheena a beaucoup changé depuis la dernière fois que nous l'avons vue… Elle ressemble beaucoup à sa mère au même âge.

Robbie se pencha un peu pour rencontrer le regard de Lord Cameron.

— Vous avez connu Lady MacLerie, Père ?

— Jocelyn MacCallum était en âge de se marier et d'un statut tout à fait convenable quand mon père a commencé à me chercher un parti…

Avant de poursuivre, Robert Cameron jeta un coup d'œil à sa femme, dont un fin sourire étirait les lèvres, puis revint à son fils.

— Aimable projet, quoiqu'un peu au-dessous des ambitions du maître de Tor. Pas vraiment jolie, mais il y avait quelque chose dans son regard…

— De la bienveillance ? suggéra Lady Elizabeth d'une voix douce. Une intelligence particulière ? De l'esprit, peut-être ?

Robbie considéra un instant avec stupéfaction le tour qu'avait pris la conversation. Voilà que ses parents discutaient des mérites de la femmc que son père aurait pu prendre pour épouse ! Mais les mariages étaient d'abord des unions d'intérêts où se mêlaient le pouvoir, l'argent et les terres, avec leurs bétails et leurs ressources naturelles. C'était le meilleur moyen de sceller des alliances, y compris parmi les pires ennemis.

— Quelque chose… que je ne saurais définir, continua Lord Cameron, songeur.

Et il conclut avec un dernier regard vers l'endroit où avaient disparu Sheena et Glynnis :

— En tout cas, ce quelque chose est aussi présent dans sa fille. Il y a en elle…

Avant que sa mère ait pu ajouter quoi que ce soit, Robbie entendit les mots jaillir de sa propre bouche.

— Quelque chose de… diabolique, peut-être ?

— Robbie ! protesta Lady Elizabeth. Je t'en prie, mon garçon. Il n'est pas bon que nos gens t'entendent manquer de respect à ta fiancée… Même si vous ne vous êtes pas toujours bien entendus dans votre enfance, elle et toi, tu as tout de même accepté de l'épouser.

Elle planta son regard dans le sien tout en lissant soigneusement la nappe du plat de la main :

— N'est-ce pas, mon fils ?

Soudain, Robbie se sentit redevenu le gamin de six ans surpris les doigts dans le pot de confiture.

— Oui, Mère. Bien sûr. Il n'est pas question de revenir là-dessus.

— Abandonne tes vieux ressentiments et partons sur de nouvelles bases. Laisse-lui seulement un ou deux jours pour s'habituer à son nouvel environnement et se rassurer sur la santé de son cheval. Les choses s'arrangeront d'elles-mêmes entre vous.

— Je lui ai demandé de ne plus passer son temps aux écuries. Nous avons bien assez de personnel pour s'occuper de ce fichu animal !

— Quelqu'un d'autre que nous t'a entendu lui dire cela ?

La voix de Lady Elizabeth n'était plus qu'un murmure. Elle conclut en se levant :

— Franchement, mon fils, cela manquait singulièrement de diplomatie…

Elle ajouta à l'intention de son mari :

— Robert, mon ami, je vous laisse régler ce petit problème. Il me semble difficilement acceptable que notre fils se comporte ainsi à l'égard de celle qu'il doit épouser.

Puis, suivie de près par sa dame de compagnie, elle s'éloigna si prestement que personne ne songea à se lever pour saluer son départ.

Sitôt que son épouse eut quitté la salle, Sir Robert demanda à l'un des valets de leur apporter un flacon d'*uisge beatha*[1] plutôt qu'un supplément de bière. Robbie comprit qu'il fallait se préparer à un long discours.

Quand le chef des Cameron eut avalé une longue rasade de l'odorante boisson, Robbie se contentant lui-même prudemment de deux gorgées, il asséna une bonne claque sur l'épaule de son fils.

— Peut-être aurions-nous dû parler de tout ça plus tôt, mon garçon…

Robbie retint un soupir. Un seul flacon d'*uisge beatha* pourrait bien ne pas se montrer suffisant…

Et, de fait, il ne le fut pas.

— Allons-nous commencer à défaire vos malles, milady ? Ou préférez-vous prendre un peu de repos après votre voyage ? s'enquit Glynnis, souriante.

La jolie jeune fille au parler aimable l'avait guidée dans les escaliers jusqu'à sa chambre et attendait maintenant près de la porte que Sheena manifeste sa volonté.

Sheena baissa un regard navré sur la robe, désormais maculée de sang séché et de potions diverses, que sa mère avait fait confectionner en l'honneur de la présentation de sa fille aux Cameron et que Sheena avait ruinée en s'occupant de son cheval. Il fallait rendre hommage à l'ouverture d'esprit de Lady Elizabeth, qui avait eu l'indulgence de la laisser s'asseoir à sa table dans une telle tenue. Elle

1. En gaélique, l'*uisge beatha* désigne une eau-de-vie obtenue par la macération de baies sauvages.

poussa un soupir désolé. Jamais elle n'aurait la grâce et la gentillesse de Lady Elizabeth et Lady Glynnis.

— Zabel, apportez un broc d'eau chaude et des serviettes, ordonna Glynnis à la servante qui attendait dans le corridor.

Elle ajouta en se retournant vers Sheena ;

— Je vais tâcher de vous trouver là-dedans de quoi vous changer. Cela vous laissera le temps de décider de ce que vous voulez faire après un brin de toilette.

Quelques instants plus tard, Sheena se retrouvait assise au pied de son lit, propre comme un sou neuf et revêtue d'une confortable robe d'intérieur. Sans rien demander, Zabel s'était mise à lui brosser les cheveux et les nattait pour la nuit.

Glynnis renvoya la servante avec la robe souillée et se retourna vers Sheena.

— Je peux me retirer, si vous le souhaitez.

Sheena plongea son regard dans les beaux yeux bruns qui éclairaient un joli visage en forme de cœur. D'où pouvait venir tant de bonne grâce et de patience ? Comment se faisait-il qu'elle-même en soit si dépourvue ? À quoi pensait le Seigneur en la dotant de si peu de qualités à sa naissance ?

— Je n'ai pas encore sommeil, déclara-t-elle en se laissant glisser du haut lit.

— Comme je vous comprends, milady. Tant d'heureuses perspectives sont à venir. Vous devez être folle de joie à l'idée de venir vous installer chez nous pour devenir l'épouse de Robbie. Tant de nouveautés ! Autant de motifs d'excitation, bien sûr !

Sheena n'avait pas la moindre intention de détromper la jeune fille.

— M'aiderez-vous à défaire mes malles ?

Plusieurs coffres et une haute armoire s'alignaient le long des murs de la vaste pièce. Il fallut peu de temps aux deux femmes pour sortir les vêtements de la future mariée. Elles les disposèrent sur les coffres, laissant le soin à Elen, la chambrière de Sheena, et à Zabel de leur apporter les soins dont ils avaient besoin pour retrouver leur fraîcheur.

C'est seulement quand elle enveloppa d'un regard satisfait ses malles vides que Sheena sentit sa fatigue.

Elle remercia Glynnis d'un grand sourire.

— Je vous rends grâce pour votre aide, Glynnis. C'est tellement apaisant de s'endormir quand tout est en ordre.

Sa dame de compagnie plongea dans une profonde révérence.

— Tout le plaisir est pour moi, milady.

— Appelez-moi Sheena, je vous prie. N'allons-nous pas devenir cousines par mon mariage ?

— Volontiers, Sheena. Je vais vous laisser vous reposer, maintenant. Lady Elizabeth nous a demandé de vous laisser dormir tout votre soûl, demain matin. Zabel vous apportera de quoi vous restaurer et vous pourrez prendre un bain. Les valets apporteront le nécessaire.

Sheena hocha la tête avec un sourire contraint. Tout avait été fait en sorte que son confort et son repos soient assurés. Exactement comme elle était supposée elle-même y veiller pour ses propres invités, et comme sa mère avait appris à sa sœur Lilith à le faire. Mais elle ? Serait-elle capable de faire aussi bien quand elle serait mariée ? Pourrait-elle tenir une si vaste demeure quand elle ne savait même pas se tenir elle-même ?

Glynnis, qui l'observait, une ride creusant son joli front blanc, interrompit ses pensées.

— Avez-vous encore besoin de quelque chose, Sheena ?

Et comme celle-ci secouait négativement la tête, elle précisa encore :

— Dans la matinée, je viendrai vous chercher pour

vous faire visiter le reste de la maison. Je suis sûre que vous finirez par l'aimer autant que moi.

Et, sans rien ajouter, elle se glissa furtivement dehors. Sheena n'entendait plus que sa propre respiration dans le silence de la chambre. Elle éteignit toutes les lampes, excepté celle qui était posée sur le coffre, à côté de son lit. Puis elle retira sa cotte de dessous, passa sa longue chemise de nuit, que Zabel avait disposée au pied de son lit. Elle dénoua ensuite le ruban qui retenait sa natte et déploya ses cheveux sur ses épaules.

Elle allait se glisser entre les draps réchauffés par une bassinoire, quand on frappa doucement à la porte.

Bondissant de son lit, Sheena courut pieds nus sur les dalles glacées pour aller ouvrir. Était-ce Zabel qui venait s'enquérir de ses besoins pour la nuit ? Ou Glynnis, peut-être, qui avait encore quelque chose à lui dire ? Quand elle vit Robbie, un Robbie au visage rouge et aux yeux brillants, qui se dandinait sur le seuil d'un air contraint, elle se figea, stupéfaite.

— Sh… Sheena, balbutia-t-il.

Il dut s'arrêter pour se retenir au chambranle. Puis il reprit :

— … Sheena je ne veux pas te déranger, mais…

Elle le parcourut de la tête aux pieds, et un détail absurde capta son attention. Robbie avait décidément de bien beaux cheveux ! Il les portait plus longs que lorsqu'il vivait chez elle, à Lairig Dubh, et ils descendaient maintenant jusqu'à ses épaules en une épaisse toison aux boucles noires. Pendant le repas, il les avait noués d'un lacet de cuir, dégageant ainsi ses mâchoires bien dessinées et son cou puissant. Il avait aussi beaucoup grandi et la dominait d'une bonne tête.

Fascinée par le reflet des chandelles, elle se perdit un

instant dans le bleu foncé de ses yeux ; décidément, Robbie était charmant quand il souriait.

Bah ! Quelle réflexion stupide ! Elle secoua la tête.

Comme son visiteur impromptu ne disait plus mot, Sheena s'écarta pour le laisser entrer.

— As-tu besoin de quelque chose, Robbie ? Il est très tard, sais-tu ?

La plus étrange des expressions couvrit le visage de son visiteur. Il déglutit à plusieurs reprises, se rattrapa de nouveau au chambranle pour ne pas tomber, et son regard bleu la parcourut lentement. Quand leurs yeux se rencontrèrent de nouveau, il bafouilla quelques paroles confuses.

— Je voulais te dire que… Euh… En hôte très honoré… Euh… Il me revient de te dire que, en tant que promise du *tanist* du clan Cameron… n'y a aucun endroit du domaine et du village qui… que… Je veux dire, aucun lieu qui te soit interdit.

Sheena n'y comprenait goutte. Robbie avait bu et il était venu lui délivrer un message qui lui tenait à cœur. Mais lequel ?

— Que veux-tu dire, Robbie ?

Il s'éclaircit la gorge à trois reprises. Décidément, l'homme qu'il était devenu tenait mal l'alcool. Il faudrait s'en souvenir.

— Shee-Sheena… J'ai fait dire à Geordie que tu pouvais t'occuper de ton cheval autant que tu le désires, lâcha-t-il d'une traite.

Et sur ses mots, tournant les talons, il recula dans la pénombre du corridor. Penchant la tête, elle regarda sa haute silhouette vacillante s'éloigner à la lueur des torchères. Serait-il seulement capable de retrouver sa chambre ?

Un juron résonna entre les murs de pierre puis une porte claqua.

Rassurée, Sheena rentra chez elle et grimpa de nouveau

dans son lit, aspirant à un repos bien mérité. La chaleur de l'épaisse couette de plumes et l'épaisseur du matelas auraient dû conjuguer leurs effets pour la faire sombrer dans un profond sommeil. Et pourtant, elle restait éveillée, nageant entre la veille et les songes, habitée par les événements du jour et l'inquiétude de l'avenir.

Robbie avait été un adolescent remuant, amateur d'aventures et de mauvais coups dans lesquels il entraînait le frère aîné de Sheena, Aidan. Bien qu'ils aient reçu tous les deux les leçons d'un clerc de l'abbaye voisine, celui-ci avait dû user d'une énergie particulière pour les faire se concentrer sur les chiffres et les lettres. Ils avaient surtout appris à se battre, avec les poings et avec toutes sortes d'armes, à monter à cheval et à se livrer à diverses acrobaties.

Bref, Aidan et lui étaient vite devenus inséparables.

Et le seul tort de Sheena avait été d'apprécier Robbie plus qu'elle ne l'aurait dû. Et d'avoir voulu faire partie de leur cercle.

Sa petite sœur, Lilith, apprenait à devenir une dame. Sheena aurait dû en faire de même. Mais sa mère était très occupée entre ses obligations familiales et les soins à apporter au vaste domaine ainsi qu'aux nombreux membres du clan MacLerie.

Ce qui laissait à Sheena beaucoup de temps libre, principalement pour suivre les garçons à la trace en espérant faire partie de leurs jeux.

Bien que l'incident de la baignade forcée que Robbic lui avait infligée eut enfin attiré l'attention tant désirée de son père, il n'avait pas eu les conséquences qu'elle espérait. Il avait abouti au châtiment public de Robbie et avait fait naître dans le cœur du garçon une haine tenace à son encontre. En quoi il n'avait fait que confirmer à la fillette ce qu'elle savait déjà. Qu'elle ne valait pas grand-chose.

On ne pouvait décidément ni lui faire confiance, ni

l'aimer. On pouvait même se demander ce qu'elle faisait sur cette terre, vivante et en bonne santé, alors que sa mère avait failli mourir à cause d'elle.

Alors, pour faire bonne mesure, Sheena elle aussi s'était mise à haïr Robbie.

Et ensuite, cela avait été beaucoup plus facile pour elle de le mépriser et de ne plus jamais lui adresser la parole. C'est seulement lorsque ses parents l'avaient informée du mariage qu'ils avaient prévu pour elle qu'elle avait pris conscience de l'impasse dans laquelle elle s'était elle-même enfermée.

Ce projet de mariage allait révéler au grand jour ce qu'elle était vraiment.

Et, une fois de plus, donner l'occasion à son père de regretter de lui avoir donné la vie.

Chapitre 3

— Vot'p'tit gars est encore un peu faible, milady, l'informa Geordie en se présentant devant le box de Wee Dubh, à qui Sheena rendait visite. Mais c'est un costaud. Il ne va pas tarder à retrouver son brillant. Sacrée belle bête, et qui doit valoir la peine d'être montée. Pourquoi vous l'avez appelé comme ça, c'est un mystère[1] !

— Que reprochez-vous à son nom ? s'enquit Sheena, dissimulant dans les plis de sa robe, pour ménager la susceptibilité du brave homme, le petit pot d'onguent qu'elle avait tiré de ses fontes.

— À dire vrai, milady, j'y trouve rien à r'dire, rétorqua Geordie avec un gros rire. Wee, c'est vraiment son nom ?

— Wee Dubh, à cause de sa taille et de la couleur de sa robe.

C'était en forme de plaisanterie, bien sûr, car dès sa naissance elle avait su que le poulain serait de grande taille. Quant à sa robe, elle était baie, de la nuance la plus claire qu'on puisse trouver, comme la paille de sa litière.

— Bien vu, ma fille ! Euh… Pardonnez-moi… Milady.

1. L'adjectif *wee*, surtout en Écosse, est employé pour désigner quelque chose de « petit », non sans une nuance affectueuse. Dans la langue familière, employé comme adjectif, il fait référence à l'urine (« couleur pipi »).

Il lui adressa un petit salut pour s'excuser mais son bon sourire était toujours là quand il reprit :

— Petit ou grand, clair ou foncé, ce Wee-là sera bientôt sur pied. C'est un costaud.

Le geste qu'elle avait fait pour cacher le liniment avait attiré son œil vif et il ajouta avec un geste du menton :

— On dirait qu'vous lui avez apporté une p'tite récompense.

Sheena lui montra le pot d'onguent.

— Ne m'en veuillez pas, Geordie. C'est toujours ce que j'applique sur ses plaies quand il s'est blessé.

Le maître d'écurie saisit le pot entre ses gros doigts et, faisant sauter de l'ongle le bouchon de cire qui l'obturait, le porta à ses narines.

— Hum. Du camphre et des feuilles de laurier… Le petit laird[1] m'avait prévenu que vous apporteriez quelque chose. Que vous n'y résisteriez pas. C'est comme ça qu'il a dit. Je m'demandais c'que ça pourrait bien être…

Le jeune laird ? Robbie ? Oui, bien sûr, le futur maître, dans quelques années.

— Il tenait à ce que je sache que vous aimeriez suivre l'affaire de près…

Geordie porta de nouveau le pot d'onguent à son nez et le flaira plusieurs longues secondes. Il leva son bon regard bleu et pétillant vers elle.

— Il y a ce qu'j'ai dit et quelqu'chose en plus. J'aurais pas pensé à ajouter d'la grande camomille, à dire vrai. Mais pourquoi pas, ma fille… Euh… Milady. Ça ne peut pas lui faire d'mal, c'pas ?

1. Le laird est le chef de plusieurs *septs* (familles au sein d'un même clan). C'est aussi un grand propriétaire foncier.

— C'est la femme de mon cousin qui me l'a conseillé. Elle s'occupe de notre jardin de simples[1].

— Fort bien, milady, approuva Geordie en hochant la tête. Si vous n'avez pas encore fait connaissance avec not'guérisseuse, ça vaudrait la peine de discuter l'coup avec elle. Vous pourriez lui demander d'me concocter vot'mixture pour mes bestioles. Vous n'aurez qu'à demander Anna Mackenzie, au village.

Ils passèrent l'heure suivante dans un bon compagnonnage, à soigner les blessures de Wee. Geordie avait des décennies d'expérience pour le compte du clan Cameron comme maître d'écurie et soigneur de chevaux mais jamais il ne se permettait de prendre Sheena de haut. Quand Glynnis signala discrètement sa présence, Sheena prit conscience qu'elle avait beaucoup appris.

Elle tapota sa robe pour la débarrasser des débris de paille et de foin et suivit sa demoiselle de compagnie, non sans avoir remercié chaleureusement le vieil homme. Après une journée de pluie et de brume, l'apparition soudaine d'un soleil éclatant était une véritable bénédiction. Rejetant sa lourde natte sur son épaule, Sheena se dirigea vers le châtelet commandant l'entrée en écoutant avec un plaisir amusé le babil ininterrompu de Glynnis.

Tout en marchant, elle prenait pour la première fois conscience de la taille considérable de la place forte et de l'importance du village qui s'étendait du côté de la route. Elle n'y avait pas prêté attention la veille, à son arrivée, mais elle était impressionnée. Glynnis lui donnait des détails sur chaque maison, sur la famille qui l'occupait, sur sa position dans le clan sans que Sheena l'écoute vraiment. Au fur et à mesure, son contentement disparut, elle sentait monter

1. Le « jardin de simples » médiéval est un jardin médicinal, réservé aux plantes qui soulagent et qui guérissent.

en elle une terreur incoercible qui lui serrait la gorge, se muait lentement en une sourde panique.

La perspective de devoir épouser Robbie, malgré l'antipathie qu'elle éprouvait pour lui, alors que son père n'était que le frère du chef de clan et que le rôle qui lui était destiné ne pouvait qu'être modeste, était certes contrariante mais n'avait rien de redoutable. Mais elle venait d'en prendre brutalement conscience : désormais, le jeune homme avait été élu *tanist*, et il était censé hériter du Haut Siège du clan Cameron après son père. En tant que son épouse, Sheena devrait… Mon Dieu, elle devrait… s'occuper de tout cela !

Un voile noir lui obscurcit la vue. Autour d'elle, tout devenait opaque… De plus en plus étouffant…

— Sheena, réponds-moi !

Une tape sur la joue, puis une autre, plus ferme, la tirèrent de son état de stupeur. Le visage de Glynnis, penché vers elle, retrouva sa précision et ses traits, leur finesse.

— Oh ! Glynnis, je…

— Est-ce que ça va ? Souhaitez-vous aller vous reposer dans votre chambre ?

La jeune fille ajouta, posant sa main fraîche sur le front de Sheena puis sur sa joue :

— Grand Dieu, Sheena ! Vous êtes devenue soudain si pâle ! J'ai bien cru que vous alliez perdre connaissance.

— Ce n'est rien. Seulement la fatigue du voyage, la rassura Sheena en se redressant. Je me sens beaucoup mieux.

— Nous ferions mieux de rentrer, malgré tout. Nous achèverons notre visite une autre fois.

Sheena se contraignit à sourire.

— Non, merci, vraiment. Cela va tout à fait bien.

Elles allaient reprendre leur chemin quand un grand jeune homme, au visage d'une beauté sculpturale et au sourire malicieux, s'approcha d'elles. Sheena battit des paupières. Comment était-il permis d'être aussi beau ?

C'était un Cameron, à l'évidence, car il en possédait tous les traits distinctifs, la haute taille bien découplée, les cheveux bruns, le regard clair, le nez fort, pour un homme en tout cas. Et tout cela agencé de sorte qu'il émanait de lui une incroyable séduction. Et, idiote qu'elle était, elle ne pouvait s'empêcher de le dévisager, la bouche ouverte.

Sheena avait beau fouiller sa pauvre cervelle, rien ne lui venait à l'esprit.

— As-tu besoin d'aide, Glynnis ? s'enquit-il gentiment.

La voix grave et musicale du nouveau venu fit vibrer Sheena jusqu'à la moelle. Mais elle ne manqua pas de s'apercevoir qu'il considérait Glynnis avec une prunelle particulièrement caressante. Refoulant les derniers vestiges de son malaise, elle répondit à une question qui ne lui était pas adressée.

— Je vais très bien, merci… Je vous assure, Glynnis. Je me sens parfaitement normale.

— Si vous voulez mon avis, insista le superbe inconnu de cette voix qui la faisait fondre, vous n'en avez pas l'air.

— Iain, l'interrompit Glynnis. Puisque Lady Sheena dit qu'elle se sent bien…

— Lady Sheena ? répéta le beau Iain, la saluant d'un signe de tête. Pardonnez-moi mon audace, milady. J'étais à la chasse, hier, et j'ai manqué votre arrivée, ainsi que le souper, par la même occasion.

Il ajouta, la transperçant de son regard bleu :

— Peut-être devrais-je vous présenter à ma mère. Vous avez vraiment l'air sur le point de vous évanouir.

Glynnis s'empressa d'intervenir.

— Sheena, je vous présente Iain Mackenzie, cousin de votre fiancé et fils d'Anna Mackenzie, notre guérisseuse.

Sheena ne put s'empêcher de remarquer la manière dont Glynnis avait insisté sur le mot « fiancé ». Comme pour leur rappeler à toutes les deux, ou au moins à l'une d'elles, qu'elle était promise à quelqu'un d'autre.

— Geordie m'a parlé de votre mère, Iain. Je serai heureuse de faire sa connaissance, mais, pour l'heure, je n'ai aucun besoin de ses talents.

Un silencieux message sembla passer entre Glynnis et le jeune homme. Sheena se trouva bientôt fermement encadrée puis conduite par une étroite ruelle sur une petite place occupée en son centre par un puits. La maison, située un peu à l'écart, était plus grande que les autres cottages. Avant même qu'ils aient eu le temps de frapper, la porte s'ouvrit sur une grande femme au visage accueillant qui s'essuyait les mains sur son tablier de toile bise. Comme Iain était son portrait craché, Sheena en déduisit aisément qu'il s'agissait d'Anna Mackenzie.

— Oh ! Mais ça ne va pas du tout, s'exclama la brave femme en s'emparant de la main de Sheena pour la faire asseoir. Vous êtes affreusement pâle, ma petite… Entrez, vous, ajouta-t-elle en faisant un signe à son fils et à Glynnis.

Une minute plus tard, Sheena se retrouvait installée à une grande table de chêne. Déjà, son hôtesse choisissait d'une main preste quelques plantes séchées suspendues à une poutre au-dessus de leur tête. Puis elle se dirigea vers le foyer.

Sheena sentait la présence des deux jeunes gens dans son dos, comme deux fidèles gardiens. Bien qu'elle connût à peine Iain, un sourire affectueux dansa fugitivement sur ses lèvres.

L'une de ses plus grandes appréhensions, en venant s'installer dans cette terre inconnue, était de ne pas y avoir d'amis. Mais un coup d'œil par-dessus son épaule la rassura pleinement. Elle n'aurait su dire pourquoi, mais ces deux-là, elle sentait qu'elle pourrait compter sur eux.

Cessant enfin ses allées et venues, Anna posa devant elle un bol fumant.

— Je vous ai vue arriver hier, milady, et j'ai compris tout de suite que vous étiez au bout de vos forces. Je suis contente que vous soyez venue me voir.

Comme Sheena ne touchait pas au bol, elle le poussa doucement vers elle et reprit :

— Cela devrait vous faire du bien. Il y a là-dedans de l'écorce de saule, qui apaise les maux de tête et des membres et de la sarriette, pour vous redonner des forces.

Soulevant le récipient avec précaution, Sheena le flaira d'un nez expert.

— Un grand merci, mistress Mackenzie. C'est si aimable à vous !

La première gorgée envahit ses papilles d'arômes légers tout en répandant dans sa gorge une bonne chaleur. C'était doux à la langue, délicatement parfumé, et délicieusement revigorant. Plus encore, à dire vrai, que l'*uisge beatha* paternelle. Sheena se sentit beaucoup mieux et la coupe fut bientôt vide.

— Iain, n'as-tu donc rien à faire, aujourd'hui ? s'enquit Anna en se tournant vers son fils. Quand tu es parti tout à l'heure, je croyais que c'était pour te rendre au château sur un message de ton père ?

Reportant son attention sur le jeune homme, Sheena s'amusa de voir à quel point, quand sa mère s'adressait à lui, il redevenait le petit garçon qu'il avait dû être il n'y a pas si longtemps. Elle connaissait bien ce sentiment, elle qui avait été la cadette des enfants de la Bête des Highlands, un homme réputé pour avoir achevé nombre d'ennemis de ses propres mains et pour détruire ceux qui osaient s'opposer à sa volonté. Un seul froncement de sourcils de ce terrible père transformait Sheena en petit animal tremblant d'effroi. Sous le regard perçant du terrible guerrier, elle aurait avoué tous les péchés commis par le genre humain depuis le début de la Création.

Iain, quant à lui, se contenta de saluer les deux femmes et se dirigea vers la porte, très droit. Pourtant, il prit encore le temps de s'arrêter devant Glynnis.

— Bien le bonjour, Lady Glynnis.

La seconde d'après, la porte se refermait derrière lui avec un claquement sec. Tout le monde resta un instant silencieux. Puis Anna exhala un long soupir.

— On dirait que c'en est fini du bon petit gars qui me rapportait les animaux de bois qu'il avait sculptés lui-même.

— On dirait bien, en effet, acquiesça Sheena avec un petit rire.

Le petit gars en question était devenu un jeune homme d'une surprenante beauté et qui, présentement, semblait avoir jeté son dévolu sur sa charmante demoiselle de compagnie.

— Il sculpte toujours de fort jolis petits animaux, rétorqua doucement Glynnis.

Quand Sheena lui lança un vif regard, la jeune fille détourna les yeux tandis qu'une imperceptible rougeur teintait ses joues. Sheena reporta son attention sur la mère de Iain, guettant sa réaction, et, curieusement, lut dans le regard de la brave femme un mélange de souci et de regret. Anna hocha la tête en prenant le bol vide des mains de Sheena.

— Il est assez grand pour savoir ce qu'il fait, dit-elle d'une voix sourde. Et déjà bien trop grand pour écouter les conseils de sa vieille mère.

Reportant son attention sur Glynnis, Sheena lut la même expression dans le regard pervenche de la jeune fille.

— Encore merci pour votre hospitalité, mistress Mackenzie. Je me sens beaucoup mieux. Je reviendrai prendre votre avis à propos de l'onguent que j'ai confectionné pour mon cheval. Allons, Glynnis, il est temps de rentrer… Lady Elizabeth doit commencer à s'inquiéter.

Sans attendre la réponse de sa compagne, Sheena la tira par la main jusqu'à la porte. Mais dès qu'elles furent dans la rue principale du village, Glynnis s'arrêta tout net.

— Lady Elizabeth ne nous attend pas, Lady Sheena. Elle a dit au contraire que vous pouviez disposer de cette journée à votre guise.

Sheena croisa ses bras sur la poitrine.

À l'évidence, la parfaite Lady Glynnis MacLachlan, avait été élevée ainsi. Ne jamais élever la voix. Ne jamais contredire. Ne pas faire d'histoires. Ce parangon de vertu ferait ce qu'on lui avait dit de faire sans soulever jamais la moindre objection.

Pourtant, la conversation entre Iain et sa mère, brève mais ponctuée de regards qui en disaient long, semblait avoir plus d'importance qu'il n'y paraissait au premier abord. Même Sheena, nouvelle dans ces lieux, sentait qu'il se passait quelque chose. Mais elle était là depuis trop peu de temps pour en déduire tous les tenants et les aboutissants.

Comme elle regrettait maintenant de ne pas avoir prêté plus d'attention aux explications de sa mère concernant les liens de parenté et les rapports de force au sein du clan Cameron ! En vain Sheena essayait-elle de se rappeler ce que lui avait dit sa mère. Elle laissa retomber ses bras avec un petit soupir frustré.

— Voulez-vous que nous en parlions, Glynnis ?

Le regard de Glynnis s'élargit. Elle semblait à la fois craindre et espérer cette proposition. Mais elle refusa pourtant d'un léger signe de tête. Au moins n'avait-elle pas nié qu'il y aurait eu beaucoup à dire.

— Marchons un peu. Avec tout ce soleil, il serait dommage de ne pas aller jusqu'au loch.

Sheena aurait voulu poser mille questions. Après tout, n'était-il pas légitime qu'elle veuille connaître davantage les gens avec qui elle allait passer le reste de sa vie ? Mais elle n'était encore qu'une étrangère. Elle n'avait pas le droit de perturber une compagne qui n'avait montré que gentillesse et bienveillance à son égard.

Le reste de sa vie… Les mots résonnèrent lugubrement dans la cervelle de Sheena, qui ne put retenir un frisson.

Aussitôt, la main fraîche de Glynnis se posa sur son bras.

— Pardon de ne pas avoir été attentive, Sheena. Cela fait déjà deux fois, au moins, que vous frissonnez. Vous ne vous êtes pas encore tout à fait remise de votre voyage. Et avec cet accident… Il est sans doute préférable de regagner le château.

— Merci, Glynnis. Je suis épuisée, c'est tout. Rien qu'un lit bien chaud et un grand feu ne puissent réparer.

Elles marchèrent en silence. Glynnis l'arrêtait de temps à autre pour lui donner quelques explications.

— Là, c'est le maréchal-ferrant… Et là-bas, à gauche, le boulanger qui cuit le pain, les tourtes et les pâtés pour tout le monde. Là, ce grand carré entouré d'une haie d'osier, c'est le potager que tient mistress Mackenzie pour Lady Elizabeth en sus de celui qu'elle cultive sous les chutes d'eau pour ses simples.

Elle s'arrêta soudain et, pivotant sur elle-même, embrassa le reste du village d'un geste large.

— Le Loch Arkaig et les *Disputed Lands*[1] des Mackintosh

1. Les *Disputed Lands,* ou « territoires contestés » séparaient à cette époque l'Angleterre de l'Écosse. Mais il en existe aussi au nord du royaume, sans cesse disputées par les chefs de clan locaux. C'est seulement au XVIe siècle que le roi James V d'Écosse a disposé d'une armée et d'un pouvoir assez forts pour prendre des mesures contre les clans anarchiques qui se disputaient ces terres et qu'il a pu enfin les annexer au royaume.

sont par-là, à l'ouest. Les autres domaines des Cameron, comme Tor Castle, sont plus au sud et vont bien au-delà du Loch Lochy, jusqu'à la côte.

— Si grand…, chuchota Sheena, sentant de nouveau monter en elle une incoercible panique. Tant de gens…

Elle prit une profonde inspiration. Il fallait absolument refouler toutes ces peurs tapies au fond d'elle… Elle respira encore une fois…

Non, pas maintenant. Pas ici. Il ne fallait pas que ça recommence. Elle ne devait pas laisser ses vieilles terreurs la reprendre…

Pas ici. Pas maintenant.

Pas ici. Pas maintenant !

La main chaude qui se glissa dans la sienne l'arracha brusquement aux griffes aiguës de sa vieille angoisse.

— Venez, Sheena, je vais vous montrer les jardins.

Sans attendre sa réponse, la douce et vigilante Glynnis lui passa le bras autour de la taille et l'entraîna à l'écart des gens, à l'écart des maisons, jusque dans un grand jardin à la végétation exubérante. Partout des rangées de plantes odorantes, de légumes vigoureux, des rosiers croulant sous les fleurs. Quand Sheena regarda autour d'elle, elle vit avec soulagement que le cottage de la guérisseuse les cachait de la rue.

— Mistress Mackenzie est revenue à Achnacarry il y a quelques années, après avoir vécu sur les terres de sa famille dans le Nord. Le père de Iain était un Cameron.

Secouant la tête pour dissiper les brumes qui rendaient ses pensées confuses, Sheena se concentra sur les propos de sa compagne.

— C'était le fils du Vieux Laird, précisa Glynnis, comme si elle n'avait rien remarqué du trouble de sa compagne.

Elles allèrent s'asseoir sur le banc de bois, à côté du puits. Sheena, le regard fixé sur les plates-bandes impeccablement alignées, s'efforçait de retrouver son calme. Bientôt, c'était inévitable, tout le monde à Achnacarry connaîtrait ses déficiences. Elle serait déshonorée à jamais.

Que se passerait-il, alors ? Quand tout le monde serait informé de son état, comment pourrait-elle devenir l'épouse du personnage le plus important du clan, après le chef ?

Chapitre 4

Vers le mitan de la journée, le voile noir qui brouillait la vue de Robbie se dissipa enfin. Il ne grinçait plus des dents à chaque bruit, et nul tambourin ne battait plus la mesure dans son crâne douloureux. Plusieurs clins d'œil et hochements de tête compréhensifs parmi ceux qu'il rencontrait sur son chemin lui confirmèrent qu'il avait passé une bonne partie de la nuit à boire et que tous compatissaient avec lui. Un bon Highlander, à partir d'un âge raisonnable, était familier de cette sensation de « gueule de bois », difficilement évitable après une soirée bien arrosée. Particulièrement quand la très spéciale *uisge beatha* de son père avait coulé à flots.

En d'autres circonstances, il aurait vaqué à ses devoirs comme chaque matin que Dieu faisait depuis qu'il avait été élu *tanist*. Comme surveiller leurs guerriers à l'entraînement ou consulter son père et leur régisseur à propos du nouveau moulin à construire. Ce matin, pourtant, il avait l'esprit peu disposé à ces tâches. Il ne s'était pas présenté au déjeuner et il avait presque atteint les écuries quand son frère le héla.

— Tomas ! s'exclama-t-il en gratifiant son cadet d'une large claque sur l'épaule. Je ne savais pas que tu étais revenu de Tor. Content de te revoir.

— Dieu sait pourquoi, Père m'a demandé de rentrer pour

faire la connaissance de ma future belle-sœur, expliqua Tomas d'un ton bougon. Quoique, à mon avis, ce soit plutôt l'idée de Mère, ajouta-t-il en baissant le ton.

Il pencha la tête de côté, cligna de l'œil et dit encore :

— À moins que cela ne vienne de toi ?

— Pas le moins du monde, rétorqua Robbie, qui savait que, tout comme lui, son frère préférait de loin le vieux château natal de Tor, ses chevaux, ses vastes lices où l'on pouvait les entraîner à l'aise et les nombreux bois alentour. J'ignorais la venue de ma promise jusqu'à la veille de son arrivée ! Mais je suis ravi que tu sois là, mon vieux. Viens que je te montre, conclut-il en indiquant la porte grande ouverte de l'un des bâtiments hébergeant les chevaux.

Tomas longea avec lui la longue rangée de box d'un air plutôt indifférent. Mais, quand il s'arrêta devant celui qui hébergeait le cheval de Sheena, il ne put retenir un long sifflement.

— Waouh ! À qui appartient cette merveille ?

— À ma fiancée.

Robbie ouvrit la porte du box et ils examinèrent l'animal, lui palpant précautionneusement l'encolure, le dos et les membres.

À la grande satisfaction de Robbie, l'état de Wee Dubh s'améliorait à vue d'œil. Il détestait voir un animal souffrir inutilement.

— Te l'a-t-elle apporté en cadeau de noces ? plaisanta son frère. Franchement, mon vieux, je suis jaloux.

— Non, non, mon frère. C'est elle qui le monte.

Tomas, qui examinait les pieds du cheval, se redressa vivement.

— Une fille comme elle, monter ce géant ? C'est de la folie !

Robbie haussa les épaules.

— Ça a failli lui coûter cher, en effet. Et pas plus tard qu'hier…

Le sujet de ces considérations ronfla doucement puis se mit à piaffer. Tomas secoua la tête.

— À mon avis, il donnerait du fil à retordre au meilleur cavalier.

Comme Wee Dubh tournait nerveusement sur lui-même, exposant ses blessures, Tomas interrogea encore :

— Que lui est-il arrivé ?

— Un accident sur le chemin, en venant ici. Un brusque emportement…

— Un taon, peut-être ? Il y en a pas mal par là-bas, dans les marécages.

De nouveau, Robbie haussa les épaules.

— Peut-être…

Le nom de Sheena lui brûlait la langue, car il fallait bien désigner la coupable, mais il ne se résigna pas à dénoncer la jeune fille derrière son dos.

La grosse voix de Geordie les appela de la porte principale.

— Vous êtes là, milord ? Et vous aussi, mon petit maître ? ajouta-t-il en apercevant Tomas tandis qu'il avançait dans l'allée.

Dès qu'il reconnut le palefrenier, Wee Dubh se retourna pour coller ses naseaux frémissants dans la grosse main calleuse qui se tendait vers lui.

— Non, non, mon garçon, pas d'gâteries pour toi aujourd'hui, grommela Geordie en lui grattant affectueusement le chanfrein. Vous voyez qu'il s'est bien r'mis, assura-t-il en se tournant vers Robbie. Juste de grosses égratignures. Y va bientôt pouvoir cavaler comme avant.

— J'ai du mal à imaginer une demoiselle comme Lady Sheena sur ce colosse, commenta Tomas en secouant la tête. Même la propre fille de la Bête des Highlands !

— Lady Sheena est-elle passée ce matin ? s'empressa

d'intervenir Robbie avant que son frère ne dise du mal de sa fiancée ou de sa famille devant le maître d'écurie.

— Pensez donc, s'exclama Geordie en se frappant la cuisse de sa large main. Dès la pique du jour ! Nous avons lavé, relavé et désinfecté de nouveau les blessures de c'te pauv' bête, puis Lady Sheena est partie au village avec Lady Glynnis. Mais vous-même, milord, ajouta-t-il avec un clin d'œil complice, m'avez pas l'air tout à fait dans vot' assiette… Comme quelqu'un qu'aurait tâté un peu trop d'la bouteille cette nuit.

Tomas rugit de rire et lança une bourrade à son frère.

— Ne me dis pas que Père t'a encore réservé sa fameuse potion magique ? Son *uisge beatha* ne compte plus ses victimes.

Comme Robbie ne répondait pas, Geordie opina du chef avec un grand rire muet.

— Alors, mon vieux, tu ferais mieux de trouver un moment pour te reposer là-haut, poursuivit Tomas en désignant du pouce le grenier rempli de foin. Père n'aime pas les gars qui ne tiennent pas l'alcool, tu le sais bien.

Saisissant son frère par le col de sa chemise, Robbie l'entraîna vers la sortie.

— Il faut qu'on y aille, Geordie, lança Tomas en saluant le vieil homme au passage. Je m'occupe de notre grand malade !

— Bien sûr, milord, rétorqua Geordie. Mais mon offre tient toujours…

Le rire du maître d'écurie les suivit jusque dans la cour, et Tomas riait encore quand il s'enquit :

— Dis-moi, vieux frère, et ta fiancée ? Est-elle toujours aussi épouvantable que le portrait que tu m'en as fait la dernière fois que tu l'as vue ? Est-ce pour te consoler que tu as un peu trop forcé sur l'*uisge beatha* hier soir ?

Le peu d'années qui les séparaient leur permettait

d'entretenir des rapports de complicité autant que de rivalité. Mais ni l'un ni l'autre ne s'attendaient à devenir un jour candidat possible au Haut Siège de chef de leur clan. À dire vrai, ni l'un ni l'autre n'avaient espéré survivre aux plans funestes de leur terrible oncle. Loin de cultiver de quelconques ambitions, ils se réjouissaient surtout d'être toujours vivants.

Comme Robbie hésitait, se demandant quoi répondre, l'objet de cette impertinente question traversa la cour. Et Tomas et lui ne furent pas les seuls à s'arrêter pour mieux voir. Serviteurs divers, garçons d'écurie, jusqu'à la fille de cuisine allant donner les restes à la basse-cour, et même le gardien des porcs, un impertinent garçonnet de douze ans, béaient, l'œil brillant, au passage des deux jeunes filles. Au moment où Sheena et sa demoiselle de compagnie allaient disparaître dans la pénombre fraîche du bâtiment central, la lumière du soleil nimba d'or la silhouette de la jeune fiancée, mettant en valeur les courbes épanouies de son corps.

Comme le feu de la cheminée l'avait fait la veille dans sa chambre, se souvint Robbie en suivant Sheena du regard…

La veille au soir, quand il avait frappé à sa porte, dans le mouvement qu'elle avait fait pour lui ouvrir, la longue chevelure de la jeune fille, délivrée de la tyrannie de ses nattes, s'était déroulée en cascades sur ses épaules et jusqu'à ses reins. Les flammes du foyer y avaient allumé des reflets d'or rouge qui la rendaient vivante.

Et puis, surtout, l'effet de contre-jour avait permis à Robbie de pouvoir admirer au travers de l'étoffe une gorge ronde, des hanches étroites mais pleines et l'ombre brune de son sexe. Quand Sheena s'était détournée, il avait même pu entrapercevoir la pointe dressée de ses seins, puis le doux renflement de ses fesses. Un bref instant, il avait tout à fait oublié la raison de sa visite.

Et l'abus *d'uisge beatha* n'en était pas la seule raison.

Le sifflement bas de Tomas le ramena brusquement à la réalité. Il se dandina, gêné de la réaction de son corps.

— Bon, à la manière dont tu la regardes, je crois que j'ai ma réponse, dit son frère en le gratifiant d'un coup de coude entre les côtes. La petite poison dont tu nous rebattais les oreilles quand tu vivais là-bas a drôlement grandi. Et aux bons endroits, on dirait… Finalement, ce mariage ne sera peut-être pas une telle corvée ?

Robbie se redressa de toute sa haute taille.

— Corvée ou pas, ce mariage se fera parce que je m'y suis engagé. C'est mon devoir, non seulement à l'égard de Père mais aussi pour notre clan.

Sur ces mots, il marcha d'un pas décidé vers le donjon, sans attendre son frère. Mais déjà, Tomas était sur ses talons. Robbie soupira. Il avait toujours été difficile de lui clouer le bec.

Et en effet, Tomas revenait à la charge.

— Toujours l'honneur et le devoir d'abord, à ce que je vois.

Faisant volte-face, Robbie rétorqua d'une voix sifflante :

— Oui, le devoir en premier. Nous avons failli tout perdre et c'est presque un miracle que Père soit là où il est aujourd'hui. C'est seulement parce qu'il a lui-même toujours fait son devoir qu'il a été élu chef, qu'il a sauvé le clan Cameron et qu'il a pu obtenir de respectables alliances. Je me dois de suivre son modèle, de maintenir son héritage. Je l'ai juré devant tous. Et je le ferai. Même si je dois épouser une femme que je n'aime pas.

— Robbie, mon vieux…

— Et tu peux te réjouir, Tomas. Parce que, maintenant que j'ai juré, toi, tu es libre de faire tes propres choix pour l'avenir. Alors, peux-tu me reprocher le chemin que j'ai choisi de suivre ?

Tomas ouvrit la bouche, comme pour discuter encore, puis la referma. Il opina simplement du chef et baissa les yeux, acceptant ainsi la leçon ainsi que l'autorité de celui qui la lui donnait. Il avait fallu un certain temps à Robbie pour accepter son destin, mais maintenant il honorerait son engagement jusqu'au bout.

On pouvait le lire dans son regard clair.

— Allez viens, dit-il en prenant son frère par le bras. Viens faire de nouveau connaissance avec celle qui m'est promise. Et si tu ne sais quoi lui dire, tu peux lui parler de chevaux. Là-dessus, elle est intarissable !

Quand il pénétra dans la grande salle, Robbie aperçut Sheena, Glynnis et sa mère, réunies autour d'une petite table installée devant une des étroites fenêtres. Il s'avança vers le petit groupe, Tomas sur les talons.

— Et voici l'arrière-arrière-arrière-grand-père de mon mari, était en train d'expliquer Lady Elizabeth en tapotant de l'index un parchemin étalé sur la table. On raconte que c'est lui qui, à force de rassembler sa parentèle et ses alliés, est à l'origine du clan Cameron.

Elle expliqua avec un sourire en les voyant entrer :

— Bonjour, mes fils. Je présente vos ancêtres à Sheena. Venez voir.

Robbie salua Sheena d'un petit signe de tête et répondit au sourire entendu de Glynnis par un sourire à sa façon. Positionné en face des trois femmes, il pouvait les observer tandis que sa mère entrait complaisamment dans les moindres détails de la saga des Cameron. La grande feuille de parchemin, complètement déroulée, recouvrait presque toute la table. Chaque génération était introduite par le portrait assez habilement dessiné du chef de clan de l'époque, quoiqu'il n'y ait plus de témoin vivant pour en garantir la ressemblance. Le seul point commun à tous ces hommes au visage rude et expressif, songea Robbie en suivant l'index chargé de bagues de sa mère, c'était ce nez fort et busqué. Des lignes partant du noyau ancestral indiquaient les *septs* qui avaient changé de région et rejoint un autre clan des Highlands, en général par un mariage.

Sheena, le front plissé, semblait écouter attentivement. Mais son regard courait de place en place, jamais immobile sur un point plus d'une seconde. Il y avait quelque chose d'émouvant dans la manière dont la jeune fille, les sourcils froncés, essayait de suivre les explications données par Lady Elizabeth. C'est seulement parce qu'il l'étudiait attentivement qu'il remarqua le geste discret de Glynnis, sa manière d'effleurer l'avant-bras de Sheena, tandis que sa cousine se penchait sur le document et désignait un point de sa main fine et nerveuse.

— Vous avez fait connaissance de Iain tout à l'heure, Sheena. Le voici, sur la partie gauche de l'arbre.

Faisant glisser sa main sur l'épaisse feuille de parchemin, Lady Elizabeth indiquait plusieurs noms l'un après l'autre, les répétait à haute voix, expliquant ainsi clairement la position de Iain dans la hiérarchie du clan. Quand elle dit à Sheena qu'il aurait pu être *tanist* si son père n'avait pas été tué dans la bataille contre les Mackintosh, un frisson remonta le long de la moelle épinière de Robbie. L'explication de sa mère jetait un éclairage direct sur la situation. Bien que son propre père ait deux héritiers, chacun prêt à défendre ses couleurs jusqu'à la mort, Iain Mackenzie, fils de Malcom Cameron, avait lui aussi un droit sur cet héritage. Si une contestation s'élevait à propos des prétentions des fils Cameron, c'est aux aînés du clan, chefs de chaque *sept*, que reviendrait le droit de décider de leur légitimité. C'était eux qui éliraient celui qui succéderait à Robert.

Et Robbie s'avisa d'autre chose. Maintenant qu'il avait

accepté d'épouser Sheena, il aurait fallu lui passer sur le corps pour qu'il renonce à sa place.

Pourtant, cette évidence ne lui apporta pas la paix. Quelque chose au fond de tout cela le tracassait. Il reporta son attention sur Sheena, tandis que Glynnis lui énumérait les noms de la plupart des lairds. Il vit les lèvres de Sheena bouger, comme si elle répétait à son tour chaque nom afin de s'en souvenir. Rien que de très normal. Alors, pourquoi ce sentiment d'étrangeté ?

Lady Elizabeth intervint de nouveau avec un bon sourire.

— Tous ces documents ne quittent pas le *solar*, Sheena. Ils sont à votre disposition, comme tous les livres que vous voyez sur les étagères.

Sheena fit un petit salut de la tête.

— Un grand merci, Lady Elizabeth, murmura-t-elle.

Aussi étrange que cela puisse paraître, il n'y avait aucune chaleur dans sa voix, aucune lumière dans son regard. La collection de manuscrits, de livres et d'enluminures de Lady Elizabeth, d'une valeur inestimable, était fameuse dans tout le comté, et beaucoup auraient donné très cher pour être autorisés à la consulter. La réponse tiède de sa fiancée, son visage maussade ne s'expliquaient pas.

— Demain matin, si vous avez recouvré vos forces, venez me voir et je commencerai à vous montrer comment tout se passe ici et ce qu'on attend de l'épouse du chef de clan. Mon mari, Robert, est au mieux de sa forme et nous n'avons pas l'intention de nous retirer, ajouta-t-elle avec un sourire malicieux, mais c'est beaucoup de travail et je serai ravie d'avoir quelqu'un pour me seconder.

Nouveau salut de Sheena, très raide, bien que son sourire parût sincère.

— Vous pouvez compter sur moi, Lady Elizabeth.

Une fois de plus, il put noter le geste furtif de Glynnis,

parce qu'il les observait toutes les deux. La jeune fille venait de presser la main de Sheena puis l'avait laissée prestement retomber à son côté. Pourquoi ce geste de réconfort à l'égard de sa promise ? Tous ceux qui connaissaient Sheena savaient qu'elle avait un caractère bien trempé et n'avait nul besoin de ces cajoleries.

Lors de son séjour à Lairig Dubh, Robbie avait eu tout le loisir de s'apercevoir que Sheena se liait difficilement, tenant les gens à distance par son attitude réservée, et qu'elle n'avait guère d'amis, exceptés parmi les servantes et les gens du village.

Et plutôt que de jouer avec les enfants de sa condition, avec sa sœur et leurs cousins, quand ils séjournaient au château, elle préférait les suivre, son frère, Aidan, et lui, et leur vrombir aux oreilles comme un taon déchaîné. Jamais elle ne faisait les choses comme tout le monde…

— Ah, Sheena, mon enfant, voici mon second fils, Tomas, reprit Lady Elizabeth en faisant signe au jeune homme d'approcher. Tomas, je te présente la promise de ton aîné, fille cadette du chef MacLerie.

Robbie regarda Sheena serrer la main que lui tendait Tomas. Contre toute attente, elle sourit malicieusement devant la tentative qu'avait faite le jeune homme de la baiser.

— Milady, dit Tomas en se redressant, si je vous avais vue le premier, je n'aurais pas laissé le temps à mon aîné de demander votre main. J'aurais certainement été le plus rapide.

Sheena s'empourpra jusqu'au front mais elle ne retira pas sa main. Devant le chaud sourire avec lequel elle remerciait son frère, Robbie refoula à grand-peine un sentiment qu'il parvenait difficilement à nommer.

— Certes, Sheena et toi, vous êtes d'âges plus compatibles. Mais voilà, mon vieux, tu n'es pas arrivé le premier, dit-il pour plaisanter, mi-figue, mi-raisin.

Tout le monde eut l'air un peu surpris par la vivacité de sa repartie, que chacun tâcha de faire oublier à sa manière.

— J'ignorais que Robbie eût un frère aussi charmant, dit enfin Sheena avec grâce. Mais maintenant que nous sommes sur le point de devenir frères et sœurs, promettez-moi de m'appeler par mon prénom, n'est-ce pas ?

Tomas lui libéra enfin la main.

— Bien volontiers, ma chère sœur… À propos, Geordie m'a affirmé que l'immense quadrupède qui réside maintenant dans nos écuries est le vôtre. Comment est-ce possible ? Vous, une si fine demoiselle ?

— C'est possible ! assura Sheena fièrement, tout son visage exprimant la joie la plus absolue à la mention de son fichu cheval. C'est moi-même qui l'ai débourré et éduqué, et nous nous entendons parfaitement.

Toute la tension provoquée par la scène précédente avait disparu, et les beaux yeux verts brillaient comme deux joyaux dans le clair visage. Robbie jura intérieurement. Wee et elle s'entendaient comme larrons en foire, en effet. Pour faire des bêtises !

— Geordie m'a dit que vous lui aviez déjà rendu visite ce matin, reprit Tomas, mais j'apprécierais que vous me le présentiez… Si vous n'avez pas d'autre obligation pour le moment, bien sûr. Mère ?

Il interrogea Lady Elizabeth du regard. Pas lui, Robbie, le fiancé de Sheena, mais leur mère !

Ce gamin devenait insupportable.

— Milady ?

Sheena se tourna vers elle, attendant son approbation.

— Allez-y, mes enfants. Profitez de ce beau temps inespéré tant qu'il est là… Glynnis, peux-tu rester un instant, ma chère enfant ?

La cousine de Robbie opina du chef, toujours sans rencontrer le regard de Robbie.

Sans plus attendre, Sheena s'empara du bras de Tomas et le laissa la conduire hors de la pièce. Leur rire complice résonnait déjà dans le corridor.

— Tu as bien dit que tu acceptais ?

La voix de sa mère murmurant à son oreille le fit sursauter. Il se retourna vivement vers elle.

— Oui, en effet.

Lady Elizabeth haussa l'un de ses fins sourcils.

— Vraiment ? insista-t-elle.

Son regard était si intense qu'il devenait difficile de le soutenir.

— Pas ici, Mère… Et de toute façon, puisque tout est décidé, pourquoi revenir là-dessus ?

— Parce que, murmura-t-elle encore plus bas, votre désaccord devient par trop évident… Nous en reparlerons.

Elle tourna les talons et s'éloigna avant qu'il ne pût répondre, suivie de près par Glynnis, qui dut accélérer le pas pour pouvoir la suivre.

Hélas, les serviteurs n'avaient pas les oreilles dans leur poche et le bruit risquait bien de se répandre qu'il ne désirait pas tant que cela épouser la fille du chef des MacLerie. Exhalant un long soupir, Robbie partit à la recherche d'une tâche assez peu importante pour lui laisser le loisir de réfléchir.

Le devoir exigeait qu'il épouse cette jeune fille. Qu'il obéisse au chef de clan, son père. C'était grâce à cette obéissance, établie depuis des siècles et des siècles, que les clans d'Écosse étaient puissants et se défendaient contre tous les envahisseurs. Il devait trouver le moyen d'assumer ses responsabilités sans que ses propres sentiments interfèrent. Ce ne serait pas le premier mariage reposant sur le devoir et les intérêts communs. C'était même le cas de la plupart des unions entre familles de haut rang.

Mais bon sang ! Dieu lui était témoin qu'il n'avait aucune envie d'épouser cette fille !

Chapitre 5

En quittant la grande salle au bras du frère de Robbie, Sheena se retint de regarder par-dessus son épaule. Tomas marchait si vite, déversant sans s'arrêter un flot de paroles, qu'elle dut trottiner pour pouvoir rester à son niveau. Il ne s'interrompit que lorsqu'ils eurent atteint le seuil de la grande porte. Plusieurs longues secondes s'écoulèrent avant qu'elle prenne conscience du silence.

— L'avez-vous fait à propos ? s'enquit-elle, un peu essoufflée. Je veux dire… Cette course jusqu'ici et votre incessant bavardage ?

Tomas lâcha son bras avec un sourire. Il n'était pas la réplique exacte de son frère mais on reconnaissait très nettement un air de famille.

— Oui. Je sentais venir un éclat. Est-ce que je me trompe ?

Elle lui fit face.

— Non, vous ne vous trompez pas.

Il descendit les deux marches qui menaient à la cour et se remit à marcher.

— Vous m'avez tout à fait l'air de ce genre de personne qui, quand elle est blessée, a recours à la colère plutôt qu'aux larmes. Capable de blesser par les mots ou par l'épée plutôt que de pleurer.

Sheena battit des paupières pour chasser les larmes

qu'elle sentait monter. Ce curieux jeune homme, un étranger, pourtant, malgré sa parenté avec son fiancé, l'avait percée à jour au premier coup d'œil. C'était vrai, la plupart du temps, sa contrariété s'exprimait dans les rages les plus froides, les plus terribles. Et elle avait bien failli insulter Robbie à son tour. Seul le pâle et digne visage de Lady Elizabeth l'avait retenue. Plus d'une fois, sa propre mère, son frère et sa sœur l'avaient comparée à son père, la Bête des Highlands, à la légendaire réputation. Sheena les laissait dire. Elle seule connaissait l'origine de ses fureurs. Et elle préférait garder pour elle ce qu'elle savait.

Ils arrivaient aux écuries, et Tomas se précipita vers le box du nouveau venu. Wee Dubh, persuadé que sa maîtresse venait lui apporter une friandise, se mit à piétiner sa paille en soufflant bruyamment.

Le regard de Tomas brillait déjà d'excitation.

— Me laisserez-vous le monter ?

En ce moment, il paraissait plus jeune de quelques années et la regardait comme un gamin attendant sa récompense.

— Sitôt que Geordie m'en aura donné l'autorisation.

Tomas pirouetta sur lui-même avec un cri de joie, qui tira le maître d'écurie du fond de son repaire.

— Milady, dit le bonhomme avec un petit salut respectueux de la tête. Rien n'a changé depuis ce matin. Tout va bien.

— Merci, Geordie. Je voulais juste présenter Lord Tomas à Wee… Mais je sais que vous avez beaucoup de travail. Je ne voulais pas vous déranger.

— Vous pouvez rester autant qu'vous voulez, milady. Le p'tit maître sait reconnaître un bon cheval quand il en voit un. Tout comme vous.

— Geordie ! Figure-toi que Lady Sheena m'autorise à monter son cheval ! s'exclama Tomas en grattant affectueusement l'encolure de l'animal. Ne t'inquiète pas, mon bonhomme. Tu vas bientôt pouvoir aller te dégourdir les jambes jusqu'au lac.

Le cheval piaffa et encensa vigoureusement de la tête, et Sheena sourit. Wee aimait plus que tout galoper à perdre haleine à travers plaines et marais.

— Peut-être même que je te ramènerai à Tor avec moi, ajouta Tomas malicieusement.

Sheena haussa les épaules en riant.

— Certainement pas !

Elle ajouta à l'intention du palefrenier :

— Mais seulement avec votre permission, Geordie.

— Ce s'ra pour bientôt, milady. C'est un gars solide et y demande que ça.

Soudain, Wee repoussa la main de Tomas et posa sa tête sur l'épaule de sa cavalière. Mais quand Geordie et elle tendirent la main en même temps pour le caresser, il choisit la main du maître des lieux.

— Traître, murmura-t-elle à son oreille. Ce n'est pas moi qui te donne ta mesure d'avoine matin et soir, n'est-ce pas ?

Ils saluèrent Geordie et quittèrent les écuries.

— Souvenez-vous de votre promesse, Sheena, dit Tomas en lui prenant le bras.

— Tor est-il très éloigné d'ici ?

Sheena se souvenait que Tor Castle[1] était l'ancienne place forte des Cameron et désormais le principal poste de défense des terres du Sud.

— Environ dix milles.

— Et vous vivez plutôt là-bas qu'ici ? s'enquit-elle encore tout en jetant un coup d'œil curieux aux activités diverses qui se tenaient dans la cour qu'ils traversaient.

— C'est à Tor Castle que nous vivions avec nos parents,

1. Les ruines de Tor Castle, au nord d'Aberdeen, se visitent toujours.

Robbie et moi, quand mon oncle était le chef du clan. Mais du jour où mon père a accédé au Haut Siège, Robbie a dû venir s'installer ici avec lui.

Sheena regretta une fois de plus de ne pas avoir accordé plus d'attention aux explications de sa mère. Tout ce dont elle se souvenait, c'est que le clan Cameron avait failli se diviser, d'abord à cause de leur querelle en cours avec les Mackintosh, mais surtout du fait de nombreuses trahisons à l'intérieur de leur propre clan.

Et le changement de statut de Robbie confirmait les inquiétudes qu'elle pouvait avoir sur son propre sort. Pendant tout ce temps, au lieu d'être attentive à ce qui se passait, Sheena, elle en avait conscience maintenant, s'était contentée d'espérer qu'on finirait par oublier, au profit d'une meilleure alliance, le projet de mariage qu'on avait fait pour elle.

Elle mourait d'envie d'en savoir plus mais jugea prudent d'aborder un sujet moins brûlant.

— Tor est-il plus grand qu'Achnacarry ?

— Non. Seulement plus vieux et plein de courants d'air, expliqua Tomas avec une petite grimace. Vous devriez demander à Robbie de vous y emmener. En tant que future épouse du *tanist*, il vous appartient de connaître toutes nos terres.

Sheena déglutit péniblement. La perspective des lourdes charges qui allaient s'accumuler sur ses épaules la remplissait chaque jour un peu plus d'épouvante. Et la perspective d'un voyage à venir n'arrangeait pas les choses.

Tomas lui lança un regard surpris.

— Le nom de mon frère suffit-il à produire sur vous cet effet-là ? Votre teint a franchement tourné au vert.

— Non, non… C'est juste que…

Elle eut un long soupir.

— Je crois que je suis plus fatiguée que je ne le pensais…

L'accident avec Wee Dubh, l'inquiétude que ses blessures m'ont causée… Tout ça, c'est ma faute, n'est-ce pas, et…

— Et la perspective de voyager encore, cette fois avec Robbie, de devoir nous représenter partout… C'est une lourde tâche, bien sûr.

Sheena sourit. Elle appréciait les efforts de Tomas pour alléger son sentiment de culpabilité, lui montrer qu'il comprenait sa peur de se montrer incompétente. Elle était contente d'avoir trouvé un allié.

— J'ai tant à apprendre ! s'exclama-t-elle en embrassant du regard la vaste cour, les toits qui se massaient derrière les remparts, et les plaines au loin, descendant en pente jusqu'au loch, dont les eaux froides reflétaient la lumière grise du ciel. Je ne suis pas habituée à ce qu'on m'accorde tant d'attention…

Rencontrant le regard attentif de Tomas, elle lui adressa un sourire tremblant.

— Si cela ne vous dérange pas, je voudrais marcher un peu… seule.

— Voulez-vous que je vous indique mon coin préféré ? À moins que vous ne préfériez faire vos propres explorations ?

Dieu merci, le frère de Robbie était assez subtil pour ne pas insister pour l'accompagner. Sheena n'avait pas eu un moment de vraie solitude depuis son arrivée. Elle n'cn pouvait plus de devoir sourire, faire la révérence, répondre aux questions, être l'objet de tous les regards…

Chez elle, à Lairig Dubh, elle s'était trouvé un refuge parfait. Une sorte de garde-robe peu utilisée dans laquelle elle se blottissait à chaque fois qu'un trop-plein d'émotions la submergeait.

Mais ici, en terre étrangère, où aller ?

— Je souhaite simplement faire un tour dans le village, expliqua-t-elle.

— À votre aise. Dois-je prévenir Robbie ou ma mère ? Ou votre demoiselle de compagnie, peut-être ?

— Non, personne. Merci.

Se contentant d'un haussement de sourcil, Tomas lui adressa un petit salut et rebroussa chemin vers le château.

Sheena le regarda s'éloigner. Pouvait-elle lui faire confiance ? Allait-il donner l'alarme ?

Bah ! Si elle restait là, plantée au milieu de la cour, à la vue de tous, elle n'aurait guère le temps de profiter de sa liberté !

Quelques minutes plus tard, elle se trouva en vue de la maison de la guérisseuse, protégée par son rideau de glycines en fleur.

Sitôt qu'elle referma le portillon d'osier derrière elle, un vif soulagement l'envahit. Regardant autour d'elle, elle aperçut bientôt le refuge idéal. Sous un appentis, dans un recoin éloigné du jardin, un rayon de soleil réchauffait quelques ballots de paille empilés contre un muret de pierre. Des volubilis s'accrochaient au toit, formant un voile protecteur. Elle s'y dirigea d'un pas vif et s'allongea sur la paille avec un soupir d'aise.

La chaleur inhabituelle de ce début d'été, le bourdonnement apaisant des insectes, le sentiment de sécurité produit par l'intimité de sa cachette ne tarda pas à produire sur elle une irrépressible envie de s'endormir.

Pourquoi résister ? Toutes ces émotions, tous ces gens ! Elle n'en pouvait plus… Ne plus voir personne, ne plus être agressée par toutes ces émotions pendant un moment, si court fût-il, lui ferait le plus grand bien.

Elle ne s'attendait pas à ce que ce moment devienne des heures. Ni à ce que ce soit Robbie qui vienne la réveiller.

Le valet d'écurie survint au moment précis où la conversation que Robbie n'avait pu éviter avec sa mère tirait à sa fin. N'aurait-il pu arriver plus tôt ? Cela lui aurait épargné des réprimandes dont il espérait avoir passé l'âge. Au moins, l'interruption du gamin, porteur d'un message d'Anna Mackenzie lui demandant de passer la voir, lui avait-elle permis d'écourter la chose !

Aucun signe de Sheena pas plus que de Glynnis dans la grande salle ni dans la cour.

Il jeta un coup d'œil du côté des écuries, s'attendant à voir Sheena entrer ou sortir mais là encore, nulle trace de la jeune fille. Alors, absurdement dépité, il franchit l'entrée castrale, puis le pont-levis qui le séparait du village, et emprunta la rue principale en direction de la maison du capitaine de la forteresse, époux d'Anna. Il allait frapper quand la porte s'ouvrit sur la guérisseuse. Mais, au lieu de le faire entrer dans son logis, à la surprise de Robbie, elle en sortit vivement et referma la porte derrière elle.

— Je n'ai pas compris tout de suite, expliqua-t-elle en lui faisant signe de le suivre de l'autre côté de maison. Je croyais qu'elle allait se réveiller plus tôt que ça…

— Elle ? Mais… De qui parlez-vous, Anna ?

En même temps qu'il posait la question, un étrange pressentiment serra la gorge de Robbie. Il sut immédiatement à qui Anna faisait allusion. Des années passées chez les MacLerie l'avaient rendu témoin des nombreuses frasques de Sheena. Il ne pouvait s'agir que d'elle !

— Quelle mouche l'a encore piquée ? ne put-il s'empêcher de soupirer en allongeant le pas.

Anna lui jeta un regard étonné, visiblement surprise par sa manière de s'exprimer.

Mais s'abstenant de tout commentaire, la guérisseuse le conduisit au fond du jardin et s'arrêta devant l'appentis.

— Au premier abord, j'ai cru qu'elle était malade.

— Malade ?

Une vague de culpabilité envahit Robbie. Il chercha autour de lui, en quête de la jeune fille.

— Oui… Mais en fait, elle dort profondément, expliqua encore Anna.

— Elle dort ? Mais où, Anna ? Je ne vois rien… Rien du tout, insista Robbie en fouillant du regard les plates-bandes bien alignées, les buissons de framboises et les massifs de roses.

— Regardez là-dessous, dans l'appentis… Il devait faire bon là-dedans, cet après-midi… Le soleil y donne à plein pendant plusieurs heures. L'endroit parfait pour…

Anna s'écarta, le regard soudain voilé.

— L'endroit parfait pour quoi ? s'enquit Robbie.

— Eh bien…

Elle rencontra le regard du jeune homme et se détourna. Il crut lire sur son visage comme de la colère. Mêlée d'une sorte de commisération.

— … pour pas mal de choses, à dire vrai. Mais pour quelle raison croyez-vous qu'elle soit venue se réfugier ici ?

Un flot de souvenirs envahit Robbie. Le souvenir de toutes ces fois où, à Lairig Dubh, il avait fallu partir à la recherche de la fille disparue du laird. Où son nom résonnait dans tous les corridors du château, dans toutes les cours. Le souvenir de ces heures d'angoisse partagées par maîtres et valets jusqu'à ce que Sheena réapparaisse comme si de rien n'était. Où se cachait-elle pendant tout ce temps ? Que faisait-elle ? Nul n'aurait su le dire…

— La cloche va bientôt sonner pour le souper et je pensais que vous auriez souci du sort de votre promise, ajouta Anna, la voix lourde de reproche.

Plus affecté qu'il ne l'aurait cru par la désapprobation de la guérisseuse, Robbie se pencha sous le toit de l'appentis pour mieux voir. Le visage de Sheena ne révélait aucun signe d'inconfort ou de détresse. Rien ne permettait de comprendre pourquoi elle était venue se réfugier là. La dernière fois qu'il l'avait vue, elle quittait le hall au bras de Tomas et se dirigeait vers les écuries pour rendre visite à son cheval bien-aimé. Repoussant les branches de glycine, Robbie s'agenouilla pour regarder la jeune fille s'éveiller.

— Je vous laisse avec elle, dit Anna.

— Dînez-vous au château, ce soir ?

— Non, Davidh et moi préférons nous reposer un peu.

— Et Iain ?

— Ses fonctions requièrent sa présence au château.

Se redressant, Robbie regarda la guérisseuse bien en face.

— Merci de m'avoir prévenu, Anna. Je vais m'occuper d'elle.

Il attendit qu'Anna soit entrée chez elle pour reporter son attention sur Sheena. Elle soupira doucement puis se mit à marmonner quelques paroles confuses.

Robbie se pencha sur elle pour mieux entendre. Mais elle s'était rendormie. La damoiselle qu'il avait sous les yeux n'avait plus grand-chose à voir avec la gamine de Lairig Dubh, toute en jambes et en taches de rousseurs, la petite peste toujours prête à se rebeller contre la loi des adultes. Dans le sommeil, ses traits apaisés présentaient une harmonieuse délicatesse et il s'étonna de ne pas avoir remarqué plus tôt combien la fiancée qu'il devait bientôt épouser était devenue une très jolie jeune femme.

Pourtant, si on se fiait à leurs relations passées, le mur d'incompréhension qui les séparait depuis toujours menaçait, avec le temps, de devenir plus large et plus solide que les murailles d'Achnacarry.

Soupirant, il reporta son attention sur le visage de Sheena. Il se pencha pour mieux le voir et rencontra deux grands yeux encore embrumés de sommeil.

— Tu te souviens de moi ? s'enquit-il en lui tendant la main pour l'aider à se redresser. Ton fiancé, Robbie. Au cas où tu l'aurais oublié… Que fais-tu là, couchée dans le foin comme une fille de ferme pendant qu'on s'inquiète ?

Chapitre 6

Sheena battit des paupières, cherchant autour d'elle un élément familier. Robbie se souvenait de ce sentiment désagréable qui s'empare parfois de vous quand vous vous réveillez dans un endroit inconnu. Lui-même avait besoin de plusieurs mois pour se sentir de nouveau chez lui après ses années passées à Lairig Dubh. Et ç'avait été la même chose quand il avait dû s'installer à Tor, puis de nouveau à Achnacarry. Il avait toujours eu du mal à s'habituer aux changements d'environnement. Et Sheena semblait avoir le même problème depuis qu'elle était arrivée, errant comme un doux fantôme dans des lieux trop grands pour elle.

Alors, pourquoi s'était-il adressé à elle avec une telle rudesse ?

Il reprit la parole sur un ton plus modéré.

— Sors d'ici, veux-tu ? Tu dois être fort mal, là-dedans. Ça manque un peu de plume ! Et il commence à faire froid.

Il se pencha sur elle et, lui prenant la main, tira la jeune fille doucement vers lui tandis qu'elle se laissait faire comme une poupée de son. Pourtant, quand elle fut debout devant lui, vacillant un peu, l'appréhension qu'il lut dans les grands yeux verts lui serra le cœur.

Lui faisait-il peur ? Craignait-elle qu'il veuille lui faire du mal, d'une manière ou d'une autre ?

— Allons, Sheena, viens maintenant. Il faut rentrer.

Elle hésita un instant puis le suivit tandis qu'il continuait à lui parler d'une voix douce.

— Comment as-tu pu dénicher cet endroit ? s'enquit-il en la guidant vers un banc tout proche.

De nouveau, ce regard perdu.

— Ai-je manqué le souper ?

Étonnante question !

— As-tu faim ? Y a-t-il longtemps que tu es là ?

Cette question parut surprendre Sheena. Lâchant sa main, elle redressa ses épaules et fit tourner son cou d'un côté et de l'autre comme pour dénouer ses muscles douloureux. Jadis de taille plutôt moyenne pour son âge, elle lui arrivait maintenant aux épaules. Elle le regarda enfin, l'œil plus clair.

— Je ne me rendais pas compte à quel point j'étais fatiguée… C'est seulement quand j'ai vu ce joli coin au soleil…

Un grand tremblement la parcourut et sa natte, auparavant enroulée autour de sa jolie tête ronde, lui retomba sur l'épaule. Une vague de chaleur submergea Robbie tandis que l'image du corps nu de la jeune fille, révélé par transparence devant le feu la veille au soir, lui remontait à la mémoire. L'estomac de Sheena gronda doucement, le tirant de sa rêverie.

Elle eut un petit rire gêné.

— Oui, j'ai très faim. Mais c'est surtout que je ne veux pas faire offense à ta mère en arrivant en retard au repas pour la seconde fois… Est-ce que… Est-ce que je suis très en retard ? bafouilla-t-elle, tentant d'effacer les plis de sa robe d'une main maladroite.

S'il ne l'avait pas regardée dans les yeux à ce moment précis, il n'y aurait pas vu l'expression de gêne extrême, presque d'angoisse qui les traversa fugitivement. Mais déjà elle prenait une grande respiration, et son visage retrouvait cette expression familière, pleine d'arrogance et de rébellion, à la fille de la Bête des Highlands.

— Non, nous ne sommes pas encore en retard. Allons-y. Nous arriverons ensemble, main dans la main. Cela donnera de quoi jacasser sur notre compte à tous ceux de la salle, ajouta-t-il avec un petit rire sarcastique.

Cette fois, quand Robbie lui prit la main, elle la laissa dans la sienne et marcha en silence à son côté. Il parlait peu, lui indiquant seulement de temps à autre une maison en particulier, celle du maréchal-ferrant, du rebouteux, puis le four à pain, tout en répondant aux saluts des uns et des autres. Sheena ne parlait que lorsqu'il lui posait directement une question et d'une manière laconique. Elle finit par libérer sa main et il la laissa faire.

Ils s'arrêtèrent devant la porte de la grande salle et Robbie se retourna vers sa compagne. Était-elle vraiment malade ? Ou simplement épuisée ? Et trop fière ou trop polie pour l'admettre ?

— Si tu es lasse, tu peux dîner dans ta chambre, Sheena. Une servante t'apportera le nécessaire. Ma mère le comprendra fort bien.

De nouveau, cette expression méfiante dans le regard de Sheena, comme celle d'un animal aux abois. Une expression que, décidément, il n'appréciait pas du tout. Le temps était bien fini où il lui sautait dessus dans le noir pour lui faire peur ou lui tirait les nattes par surprise avant de s'enfuir. Sans compter la fois où il l'avait poussée dans la rivière…

Il attendit la réponse de la jeune fille, assailli par l'écho d'un remords. Oui, décidément, il ne s'était pas toujours bien comporté à son égard. Même s'il en avait payé le prix…

— Non, merci. Cela va très bien.

Et, relevant fièrement le menton, Sheena entra dans la pièce d'un pas ferme.

Il la rattrapa en deux enjambées et lui offrit de nouveau son bras.

— Parfait. Alors, allons-y.

Ils rejoignirent la table d'honneur auprès de laquelle ses parents, son frère et quelques autres membres rapprochés du clan étaient déjà rassemblés. Et aussitôt, filant comme une anguille, Sheena s'empressa de rejoindre Glynnis. Elles semblaient sur le point de devenir une belle paire d'amies, et Robbie s'en réjouit. Mais Glynnis était une si charmante personne, patiente, aimable et attentionnée qu'il n'en attendait pas moins d'elle. Elle avait été éduquée dans le but de faire un beau mariage et de diriger un grand domaine, aussi ses conseils seraient-ils de grande utilité à Sheena, la petite fille rebelle qui devait devenir une dame.

Empli d'une curiosité qu'il n'aurait su expliquer, Robbie regarda les têtes rapprochées des deux jeunes filles, qui déjà chuchotaient et se racontaient les heures qui venaient de s'écouler. Oui, décidément, Sheena avait changé à plus d'un titre, et il ne pensait pas seulement à l'agréable métamorphose de son corps. Elle se montrait aimable avec tous, y compris les serviteurs, et avait su plaire à son frère. Nul ne tarissait de louanges à l'égard de la jeune fille.

Tout le monde était sous le charme.

Sauf lui.

Il se souvint de l'avertissement de sa mère, et son estomac se serra.

Auparavant, à Lairig Dubh, c'était Sheena le problème. Mais maintenant, c'était lui. Du fait de l'humiliation publique qu'il avait dû subir par sa faute, à un âge où on est particulièrement sensible à son image, il avait nourri pendant toutes ces années un aigre ressentiment à l'égard de celle qui allait devenir sa fiancée.

Et il lui fallait bien l'admettre, aujourd'hui, il ne parvenait pas à vaincre ses préventions.

— Ça n'a pas l'air d'aller, vieux frère ? remarqua Tomas en lui administrant une claque affectueuse dans le dos. Déjà fâché avec le paternel ?

Il fit pivoter Robbie sur lui-même et l'examina d'un œil faussement expert.

— Oui, conclut-il, décidément, cela ne va pas du tout.

Robbie se libéra d'une bourrade.

— Tu parles pour ne rien dire, comme d'habitude. Viens, tout le monde est à table.

Comme le voulait la coutume, qu'il résidât à Achnacarry ou à Tor Castle, son père se joignait à sa femme et à sa parentèle à l'heure du souper. Le chef des Cameron siégeait au haut bout de la table, entouré de ses conseillers et des plus anciens de la maisonnée. La mère de Robbie prenait place à son côté, et Robbie et Tomas, en face, dans l'ordre de l'âge. Mais ce soir-là, quand Robbie fit mine de prendre sa place habituelle, Lady Elizabeth lui fit signe de s'installer à la place libre entre elle et Sheena. Glynnis prit place de l'autre côté de la table et Iain se trouva comme par magie à son côté.

Le repas commença dans un silence recueilli. Tous les convives étaient absorbés par le repas simple mais abondant, fait de gibiers rôtis, de légumes et de galettes de froment qu'il était de coutume de servir à la table du seigneur. Intrigué par la nouvelle Sheena qu'il venait de découvrir, Robbie parlait peu mais guettait le moindre propos de sa voisine. À vrai dire, c'était surtout Glynnis qui faisait les frais de la conversation, Sheena ne répondant que par monosyllabes. De temps à autre, le regard de la jeune fille glissait vers lui, comme si elle s'attendait à ce qu'il prenne l'initiative de la parole.

— Tu sembles bien songeur, mon fils, remarqua Lady Elizabeth à voix basse au bout d'un moment.

Il se tourna vers sa mère pour la regarder dans les yeux.

— Vraiment, ma mère ? Pardonnez-moi. Je n'en étais pas conscient… Quel programme avez-vous prévu pour Sheena dans les prochains jours ?

Il n'avait pas eu l'intention de poser cette question de manière aussi abrupte, mais les mots étaient sortis d'eux-mêmes.

— D'après ce que m'a confié Lady MacLerie dans ses missives, cette enfant n'a guère montré de facilités pour apprendre son métier de châtelaine et de maîtresse de maison. Il va donc falloir reprendre les choses depuis le début.

Robbie remarqua le ton à la fois nostalgique et satisfait de sa mère.

— Ah ! Je vois que vous avez trouvé la fille que vous n'avez pas eue… L'enfant que vous auriez pu former et modeler dans l'argile à votre gré. Sorcha n'y suffit pas, n'est-ce pas ?

Sorcha MacMillan avait épousé son demi-frère Alan et voyageait avec lui pour régler les affaires du clan Mackintosh. Ses visites au château étaient trop rares pour que Lady Elizabeth pût s'assurer de l'influence qu'elle espérait avoir sur sa belle-fille. Sans compter qu'elle était distraite dans sa tâche par les deux petits-enfants qu'Alan et Sorcha avaient déjà.

En entendant prononcer le nom de Sorcha, sa mère rosit de plaisir. Elle secoua la tête.

— Je le ferais si je le pouvais. Mais à l'impossible nul n'est tenu, rétorqua-t-elle, employant sa formule favorite. Je sais que ni Sheena ni toi ne voyez ce mariage d'un bon œil. Mais dis-toi bien, Robbie, que pour moi, la seule chose qui compte, c'est de vous voir heureux. Si je peux aider Sheena à se sentir bien ici, et surtout si Dieu veut bien bénir votre union en vous accordant le bonheur d'avoir des enfants, je crois que votre mariage peut être une réussite.

Elle ajouta après lui avoir discrètement tapoté la main sous la table :

— Ton père n'a d'autre ambition que de continuer à régir le clan comme il l'entend, de chez lui, entouré de sa famille, tu le sais bien. Vous avez donc le temps de voir venir ! Il sait que, le moment venu, tu sauras prendre sa succession.

Robbie hocha la tête après un bref coup d'œil à sa fiancée.

— Sheena n'est pas pressée, Mère. Elle est épuisée physiquement et moralement. Donnez-lui un peu de temps, en effet. Pour se préparer à régner comme pour le reste.

Comme sa mère ne répondait rien, il se tourna vers elle et la vit songeuse. En face de lui, Glynnis hocha la tête en indiquant Sheena du menton. Écrasée de fatigue, la pauvre enfant dormait quasiment les yeux ouverts. Tous les regards se tournèrent vers Robbie, attendant à l'évidence qu'il intervienne en sa qualité de fiancé.

Robbie se leva prestement.

— Je vais la raccompagner chez elle. Mère, puis-je lui dire que vous la libérez de toute forme d'obligation pour les jours à venir ?

Le regard de Lady Elizabeth s'adoucit.

— Oui, bien sûr. S'il le faut, nous pourrons faire venir sa propre chambrière. Cela pourrait lui être d'un grand réconfort.

Robbie haussa les épaules.

— S'il ne suffisait que de cela… Tant que son fichu cheval ne sera pas guéri, elle se tracassera plus qu'il ne faut.

Lady Elizabeth eut un petit rire qu'elle dissimula gracieusement derrière sa serviette de table.

— Si on m'avait dit que mon fils, en se fiançant, aurait pour rival un cheval !

Robbie, très raide, salua sa mère, puis les convives

les plus proches, et, donnant le bras à Sheena, qui le prit docilement, quitta la table.

Mais quand ils furent devant l'escalier menant aux parties privées, elle se dégagea.

— Je peux monter toute seule, Robbie. Je connais le chemin.

Il observa le regard brillant, les joues rouges, la lèvre supérieure charnue et rose qui tremblait un peu.

— J'ai promis à ma mère de te raccompagner jusque chez toi. Elle se fait du souci à propos de ta fatigue. Alors, passe devant ou marche à mes côtés. C'est le seul choix dont tu disposes.

Sheena se hérissa comme une poule en colère mais, sans répondre, elle tourna les talons et commença à gravir les hauts degrés de pierre. Quand ils eurent atteint le premier étage, elle regarda à gauche puis à droite. Elle était perdue mais ne l'aurait avoué pour rien au monde. Il connaissait cet entêtement chez elle, qui allait parfois, quand elle était petite, jusqu'à lui faire commettre de véritables imprudences.

Quand elle lui céda le pas, le regard furibond, Robbie retint l'éclat de rire qu'il sentait gonfler dans sa gorge. Il n'avait plus envie de se moquer d'elle maintenant. Le temps des gamineries était révolu. Elle le suivit silencieusement tandis qu'il entamait la seconde volée de marches, guettant du coin de l'œil une éventuelle défaillance. Quand ils arrivèrent enfin devant la porte de Sheena, il s'effaça pour la laisser entrer.

— Tu es libre de faire ce que tu veux pour les deux jours à venir. Mère a parfaitement compris ta fatigue et te laisse quartier libre.

Le regard de Sheena se fit plus perçant.

Sans se méfier, Robbie acheva son idée tranquillement :

— Cela te laissera le temps de t'accoutumer à tout ceci, expliqua-t-il en enveloppant d'un geste large la vaste chambre, les murs épais du château et tous les habitants que le bâtiment abritait dans ses entrailles.

— Merci, coupa Sheena, la voix vibrante. Je suppose que je dois t'être reconnaissante d'avoir étalé mon incompétence aux yeux de tous…

Robbie s'empourpra. Il avait voulu bien faire et voilà que…

Le regard de sa compagne s'adoucit.

— Quelque chose ne va pas ? murmura-t-elle en effleurant sa joue d'une main légère.

Il secoua furieusement la tête.

— Non, non…

Devait-il lui confier ce dont il avait pris conscience quand il l'avait trouvée endormie dans cet appentis ? De cette beauté soudaine qu'il avait découverte en elle ? Elle se moquerait, sans doute. Ou bien elle croirait qu'il plaisantait, comme d'habitude…

— Repose-toi bien, Sheena. Nous pourrons parler demain.

De nouveau, elle eut l'air perdu.

— Parler ? répéta-t-elle.

Il recula d'un pas dans le corridor.

— Nous sommes fiancés, n'est-ce pas ? Il est bien normal que nous ayons quelques points à discuter.

Il n'aimait pas cette nouvelle Sheena, douce et vulnérable. La seule qu'il sache manier avec certitude et sans crainte, c'était la Sheena rebelle de leur enfance, qui se dressait toujours sur son chemin et dont il devait sans cesse se défaire. Cette version douce et soumise de la fille de la Bête des Highlands lui paraissait infiniment plus dangereuse, même s'il se sentait parfaitement incapable d'expliquer pourquoi. Et qu'il n'avait même pas envie de se poser la question.

— Alors, à demain, Robbie. Bonne nuit, murmura Sheena.

Et la porte se referma sur elle.

Robbie attendit un instant, guettant les bruits qui provenaient de la chambre. Il secoua la tête avec un soupir. Quelle mouche l'avait piqué d'envisager avec elle la moindre forme de conversation ? D'une certaine manière, c'était comme s'il avait pris avec Sheena une sorte de rendez-vous, alors qu'au contraire il devait l'éviter autant que possible.

Mais fuir Sheena, ce n'était pas ce qu'on attendait de lui. Et ce n'était pas non plus ce qu'il avait envie de faire lui-même.

Alors, demain, il allait essayer de nouveau.

Ils allaient tous les deux essayer.

C'était la seule chose qu'il leur restait à faire.

Chapitre 7

L'immense dais d'azur qui, ces jours-ci, recouvrait sans discontinuer les collines des Highlands remplissait d'un étonnement joyeux les habitants d'Achnacarry. Trois jours d'affilée sans les habituelles bourrasques qui rabattaient de longs pans de nuages gris sur les montagnes et le loch, c'était un cadeau du ciel tout à fait inespéré, avait-on répété à Sheena tandis qu'elle traversait la cour. Isabel, la petite servante qu'on avait mise à sa disposition, ne tarissait pas d'étonnement sur le sujet. Tout comme Geordie et ses aides dans les écuries. L'avantage du mauvais temps ici, dans les Highlands, avait expliqué le palefrenier en chef avec un clin d'œil, c'était qu'il ne durait jamais longtemps. Dans sa longue vie, ajoutait-il avec assurance, il n'avait jamais vu s'écouler une journée sans que les quatre saisons, avec leur froidure, leurs giboulées ou leur chaleur estivale ne se succèdent l'une après l'autre.

Le vieux maître d'écurie la quitta après un dernier avertissement, lui conseillant, si elle partait en promenade, de ne pas trop se fier au soleil qui inondait présentement la cour. Un orage était vite arrivé.

Tandis que Sheena vérifiait la bonne cicatrisation des blessures de son cheval, ses pensées vagabondaient, revenant à la scène d'hier, dans le jardin d'Anna, quand Robbie l'avait retrouvée endormie dans l'appentis. Puis au moment où, après l'avoir raccompagnée dans sa chambre, il avait agi de manière si étrange qu'elle y avait songé pendant des heures, se tournant et se retournant dans son lit.

Lui qui, depuis son arrivée à Achnacarry, s'était montré le plus souvent assez brusque avec elle avait pour la première fois fait preuve de gentillesse. Elle avait même cru voir un moment dans son regard une expression de… tendresse.

Absurde ! Parfaitement et totalement absurde !

Sheena attrapa l'étrille avec un soupir et se mit à panser Wee Dubh à grands gestes énergiques.

— Drôle de caractère, Wee, tu ne trouves pas ? Tous les vins ne se bonifient pas avec l'âge, lui chuchota-t-elle à l'oreille.

Wee approuva d'un énergique coup de tête.

Elle le récompensa d'une petite tape affectueuse sur l'encolure et reprit :

— Il ne veut pas plus que moi de ce mariage, et pourtant il n'ose pas le dire clairement à ses parents. Allez comprendre !

Cette fois, Wee gratta furieusement sa litière de ses deux pattes antérieures, comme s'il partageait son irritation. Sheena sourit. Décidément, c'était bien le seul mâle sur qui elle pouvait compter.

Contournant la grosse bête, elle s'attaqua à son autre flanc.

— Pourtant, continua-t-elle à soliloquer, sa mère est très gentille. Ses cousins aussi, et même son frère… Mais lui, il est tout à fait aussi horrible que dans mes souvenirs. Brutal et insultant.

Elle encercla l'encolure de son cheval et posa sa joue contre le poil tiède qui lui picotait délicieusement la peau.

— Et soudain, voilà qu'il est tout à fait charmant, confia-t-elle encore à son meilleur ami, le seul avec qui elle pût partager ses pires craintes… Mais comment va-t-il réagir quand il s'apercevra que je ne sais ni lire ni écrire ?

Quand il découvrira que sa femme n'est pas capable de devenir l'épouse d'un chef ?

Combien de temps elle resta ainsi, blottie contre son cheval dans la tranquille pénombre de l'écurie, Sheena n'aurait su le dire. Elle pouvait ainsi demeurer avec lui des heures, sans craindre sa force et sa taille imposante. Pour elle, Wee ne représentait aucun danger, car c'était son ami et qu'il lui faisait du bien. Bientôt, sa tristesse s'évanouit et elle se sentit plus légère.

Le repos supplémentaire dont elle avait pu disposer ce matin lui avait peut-être fait du bien, finalement. La veille au soir, une fois que le tourbillon de ses pensées se fut apaisé, elle avait sombré dans un profond sommeil. Et elle ne s'était réveillée qu'au milieu de la matinée sans que nul soit venu la déranger. Les bruits qui lui parvenaient du corridor lui indiquaient que la vaste demeure avait repris son train-train quotidien, mais rien n'avait pu l'empêcher de dormir.

Comme Glynnis ne donnait aucun signe de vie, obéissant sans doute aux consignes de Lady Elizabeth, Sheena avait profité de ce long temps de repos dont elle jouissait pour la première fois depuis de longues années. Et c'était à la fois perturbant et absolument merveilleux.

Un plateau déposé derrière sa porte, accompagné d'un heurt discret, lui révéla pourtant qu'on ne l'avait pas tout à fait oubliée.

Sheena s'était habillée toute seule et était descendue aux écuries où elle donnait maintenant à Wee ses soins habituels. Elle acheva d'étriller et de brosser la jolie robe claire de son cheval, la fit briller de quelques coups de chiffon avec la même énergie et le même soin qu'elle y mettait d'habitude puis secoua sa robe pour en retirer les brins de paille. Quand elle se retourna pour quitter le box, Geordie était là qui la regardait. Il devait l'observer depuis un moment et rien dans son expression ne laissait deviner la raison pour laquelle il était venu la rejoindre.

— Bien le bonjour, Lady Sheena. Comment trouvez-vous not' p'tit gars, aujourd'hui ?

Elle jeta un coup d'œil par-dessus son épaule et, par jeu, Wee Dubh la gratifia d'une bourrade qui faillit lui faire perdre l'équilibre.

— Son état s'améliore à vue d'œil. Nous allons pouvoir bientôt le faire travailler dans le paddock.

— Et le monter ? suggéra le vieil homme avec un clin d'œil complice.

Il tendit la main par-dessus la porte du box, et une superbe pomme rouge se matérialisa soudain, attirant l'attention du cheval. Wee repoussa aussitôt sans ménagement sa maîtresse pour s'emparer de sa gourmandise préférée. Décidément, un mâle est un mâle, songea Sheena.

— Pas avant une semaine, Geordie. Je suis sûre que vous serez d'accord avec moi. Certaines plaies touchaient le muscle. Pas question de prendre le risque d'une rechute.

Le mâchonnement bruyant de Wee, accompagné de bruits de déglutition, remplissait maintenant l'espace. Quand il eut fini, Wee revint à la charge, plein d'espoir. Mais il n'y avait plus de pomme et, devant cette évidence, il leur tourna le dos sans plus de cérémonie pour s'attaquer à sa ration de foin. Oui, décidément, c'était bien un mâle.

— J'crois bien qu'vos courses dans la campagne vous manquent autant à l'un qu'à l'autre, remarqua Geordie.

Sheena se retourna vers lui pour lui répondre et s'aperçut, bêtement émue, que Robbie les avait rejoints.

— Oui, bien sûr… Cela nous manque beaucoup à tous les deux.

— À mon avis, tu pourrais très bien le monter dès aujourd'hui, intervint Robbie, sûr de lui.

Sheena observa son compagnon d'un œil perplexe. Pour une fois, il n'avait pas l'air de plaisanter.

— Geordie ! Qu'en pensez-vous ?

Le maître d'écurie, qui s'apprêtait à retourner à ses occupations, s'arrêta dans son élan.

— Non, milady. Vous avez raison, c'est encore trop tôt.

Il ajouta, en se tournant vers son jeune maître :

— Je dois bien avoir un cheval ou deux que milady pourrait monter sans prendre de risque... Il y a bien la vieille Meggie, suggéra-t-il en désignant du menton une jument qui les regardait de ses grands yeux doux dans le box opposé. Mais je ne sais pas laquelle tomberait endormie sur le chemin la première, d'elle ou de Lady Sheena.

Il rit bruyamment à sa propre plaisanterie. Sheena se joignit à lui, appréciant les manières à la fois respectueuses et bon enfant du vieil homme.

— C'est comme vous voudrez, Geordie... Cela me changerait de Wee Dubh, c'est sûr...

— Non, milady, si vous voulez sortir, en attendant que vot'jeune gars soit complètement remis, je vais vous donner celle-ci.

Il se dirigea vers le box voisin et Sheena s'approcha de la monture sur laquelle il avait jeté son dévolu. Wee Dubh émit un hennissement bas qui ressemblait à une forme de protestation. Puis il retourna nonchalamment à son foin.

— Tu vois, ma fille, dit Sheena en caressant le chanfrein et la jolie tête grise aux yeux intelligents qui se tournait vers elle. Tu as rendu mon cheval jaloux... Et comment s'appelle cette jolie demoiselle ? demanda-t-elle à Geordie.

— Mo Chridhe, milady.

— Mo Chridhe ? « Mon Cœur » ? Et que lui vaut ce surnom ?

— C'est la mascotte des écuries, assura le palefrenier en clignant de l'œil.

— Aimerais-tu te promener ? proposa Robbie. Il fait si beau…

Sheena interrogea du regard Geordie.

— Oui, volontiers, dit-elle en le voyant approuver d'un signe de tête.

Pourquoi le nier ? Elle mourait d'envie de monter à cheval. Et la perspective de se promener avec Robbie le long du loch la charmait encore davantage.

— Mais oui, pourquoi pas ?

Son sourire s'élargit et elle ajouta :

— En fait, j'adorerais cela !

— Attention, milady, prévint Geordie, haussant ses gros sourcils. Aujourd'hui, l'est encore passé qu'deux saisons par-d'ssus nos têtes. Le ciel a des réserves. Prenez garde !

Sheena rit gaiement. Elle était née dans les Highlands et ne les avait jamais quittées. Comment aurait-elle pu ignorer les caprices du temps ?

Mo Chridhe et le cheval de Robbie, un large cob bai brun au puissant poitrail, furent sellés et bridés en un tournemain. Bientôt, Robbie et Sheena traversaient la cour d'un pas allègre en direction du pont-levis. Quand ils s'engagèrent dans la rue principale, les villageois les saluèrent joyeusement. À la sortie, Robbie bifurqua vers l'ouest. Le chemin était encore trop étroit et tortueux pour qu'ils lâchent la bride à leurs montures. Ils atteignirent rapidement les rives de la rivière Arkaig et la traversèrent sur un pont de bois si vermoulu que Sheena crut qu'il allait s'effondrer sous leur passage. Chaque pas de son cheval, chaque grincement lui faisait serrer les dents. Mais Mo Chridhe, visiblement habituée, le franchit sans aucune hésitation.

— C'est une bonne petite jument, vive et le pied sûr, dit Robbie, qui les attendait de l'autre côté. Et elle connaît bien ce chemin… Il n'empêche que ce pont a besoin de réparations… Viens, je veux te montrer un endroit par ici que seuls les Cameron connaissent. Du moins pour ceux qui ne l'ont pas oublié.

Ils avancèrent un moment en silence tandis que Sheena s'imprégnait de la beauté sauvage des lieux. La bonne odeur de terre humide et la végétation luxuriante lui étaient familières, tout comme l'odeur épicée des pins qui balançaient leur cime élégante au-dessus de sa tête. Là, au moins, elle se sentait un peu chez elle.

Tandis qu'ils s'enfonçaient dans la forêt, elle entendit le vacarme avant de pouvoir l'identifier. Il s'amplifiait au fur et à mesure de leur approche et, bientôt, Robbie dut crier pour se faire entendre.

— C'est plus impressionnant vu d'ici, hurla-t-il avec un large sourire. Surtout la première fois. C'est pour ça que nous sommes passés par ce chemin.

Sheena sentit son estomac se dénouer. Pour la première fois depuis son arrivée, Robbie lui offrait son vrai visage. Ses yeux avaient perdu leur nuance d'acier pour prendre cette douce teinte myosotis, presque identique au bleu du ciel en ce moment au-dessus de leurs têtes. Oui, décidément, Robbie était devenu le beau jeune homme qu'il promettait d'être.

Alors que la plupart des hommes portaient des cheveux mi-longs, libres ou attachés par un lien de cuir, il les portait plus courts, et ses boucles brunes qui dansaient librement sur ses épaules donnaient envie d'y passer les doigts pour jouir de leur soyeuse exubérance.

Soudain, les souvenirs revinrent en un flot irrésistible.

Robbie pourchassant son frère dans la cour du donjon de Lairig Dubh en lui lançant un clin d'œil complice…

Robbie la gratifiant d'un grand rire moqueur en passant devant elle tandis qu'il suivait son père pour accomplir une tâche ou une autre…

Le sourire de Robbie, tendre et joyeux à la fois, quand il la rencontrait inopinément au détour d'un corridor.

Et le cœur de Sheena qui fondait à chaque fois de plaisir...

— Regarde, Sheena ! N'est-ce pas magnifique ?

La voix de son compagnon la tira de sa rêverie. Quittant un passé qu'elle croyait avoir oublié depuis longtemps, elle regarda dans la direction indiquée par son compagnon.

Et la vue qui se révélait devant eux lui coupa le souffle.

Une cascade haute de plusieurs dizaines de pieds répandait du haut de la falaise, pareille à une longue chevelure d'argent, ses bras bouillonnants. Le courant principal tombait à mi-pente dans un large bassin qui se déversait en un rideau transparent dont la course s'achevait en contrebas dans un grand flot d'écume. Un pont de bois, de meilleure apparence que le précédent, traversait de nouveau le torrent à cet endroit.

— C'est là-bas que le torrent rejoint la rivière, cria encore Robbie en indiquant du doigt la confluence des deux cours d'eau.

Ils franchirent le pont dans une brume d'eau qui recouvrit d'une fine pellicule argentée leurs vêtements et la robe de leurs chevaux. Le rugissement de la cascade rendait toute conversation impossible à moins de hurler à pleins poumons. Heureusement, s'éloignant rapidement, ils gagnèrent bientôt une clairière au pied de la falaise.

— Alors, que penses-tu de ça ? s'enquit Robbie quand ils eurent mis pied à terre.

— Jamais vu une chose pareille, reconnut Sheena en lui tendant les rênes de sa jument.

Robbie alla attacher les chevaux à une basse branche, de façon qu'ils puissent brouter, et, tout en le regardant faire, Sheena se rappela ce que lui avait dit Glynnis.

— Anna n'a-t-elle pas un autre potager par ici ?

Hochant la tête, il lui indiqua du menton un point invisible au pied de la falaise.

— Oui, là-bas… Viens, je vais te montrer.

À la grande surprise de Sheena, il la conduisit vers un gros buisson de houx, au feuillage dense et vernissé, et s'arrêta net.

— Seuls quelques Cameron connaissent cet endroit. Aussi suis-je obligé de te demander le secret.

Il attendit son accord avant de poursuivre, non sans une certaine solennité.

— Personne ne monte jamais jusqu'ici. À part Anna, évidemment. Et Iain, de temps en temps, pour l'aider.

Sheena, perplexe, contemplait l'épais buisson de houx.

— Mais… Comment y va-t-on ?

— Suis moi ! Mais attention, c'est raide.

Robbie repoussa les branches en faisant attention à ne pas se piquer et le chemin apparut soudain.

Un étroit tunnel, habilement aménagé dans le feuillage, courait dans la verdure en direction de la falaise. Robbie commença l'ascension et, relevant ses jupes, Sheena s'élança à son tour dans les traces de son guide, escaladant rochers et racines gigantesques. Leur progression était facilitée par des pierres judicieusement disposées à intervalles réguliers.

Après quelques minutes d'un effort soutenu, ils parvinrent enfin sur une large plate-forme à mi-pente et Sheena ne put retenir une exclamation.

L'endroit ressemblait à ces lieux magiques qu'on ne voit que dans les contes de fées. Une petite cabane de rondins, toute moussue et couverte de vigne vierge, occupait le milieu d'une clairière bordée sur l'un de ses côtés par l'un des bras de la cascade. Un banc, appuyé contre l'un des murs près de la porte, était installé en vis-à-vis d'un potager occupé par de longues plates-bandes dont la luxuriance dépassait tout ce que Sheena avait vu jusqu'ici.

Dans un coin, un bassin d'irrigation détournait l'eau pour la redistribuer dans le jardin. Robbie se dirigea vers la cabane, Sheena sur les talons.

— Quelqu'un vit-il ici ? interrogea-t-elle en chuchotant, comme si elle s'attendait à ce qu'une armée de nains en surgisse d'un instant à l'autre en sifflotant.

La tranquillité des lieux, après le vacarme de la cascade, offrait un contraste saisissant.

— Anna a habité ici un moment quand elle est arrivée du Nord. Maintenant, elle se sert de cet endroit pour faire pousser ses simples et les emmagasiner avant de les conditionner… Parfois, on y loge des journaliers au moment des récoltes.

Soulevant la clenche, Robbie poussa la porte. Sa haute taille le contraignit à incliner la tête pour pénétrer dans l'unique pièce. Une grande table de chêne se dressait contre un mur, l'autre étant occupé par un lit sommaire, simple cadre de bois rempli de foin sur lequel il suffisait de jeter une couverture. Contre le mur du fond, face à l'entrée, se dressait une étroite cheminée de pierre au manteau noirci par la fumée. Une échelle de meunier grimpait au grenier ou d'autres paillasses devaient être installées.

Robbie alla prendre un seau dans un coin.

— Je vais aller chercher de l'eau pour nous désaltérer et ensuite nous pourrons…

Il la regarda un instant, comme s'il hésitait à achever sa phrase.

— Nous pourrons quoi ?

— Parler de notre mariage à venir. C'est à peu près le seul endroit tranquille sur la terre des Cameron pour ce faire.

Il eut un sourire mi-figue mi-raisin qui, en d'autres circonstances, aurait amusé Sheena.

Mais déjà, elle sentait sa gorge se serrer. Déjà, ses mains tremblaient. Bah ! Mieux vaut tard que jamais…

Depuis son étrange comportement la veille au soir au souper – non, depuis le moment où il l'avait trouvée dans le jardin d'Anna, Robbie s'était montré anormalement attentionné à son égard. D'une inhabituelle gentillesse.

Elle alla jusqu'à la porte pour le regarder remplir son seau à la fontaine et, involontairement, son regard s'attarda sur les larges épaules, les reins souples, les longues jambes musclées. Comme il avait grandi depuis qu'il avait quitté Lairig Dubh ! Et surtout, comme il avait forci ! C'était un homme, maintenant, réalisa-t-elle en voyant les muscles de Robbie jouer sous le soleil tandis qu'il soulevait le seau plein à ras bord.

Comme il faisait volte-face, elle tourna vivement les talons, peu désireuse qu'il la surprît à le lorgner.

Le bruit de ses pas signala son retour. Le cœur de Sheena s'accéléra dans sa poitrine.

Le temps était venu des choses sérieuses.

Le temps était venu de faire comprendre à Robbie qu'elle ne pouvait pas l'épouser. Et d'obtenir de lui qu'il l'aide à faire changer d'avis leurs parents.

Mais devrait-elle vraiment pour cela exposer ses lamentables secrets ? La honte envahit Sheena à cette perspective. Mais si c'était le seul moyen d'éviter un désastre, pour sa famille, pour le clan Cameron et pour elle-même, elle le ferait.

Elle fit volte-face, enfin résolue.

Chapitre 8

Quelque chose ne tournait pas rond.

Sitôt que ses yeux s'étaient habitués à la pénombre, il avait remarqué la pâleur du visage de Sheena. Elle serrait contre sa poitrine, comme si sa vie en dépendait, deux gobelets d'étain tout bosselés, et sa bouche n'était plus qu'une mince ligne blanche.

Posant le seau débordant d'eau fraîche sur le sol de terre battue, Robbie fut sur elle en deux enjambées.

— Que se passe-t-il, Sheena ? Qu'est-ce qui ne va pas ?

S'emparant, non sans mal, de l'un des gobelets, il le plongea dans le seau et le remplit.

— Tiens, bois, intima-t-il en approchant le gobelet des lèvres de la jeune fille.

Il la regarda faire puis avança un des escabeaux.

— Assieds-toi.

Il s'accroupit devant elle. Sheena semblait si heureuse tandis qu'ils traversaient la campagne en file sur leurs chevaux ! Tout avait changé quand il était parti remplir ce seau d'eau.

La phrase qu'il avait prononcée avant de quitter la pièce lui revint.

« Nous pourrons parler de notre mariage à venir. C'est à peu près le seul endroit tranquille sur la terre des Cameron pour ce faire. »

C'était donc là la cause de sa détresse !

Le regard de Sheena rencontra le sien puis s'échappa aussitôt, comme un oiseau devant la porte de la cage. Elle but encore deux longues gorgées d'eau et poussa un soupir. Robbie s'empara d'un escabeau qu'il installa devant la table, juste en face d'elle. Il s'assit et attendit.

Comme Sheena ne disait toujours rien, il demanda :

— Est-ce la perspective de ce mariage qui te bouleverse à ce point ?

Nouveau soupir.

Sheena vida son gobelet et le posa sur la table.

— Puis-je parler franchement ou t'attends-tu à ce que je me répande en beaux discours ? dit-elle enfin.

Robbie ne put s'en empêcher. Devant l'air contraint de la jeune fille, il éclata de rire. D'un rire puissant et sonore.

— Je crois que j'ai ma réponse, Sheena.

Elle détourna les yeux, regarda les solives noircies, puis, de nouveau, affronta son regard.

— Et toi, Robbie. Désires-tu vraiment m'épouser ?

Il secoua la tête dans un geste de dénégation.

— Alors, pourquoi as-tu accepté ?

Bon sang ! Il devrait tout de même être vexé du peu d'enthousiasme de la jeune fille à la perspective de l'épouser. Pourtant, un vif soulagement envahit Robbie quand il comprit que, après tant d'années de conflit larvé entre eux, ils étaient d'accord au moins sur un point.

— Par loyauté pour mon clan et pour mon père. Et par devoir. Je serai fidèle au serment que j'ai prononcé quand j'ai été élu *tanist*. Et toi ? Qu'est-ce qui t'a fait accepter d'épouser la personne que tu détestais le plus au monde ?

— On a pris la décision pour moi. Et tu connais mon père… Je ne pouvais qu'obéir. Je ne suis qu'un simple pion dans cette grande partie de dames qui se joue entre les clans des Highlands depuis toujours. Quand la promesse de mariage a été signée, je n'étais encore qu'une enfant. Lorsqu'on me l'a demandé, il y a seulement quelques semaines de cela, je n'avais d'autre choix que de venir ici.

Se levant, Sheena alla remplir d'eau un gobelet qu'elle lui tendit. Puis elle se servit elle-même et se dirigea vers la porte ouverte sur la pente montagneuse.

Robbie la rejoignit devant l'une des étroites plates-bandes du jardin impeccablement entretenues. La plupart étaient composées de plantes médicinales qu'Anna utilisait pour soigner ceux dont elle avait la charge.

Sheena se tenait dans le soleil, les yeux mi-clos. Le vent faisait jouer des mèches de ses cheveux autour de son visage pâle.

Quelques secondes s'écoulèrent dans un profond silence. Puis, rouvrant les yeux, elle déclara tout à trac :

— Je ne peux pas t'épouser, Robbie. C'est impossible.

Les mots restèrent un instant suspendus devant eux, dans l'air limpide de cette matinée d'été.

Robbie fouilla son visage, y cherchant d'autres réponses. Mais Sheena se contenta d'un haussement d'épaules fataliste.

— Tu ne peux pas… ou tu ne veux pas ? insista-t-il.

Il attendit sa réponse, les bras croisés. Était-ce un caprice, comme elle en était coutumière dans son enfance ? Ou quelque chose de plus grave était-il en jeu ? Ce n'était tout de même pas à cause de cette vieille rancune, causée par quelques malheureux coups de fouet ?

Il la vit prendre une profonde inspiration, puis unc autrc.

— Je ne peux pas, dit-elle enfin dans un souffle.

Il y avait presque du regret dans sa voix, et Robbie en fut surpris.

— Y a-t-il quelqu'un d'autre ? Quelqu'un que tu… aimerais ? Que tu voudrais épouser ?

Les mots lui avaient échappé. Comme si ça le concernait vraiment !

Elle eut un vif geste de dénégation.

— Non, bien sûr que non. Mais puisque, ni l'un ni l'autre, nous ne voulons de ce mariage, nous devrions pouvoir l'annuler, n'est-ce pas ? Acceptes-tu de m'aider, Robbie ? M'aideras-tu à sortir de ce piège si soigneusement tissé ?

Annuler la promesse de mariage soigneusement organisée par leurs deux familles depuis des années ? Robbie s'attendait à tout de la part de son ancienne camarade d'enfance, mais jamais il n'aurait imaginé cela. Il n'y voyait pas d'inconvénient, bien au contraire. Pour être honnête avec lui-même, il n'avait pas la moindre envie d'épouser Sheena, même si elle n'avait plus grand-chose en commun avec la petite peste qui lui avait plus d'une fois empoisonné la vie quand il demeurait à Lairig Dubh.

Mais il avait été élu *tanist* et, pour lui et sa famille en tout cas, cela changeait tout. Il n'avait plus la libre disposition de lui-même, tout simplement.

Il porta son gobelet à ses lèvres et le vida d'un trait.

— Je ne comprends pas ta position, Sheena. Donne-moi au moins une bonne raison ? Il y a forcément quelqu'un d'autre… Quelqu'un que tu préférerais épouser ?

La brusque morsure de la jalousie, aussi brutale qu'inattendue, l'atteignit en plein cœur.

— Non ! s'écria Sheena en secouant vivement la tête. Non, je te l'ai déjà dit. C'est tout simplement que je ne veux pas me marier. À qui que ce soit.

Il opina du chef, encore sous le coup de la surprise.

— Robbie, reprit Sheena en le regardant, les mains jointes et les yeux brillants de larmes. Y a-t-il eu un moment, un seul minuscule moment où la perspective de m'épouser t'a arraché un sourire de joie ? Quand ton père t'a informé de ses projets, l'as-tu remercié pour cet arrangement ? Ne serait-ce que d'un sourire, ou même d'un battement de paupière ? Peux-tu me jurer que tu as jamais désiré m'épouser ?

Robbie n'aurait pour rien au monde voulu blesser cette nouvelle Sheena, qui lui paraissait si vulnérable, malgré son assurance de fille bien née. Mais elle semblait tenir à la vérité…

Comme il tardait à répondre, elle eut un petit rire bref.

— C'est bien ce que je pensais ! Et crois bien que je te comprends. Après… Après ce qui s'est passé.

Elle fit un petit geste de la main, incapable de trouver les mots pour évoquer l'humiliant souvenir de la séance de fouet que Robbie avait subie par sa faute.

Puis elle reprit avec un soupir :

— J'ai toujours su que je ne ferais pas de mariage d'amour. Mais je ne me réjouis guère à la perspective d'être un objet d'aversion, ma vie durant, de la part de mon mari.

— Et réciproquement, je suppose ?

L'aigreur de la voix de Robbie était évidente, même à lui-même. Il fut surpris de sentir la main de Sheena se poser sur son bras.

— Je ne peux pas t'épouser, Robbie. Je… je suis incapable de jouer ce rôle. Je ne ferais pas l'affaire, tout simplement.

À la douleur qui faisait briller son regard, Robbie comprit combien cet aveu avait dû lui coûter. Décidément, il y avait autre chose…

Il fronça les sourcils ?

— Tu ne ferais pas l'affaire ? Mais pourquoi ?

Il s'avança plus près, forçant Sheena à tourner vers lui son regard. Il ne voyait rien en elle, aucun vice, aucune monstruosité qui pût justifier l'annulation d'une promesse de mariage.

Puis une brusque évidence le frappa soudain.

— Tu ne me fais pas confiance.

Les grands yeux verts s'élargirent. Il avait visé juste. Elle se méfiait.

Grand Dieu, mais de quoi ? Si un homme, n'importe quel guerrier, villageois ou métayer de la terre des Cameron l'avait insulté ainsi, il l'aurait défié sur-le-champ. Pour une raison qu'il ne parvenait pas à s'expliquer, la méfiance de Sheena à son égard le blessait profondément.

Sa colère s'enflamma comme une braise mal éteinte.

— Tu ne me fais pas confiance et, moi, je ne te veux pas dans ma vie, explosa-t-il, révélant en pleine lumière la vérité brutale qui les opposait l'un à l'autre. Mais n'est-ce pas le cas de la plupart des mariages parmi les gens de notre condition ?

Fouettée par ces paroles volontairement blessantes, Sheena lança de toutes ses forces au visage de son interlocuteur le gobelet qu'elle serrait dans sa main. Puis, sans prendre le temps de vérifier si l'objet avait atteint son but, elle courut à toutes jambes vers le cottage. Robbie soupira. Quelques qu'aient été ses bonnes intentions en proposant cette promenade à Sheena, elles n'avaient plus de sens. Il avait compromis toute forme d'entente avec elle. Il exhala sa colère dans un long cri de rage avant de lui emboîter le pas.

Mais la porte de la cabane était grande ouverte et, aussi loin que la vue puisse porter dans l'étroit espace, il n'y avait plus personne.

Il courut vers le départ du chemin. Aucun signe de Sheena en contrebas, sur les marches durement taillées dans la roche. Bon sang ! L'animal était rapide ! Il se mit à dévaler la pente, trébuchant et glissant sur les degrés détrempés, sautant plusieurs marches à la fois dans sa hâte.

Quand il atteignit finalement la clairière en contrebas, ce fut pour apercevoir la queue de la jument grise filant sur le chemin. La brave bête galopait si vite que Robbie n'aurait pu dire si Sheena était sur son dos.

Robbie se serait giflé lui-même pour son inaptitude à se contrôler. Comme d'habitude. Si ce n'était que, cette fois, l'enjeu était d'importance. Il s'insulta copieusement tandis qu'il se remettait en selle et prenait la route du retour vers Achnacarry.

Sheena avait fait appel à lui pour l'aider à dénouer la situation dans laquelle ils étaient empêtrés tous les deux. Une situation que ni l'un ni l'autre n'avait désirée. Et il n'avait rien trouvé de mieux que de lui aboyer dessus comme un palefrenier grincheux après un garçon d'écurie. En tout cas, sa crise d'humeur avait convaincu Sheena, s'il était besoin, qu'elle avait raison de voir d'un mauvais œil leur projet de mariage.

Robbie secoua la tête. Têtue et courageuse petite Sheena. Elle ne méritait en rien son manque de respect. Ni son mépris. Et surtout, elle ne méritait pas qu'on la mette sous le contrôle d'un homme qui ne voulait pas d'elle.

Un homme qui voulait tout sauf elle.

Lui.

Quand elle fut certaine qu'il était parti, Sheena sortit prudemment la tête de sa cachette et regarda autour d'elle. Comme elle l'espérait, Robbie s'était laissé leurrer par la vue de Mo Chridhe regagnant au galop son bercail. Bizarrement, le fracas de la cascade avait sur elle un effet apaisant. Rassemblant ses jupes, elle entreprit de redescendre de son perchoir, un vieux pin tordu par l'âge.

Le premier roulement de tonnerre gronda au-dessus de sa tête. Une nuée d'encre s'était formée sans qu'elle s'en aperçût, et elle atteignait le premier cottage au bord de la route quand un éclair zébra le ciel, aussitôt suivi d'une pluie drue et brutale. Elle chercha autour d'elle un abri tandis que les propos de Geordie résonnaient à son oreille. Elle avait atteint les abords du village quand une porte s'ouvrit.

— Entrez vite, petite demoiselle. Vous allez être trempée !

Sheena s'empressa d'obtempérer tandis que la pluie redoublait de violence.

— Mille mercis, mistress, dit-elle en secouant sa jupe sur le seuil du cottage. Vous m'avez sauvée.

— Allons, allons, c'est pas une p'tite pluie comme ça qui va vous faire fondre, milady, s'exclama son hôtesse avec un bon rire en la poussant dans la pièce avant de refermer la porte.

Elle ajouta en lui tendant une pièce de tissu propre :

— Allons, essuyez-vous un peu. On dirait une noyée !

Sheena accepta l'étoffe avec reconnaissance.

— Geordie m'avait pourtant prévenue. Mais je n'en ai pas tenu compte.

— Bah ! Comme on dit chez nous, oisillon tombé du nid n'est point sage.

La femme s'activait maintenant dans la pièce, approchant un escabeau de la cheminée, retirant du poêle l'eau qui bouillait et la versant dans un bol, le tout avec un large sourire.

— Pas question de vous laisser attraper froid, hein, ma p'tite ! Allez, asseyez-vous et buvez-moi ça pour vous réchauffer.

Sheena se retrouva enveloppée dans un châle, un bol d'infusion devant elle, tandis que son hôtesse continuait à aller et venir en jacassant. Sheena, envahie d'un doux bien-être, se rappela la cuisinière de Broch Dubh. La brave femme, experte dans son domaine et qui n'avait pas la langue dans sa poche, faisait comme son hôtesse preuve de bienveillance et d'autorité.

— Comment vous appelle-t-on, mistress ?

— Toutes mes excuses, milady ! Mon nom est Tavie Mackintosh.

Interceptant le coup d'œil curieux que Sheena venait de lancer au métier à tisser installé près de la fenêtre, elle précisa :

— Je suis fileuse, pour le compte de la bonne dame du château et des gens du village qui me le demandent.

— Et vous êtes mariée ?

À la façon dont le visage épanoui de Tavie s'éclaira, Sheena connut la réponse. Non seulement elle était mariée, mais heureuse en ménage et probablement mère de famille.

— Pour sûr !

— Et vous avez des enfants ?

— Un fils, qui vient d'avoir ses quinze ans et qui nous en fait voir de toutes les couleurs. Heureusement que Tomas, le jeune milord, l'a pris sous son aile pour le former aux armes.

Tavie se signa rapidement avant d'ajouter :

— En priant le ciel pour que ça ne se termine pas mal… Et j'ai aussi une fille de dix ans. Un petit ange qui aime déjà filer et tisser.

Sheena but une gorgée de l'infusion chaude et parfumée en écoutant la pluie tomber. Tavie, qui, à l'évidence, n'aimait pas perdre son temps, s'était assise devant son métier et travaillait en chantonnant. Sheena se rapprocha d'elle, intriguée.

Les mains habiles de la brave femme dansaient sur la surface du métier, jonglant avec les fils de couleur pour suivre les motifs du canevas. Aucune hésitation dans ses gestes tandis que la navette passait entre les fils de trame tendus par de lourdes pierres.

— Depuis combien de temps faites-vous cela ?

— Depuis que je suis gamine, comme ma petite Keita.

C'est ma mère qui me l'a appris et moi j'en fais autant avec ma fille.

Tout en continuant son ouvrage, elle indiqua du menton un métier un peu plus petit, à l'autre coin de l'unique fenêtre.

— Vous voulez que je vous montre, milady ? C'est-à-dire, si vous n'avez encore jamais essayé.

Grand Dieu, bien sûr qu'elle avait envie d'apprendre ! Pourtant, sachant qu'elle n'avait pas hérité des dons de sa mère pour la broderie et les travaux d'aiguille, quels qu'aient été ses efforts pour y parvenir, Sheena n'osait pas se lancer.

— Je ne voudrais pas vous faire perdre de temps, Tavie…

— Venez, milady, je vais vous montrer.

Quittant prestement son escabeau, Tavie se dirigea vers l'autre métier.

— Installez-vous. Si Keita peut le faire, vous aussi.

— Mais c'est son travail et je ne voudrais pas tout gâter !

La brave femme haussa les épaules.

— Bah ! Si vous allez de travers, nous pourrons toujours défaire vos fils.

Bientôt le bruit du tonnerre et de la pluie s'évanouirent tandis que Sheena s'absorbait dans la manipulation de la navette, la guidant de droite à gauche de plus en plus vite, dans un geste toujours plus fluide. Bien que son motif ne soit pas aussi régulier que celui de la fille de Tavie, en voyant la progression de son ouvrage, Sheena sentait monter en elle un plaisir et une fierté inconnus.

Elle était si concentrée sur sa tâche qu'elle ne vit pas le ciel bleu reprendre sa place ni la porte s'ouvrir. Son hôtesse dut tousser plusieurs fois pour qu'elle lève les yeux.

Robbie était campé devant elle, les mains sur les hanches, image même de la stupéfaction.

— Oh… Je…

La navette échappa des mains de Sheena et alla rouler

sur le sol. Se penchant pour la ramasser, elle effleura les doigts de Robbie qui, lui emprisonnant la main, l'aida à se redresser.

— Tout va bien ? s'enquit-il, son regard clair fouillant son visage.

— Mais oui… Bien sûr.

Se libérant vivement, Sheena enroula le fil sur la navette et la remit à sa place sur le métier comme Tavie le lui avait appris.

— L'orage, bafouilla-t-elle, les yeux baissés sur sa tâche.

— L'orage, répéta Robbie. En rentrant, fou d'inquiétude, j'ai été tout droit aux écuries pour trouver Mo Chridhe mangeant son picotin tranquillement dans son box. Sans toi. J'ai craint que tu ne te sois blessée en tombant sur le chemin, au milieu de la foudre et des éclairs. Alors, j'ai frappé aux portes des maisons…

L'expression intense de son regard, comme s'il se souciait vraiment d'elle, fit vibrer quelque chose au plus profond de Sheena.

— Sans l'aide de mistress Mackintosh, cela aurait pu mal se terminer, en effet. Par chance, elle était chez elle et a pu m'héberger.

— Et je vois que vous n'avez pas perdu votre temps, toutes les deux, ajouta Robbie en se penchant sur le métier à tisser.

Il se rapprocha pour mieux voir, et Sheena retint son souffle.

— Seuls les premiers rangs sont de ma main. Keita est plus douée que moi…

Le cœur de Sheena battait maintenant à se rompre. Mon Dieu ! Comment allait-il réagir ! Elle lui avait lancé un gobelet à la figure. Elle s'était enfuie, et au lieu de s'excuser, de donner au moins quelques explications, elle était là, en train de siroter une infusion tout en se livrant paisiblement à quelque tâche domestique !

— Milady apprend vite, intervint Tavie en se penchant à son tour sur son ouvrage. Regardez comme ses fils sont déjà bien tendus ! Et comme ses points sont finement serrés !

— C'est vrai, Tavie, approuva Robbie. Milady est très douée.

Il passa le plat de sa main sur les fils bien alignés, et Sheena frémit comme s'il avait caressé sa peau nue. Étrange sensation, s'il en était !

Puis il ajouta, comme s'il ne parlait que pour elle :

— Est-ce là quelque chose que tu pratiquais chez toi, Sheena ? Je ne me souviens pas de t'avoir jamais vue occupée à des ouvrages de dame.

— Non, non. C'est une première expérience. Je n'avais jamais essayé… Par manque de patience, je suppose.

— Eh bien ! On peut dire que, grâce à mistress Mackintosh, te voilà dotée d'un nouveau talent.

Les yeux de Sheena se remplirent de larmes. Ni l'un ni l'autre de ses interlocuteurs ne pouvait imaginer l'importance que leurs compliments, sincères ou simplement polis, pouvaient avoir pour elle. Elle s'attendait à une pluie de reproches de la part de Robbie.

Pas à cela.

S'il était conscient de son émotion, Robbie sut ne pas le montrer. Lui tendant la main, il attendit simplement qu'elle la prenne.

Quand elle leva les yeux vers lui, la marque du coup qu'elle lui avait infligé, une meurtrissure rouge sous l'œil, lui arracha une grimace navrée.

— Oh ! Robbie. Je suis tellement…, commença-t-elle en tendant la main vers le visage de son compagnon.

— Ce n'est rien, s'empressa-t-il de l'interrompre en

emprisonnant sa main dans la sienne. J'ai eu tort de susciter ta colère.

Une toux discrète leur rappela qu'ils n'étaient pas seuls.

Sheena se retourna vers Tavie.

— Tous mes remerciements pour votre hospitalité, mistress Mackintosh. Et pour votre leçon de tissage. J'espère que votre fille n'y verra pas d'offense. J'ai bien dû commettre quelques dégâts…

— Oh ! Point du tout, milady. Cela m'a fait grand plaisir… La prochaine fois, je vous montrerai comment changer les couleurs pour suivre le modèle. Vous apprenez vite, grâce à Dieu. Et vous pourrez bientôt vous lancer dans des ouvrages plus compliqués.

Ce n'était peut-être que de la politesse à l'égard de celle qui allait épouser le *tanist* du clan Cameron, mais Sheena, peu habituée aux compliments, les accepta bien volontiers.

Dehors, l'air était frais, et le ciel, piqueté de nuages d'un blanc immaculé, semblait lavé et paré de neuf pour un nouveau jour. Des villageois de tous les âges vaquaient de nouveau à leurs occupations dans la rue principale et dans les ruelles attenantes.

Déjà, Robbie était sur son cheval et lui tendait la main, serrant les rênes de sa monture pour l'empêcher de danser sur le pavé. Cela valait mieux, en effet, que de devoir patauger dans les rues que la pluie avait transformées en bourbier ! Sheena s'empara de la grande main tendue et, se servant du pied de Robbie comme d'un étrier, se hissa prestement sur la large croupe de sa monture.

Puis ils remontèrent la rue au pas vif de son cheval jusqu'au castelet dont on ne refermait les portes qu'en cas d'alarme. Robbie, sans s'arrêter dans la cour des écuries, poursuivit son chemin jusqu'aux marches du donjon. Comme un serviteur se précipitait, il le renvoya d'un geste et, sautant à terre, il prit sa cavalière par la taille et la souleva comme une plume.

Était-ce un effet de l'imagination de Sheena ou Robbie la retenait-il dans sa descente, la plaquant contre lui de tous ses muscles bandés ?

Gênée, troublée plus qu'elle n'aurait su dire, Sheena se concentra sur la marque du coup qu'elle lui avait porté, bien visible à la lumière du jour.

— Je regrette d'avoir perdu mon sang-froid, Robbie. Te lancer ce gobelet au visage était d'une grande puérilité… Veux-tu que je fasse chercher un baume dans ma cassette par ma chambrière pour empêcher la contusion de s'aggraver ?

— Non, non. Ce n'est rien, sincèrement.

Sheena hésita un instant puis dit encore :

— Je… je voulais que tu saches combien j'ai apprécié cette promenade, malgré tout.

Le regard de Robbie s'attendrit. Le bleu de ses yeux se réchauffa lentement, comme allumé de mille paillettes d'or.

— Sheena, murmura-t-il. Je vais t'aider, je te le promets.

— M'aider ? Ah oui, bien sûr. À annuler cette promesse de mariage.

— Chut ! Cela doit rester entre nous. Personne d'autre ne doit savoir.

Il avait reposé Sheena sur le sol mais serrait toujours sa taille de ses larges mains. Soudain, ses pouces effleurèrent la rondeur de ses seins, et un frisson la traversa.

— Rompre cette promesse de mariage est une affaire délicate, reprit-il. Elle va remettre en question des alliances déjà établies et d'autres en cours de négociation.

— Je comprends.

— Accorde-moi un jour ou deux pour retrouver le contrat de fiançailles et en prendre connaissance. Nous en reparlerons ensuite tranquillement.

Soudain remplie d'espoir, Sheena lui sourit. Robbie allait l'aider. Il allait leur permettre à tous les deux de se sortir de ce piège qui paraissait inextricable. Soudain libérée du poids qui l'écrasait depuis des mois, elle jeta impulsivement ses bras autour du cou de Robbie et l'embrassa à pleine bouche.

Bientôt, leur contact devint plus intime. Sheena sentit les bras de Robbie se refermer de nouveau autour de sa taille, resserrant leur étreinte. Le long corps musclé de son compagnon se pressa contre le sien, écrasant toutes ses courbes féminines et, soudain, avec la plus grande gêne, elle identifia le phénomène gênant qui venait de survenir.

Elle bondit aussitôt en arrière.

Le regard de Robbie avait changé. Il s'était encore adouci, mais il y brillait maintenant une flamme plus dure, incandescente. La flamme du désir.

Un mince sourire jouait sur les lèvres de son compagnon. Ses yeux se posèrent sur la bouche de Sheena, et elle retint son souffle, attendant presque un nouveau baiser. Mais au lieu de cela, il la libéra doucement de son étreinte et recula d'un pas. Puis, prenant les rênes de son cheval, il tourna les talons.

— À ce soir, lança-t-il. Pour le souper.

Le ton était énergique, presque rude, et Sheena s'en étonna.

Mais elle était trop excitée, trop heureuse de l'aide qu'il venait de lui promettre pour s'en offusquer. Sans l'aide de Robbie, elle n'avait aucune chance de mettre un terme à ce projet de mariage.

C'est seulement au milieu de la nuit qu'elle se demanda ce qui l'avait fait changer d'avis. Pourquoi trouvait-il maintenant d'une telle évidence que leur mariage puisse être empêché ?

Mais il était trop tard pour le lui demander.

Chapitre 9

En fait, il fallut plus de trois jours à Robbie pour trouver le document contenant leur promesse de mariage. Mais ce ne fut pas l'aspect le plus surprenant de leur entreprise. Non, ce qui surprit le plus Sheena, ce fut le plaisir qu'elle prit en la compagnie du jeune homme pendant ces longues journées passées en sa compagnie et celle de sa famille. Leur hostilité mutuelle ayant pris fin, les repas, avec leurs conversations enjouées, l'attention des parents de Robbie à son égard, les plaisanteries de Tomas et de Iain, devenaient d'agréables intermèdes au cours desquels Sheena apprenait à mieux les connaître. Elle se surprenait maintenant à attendre ces moments de retrouvailles avec impatience.

Sans perdre sa douceur et son amabilité, Glynnis se révélait une compagne intelligente, perspicace, et non dépourvue d'humour. Elle contribuait avantageusement à la conversation, suppléant aux manques ou aux ignorances de Sheena. Et, sans avoir l'air d'y toucher, elle avait aussi sa manière à elle de lui suggérer comment combler ses lacunes ou remédier à son inexpérience.

Et bien sûr, avec sa perspicacité habituelle, sa demoiselle de compagnie ne tarda pas à s'apercevoir que Sheena ne savait pas lire. Qu'elle fît ensuite en sorte que les autres ne s'en aperçoivent pas à leur tour lui gagna la gratitude et l'estime indéfectibles de Sheena. Elle était heureuse que

Glynnis ne se soit pas offusquée de son refus d'apprendre à ses côtés.

La seule chose que Sheena n'avait pu éclaircir, durant la fréquentation quotidienne de sa dame de compagnie, c'était la véritable nature des sentiments de la jeune femme à l'égard de Robbie et de son cousin Iain.

Elle avait cru percevoir qu'il se passait quelque chose entre Glynnis et Iain lorsqu'ils étaient tous au domicile de sa mère, Anna la guérisseuse. Et pourtant la jeune fille ne faisait jamais montre en public d'un intérêt particulier pour lui. Elle s'adressait du même ton égal et courtois à Iain et à Robbie, ainsi qu'à Tomas, plaisantant et discutant avec eux des mêmes sujets sans manifester de préférence ni pour l'un ni pour l'autre. Lors des repas ou dans la cour, autant que dans les corridors et dans le hall, quand Sheena et elle croisaient les trois jeunes gens, Glynnis faisait preuve pour tous les trois de la même courtoisie pleine de grâce.

Pourtant, lorsque Iain regardait Glynnis sans savoir que lui-même était observé, une petite flamme s'allumait dans ses yeux qui en disait long. Leur comportement était au-dessus de tout reproche et sans doute Sheena l'avait-elle remarqué parce que, dans la solitude de son enfance, elle avait appris à s'intéresser aux gens.

Quand Glynnis s'adressait à Robbie, une affection sincère s'entendait dans sa voix, se lisait dans son sourire. Par sa naissance, la jeune fille était destinée à faire un brillant mariage ; et si les Cameron avaient su plus tôt que Robbie allait connaître une si fulgurante promotion, c'est Glynnis qu'ils auraient choisie pour lui. L'entente visible entre les deux jeunes gens et leur bonne camaraderie depuis l'enfance auraient assuré un mariage heureux.

Oh ! On ne pouvait pas dire que Glynnis fût amoureuse de Robbie, pas plus que Robbie ne l'aimait, mais les bases d'un mariage solide étaient bien là. Rien à voir avec le couple étrange que Sheena formait elle-même avec son meilleur ennemi…

Le seul en qui Sheena lisait à livre ouvert, dont l'âme était aussi claire pour elle que l'eau limpide d'un torrent, c'était Tomas. Là où Robbie affichait un sérieux inébranlable, presque rébarbatif, du moins en ce qui la concernait, Tomas se montrait léger et agréable. Il lui avait dit avec un clin d'œil que c'était la prérogative du frère cadet, dont personne n'attendait rien sinon une irréprochable solidarité avec le reste de sa famille. Très souvent, alors qu'elle éprouvait le besoin d'une compagnie, ou bien lorsque, le matin, elle se dirigeait vers les écuries pour visiter son cheval, Tomas se matérialisait soudain à ses côtés.

Et tout le monde au château était si gentil pour elle ! Non, décidément, le seul qui lui inspirait des réserves, c'était bien Robbie.

À sa décharge, depuis qu'il avait accepté de l'aider, son fiancé, puisqu'il fallait bien l'appeler ainsi, ne lui avait plus adressé un seul mot désagréable. Et il manifestait à son égard une courtoisie sans défaut. L'éventualité d'annuler leur mariage semblait avoir eu le même effet sur lui. C'était comme si un poids venait de lui être enlevé des épaules, le mettant beaucoup plus à l'aise avec celle qui ne tenait pas plus que lui à l'épouser. En vérité, jamais ils ne s'étaient aussi bien entendus. Quand Robbie n'était pas retenu par d'autres obligations dans le comté, ils partageaient le repas côte à côte dans la grande salle, ou bien il l'accompagnait au village pour quelque course dont Lady Elizabeth avait chargé sa future belle-fille.

Sheena préférait ne pas examiner de trop près ce changement d'attitude. Pour parler cru, cela ne signifiait-il pas qu'il était content de se débarrasser d'elle ?

Cela n'avait rien de nouveau pour elle. Elle avait l'habitude d'être le vilain canard boiteux. Elle avait appris dès l'enfance, sans doute grâce aux bavardages d'une servante peu charitable, que, lors de sa difficile naissance, lorsque la sage-femme avait demandé à Connor MacLerie de choisir entre la mère et l'enfant, le père, son propre père, avait sans hésitation décrété qu'il voulait que sa femme vive.

On en avait parlé à mots couverts pendant des années, car c'était là un choix interdit par l'Église. Mais le comte, déjà connu sous le terrible surnom de la Bête des Highlands pour son comportement indomptable, n'obéissait qu'à ses propres lois. Bien que l'histoire ait vite acquis une dimension romanesque, celle d'un homme terriblement amoureux de sa femme, Sheena n'en avait retenu que son manque d'intérêt pour la fillette née cette nuit-là.

Contre toute attente, pourtant, le fait que Robbie renonce sans difficulté à l'épouser contrariait Sheena plus qu'elle ne l'aurait cru. Bien sûr, elle ne désirait pas plus que lui leur mariage. Mais lui, qui avait tant insisté sur son devoir à l'égard de son père et de ceux qui l'avaient choisi pour lui succéder, s'était rangé bien vite à son avis.

En sortant du cottage de Tavie pour la troisième fois en trois jours, Sheena trouva Robbie en train de l'attendre. Il se tenait contre le mur de la maison, les bras croisés et le dos réchauffé par les vieilles pierres. La brise, signe de beau temps durable, rebroussait ses cheveux, lui donnant l'air plus jeune, plus insouciant.

— Alors, s'enquit-il en se redressant d'un coup de reins. Cette leçon s'est bien passée ?

— Oui. Tavie est d'une patience inépuisable. Mais elle a tout de même ses propres obligations… Et toi, que fais-tu là ? demanda-t-elle, remarquant la lueur malicieuse qui brillait dans son regard.

Robbie lui tendit la main avec un grand sourire.

— Je suis porteur d'une bonne nouvelle. Viens… Dépêchons-nous.

Il lui serrait la main fermement, et Sheena allongea le pas pour rester à sa hauteur. Comme il l'entraînait vers l'entrée du château, puis en direction des écuries, son cœur s'accéléra. Serait-il possible que… ?

Quand ils arrivèrent devant les bâtiments, elle était à bout de souffle. Mais en voyant Wee Dubh mené en main dans le long couloir, elle sut que ses efforts étaient récompensés. Dès qu'il la vit, son cheval arracha ses rênes des mains de Geordie et se précipita vers elle.

— Le moins qu'on puisse dire, c'est qu'il est heureux de te voir, s'exclama Robbie en riant.

— Pour sûr, milord, intervint Geordie, riant à son tour. Il aurait bien besoin d'une petite promenade pour se dégourdir les jambes. Qu'en dites-vous, milady ?

Déjà, Sheena récupérait les rênes d'une main tremblante, et Robbie, se penchant sur elle, lui murmurait dans le cou :

— Là… Doucement… Laisse-moi t'aider.

Se positionnant au niveau de l'épaule gauche de Wee, il l'aida à se mettre en selle, et elle enfourcha sa monture d'un mouvement qui n'avait rien perdu de sa souplesse.

— Va pas être commode de l'tenir en bride, milady. Mais même s'il veut s'en donner à cœur joie, l'est pas encore en état de faire des folies. Soyez prudente et t'nez-le bien.

Sheena hocha la tête, prête à toutes les concessions… Mais déjà, elle se sentait envahie par une ivresse joyeuse. Elle assura ses jambes, ajusta ses rênes, tâchant de contenir Wee Dubh tandis que Robbie enfourchait sa propre monture.

— Par ici, intima-t-il.

Et elle le suivit docilement, enjoignant à Wee de se modérer autant que possible. Des larmes de joie, dont elle n'avait pas même conscience, coulaient sur ses joues.

— Quelque chose ne va pas ? demanda Robbie en lui lançant un regard inquiet par-dessus son épaule.

Sheena lui adressa un sourire radieux.

— Non, tout va merveilleusement bien, au contraire. Je suis plus heureuse que je ne l'ai été depuis longtemps.

Il hocha la tête puis dirigea à nouveau son cheval vers l'avant, visiblement désireux de contenir les élans de Wee Dubh. Et Sheena le suivit, le sourire aux lèvres, au-delà du pont-levis et par les rues du village. Cette fois, en arrivant sur la route, ils se dirigèrent vers l'est et filèrent au petit trot. Bientôt, une large étendue d'eau s'ouvrit devant eux. Contrairement à la route qu'elle avait prise pour venir de Lairig Dubh, l'itinéraire qu'ils empruntaient suivait la rive du loch. Le chemin était large et rectiligne, et Robbie laissa Sheena avancer avec lui, botte à botte.

— Sois prudente, sinon Geordie est capable de me couper les oreilles ! Pas question de gâter tous les bons soins que vous avez donnés tous les deux à ton cheval.

Sheena éclata d'un rire joyeux et ils accélérèrent l'allure, les sabots de leurs montures frappant le sol durci dans une cadence régulière. Mais bientôt, il fut de plus en plus difficile à Sheena de retenir Wee qui, les oreilles droites et fouaillant de la queue, allongeait l'allure. Elle sentit le vent dénouer ses cheveux et secoua la tête gaiement. La vie était belle, et Wee était guéri.

Quand elle vit la sueur mouiller son encolure et l'écume lui venir aux lèvres, elle se redressa imperceptiblement, les mollets serrés et, au bout de quelques secondes, parvint enfin à le ralentir. Robbie les rejoignit, et elle se tourna vers lui avec un sourire éclatant.

— Le prochain chemin à gauche, dit-il. Tout droit vers le loch.

Docilement, Sheena emboîta le pas à son compagnon et ils se dirigèrent vers la rive par un étroit chemin bordé de bruyère. Là une petite plage de sable gris descendait en pente douce jusqu'à l'eau. Sheena se laissa glisser du dos de Wee et le mena à l'eau pour le faire boire.

— Geordie ne m'a rien dit ce matin, quand je suis allée aux écuries, dit-elle en grattant affectueusement son cheval entre les deux oreilles. Je n'en crois pas mes yeux ! Wee a parfaitement récupéré. Il est même encore plus fringant qu'auparavant.

Robbie sourit.

— Ce qui n'est pas peu dire… Geordie ne voulait pas que tu sois déçue. Il voulait t'éviter une fausse joie.

Sheena baissa la tête, le regard soudain assombri. S'il était arrivé quelque chose de grave à Wee, jamais elle n'aurait pu s'en remettre. Outre qu'elle l'avait fait naître et que c'était elle qui l'avait dressé, son cheval était probablement son seul véritable ami.

Jamais elle ne se serait pardonné d'avoir causé sa perte.

— Est-il né à Lairig Dubh ? Je sais que tu habites avec ta sœur, Lilith, depuis quelque temps.

La question de Robbie la surprit. S'était-il donc intéressé à elle, ces dernières années ?

— Oui, en effet. Depuis deux ans. Juste après son mariage avec Rob Matheson.

— Je me souviens de Rob, bien que nous n'ayons pas été écuyers très longtemps ensemble auprès de ton père.

Rob Matheson était le fils bâtard de l'un des plus proches alliés de Connor MacLerie dans les territoires de l'Ouest. Connor avait pris le jeune homme à sa cour autant pour complaire à un ami que pour consolider une alliance. À cette époque, Matheson, tout comme Robbie, ne pouvait prétendre à la succession de son père comme chef de clan. Aussi s'étaient-ils réjouis d'apprendre ensemble auprès de la terrible Bête des Highlands tout ce qu'un chevalier digne de ce nom devait savoir. Jusqu'à ce que les deux garçons deviennent enragés à cause du caractère du père… et de l'une de ses filles.

— Wee est né chez moi, à Lairig Dubh, mais il a grandi et a été dressé à Keppoch Keep. Au vu de ses deux géniteurs, personne ne s'attendait à ce qu'il devienne aussi grand et aussi puissant… Sauf moi, ajouta-t-elle avec un sourire.

— Et Lilith n'a fait aucune objection en voyant arriver chez elle un pareil phénomène ?

— Tant que je ne lui demandais pas de le monter… Son époux n'y tenait du reste pas davantage.

Robbie eut un petit rire moqueur.

Extirpant de l'une de ses fontes de selle la gourde remplie de petite bière, il en arracha le bouchon avec ses dents. Il la tendit à Sheena, qui se servit, avant d'en boire lui-même une longue rasade. Puis, s'asseyant sur un rocher, il fit signe à sa compagne de le rejoindre.

Elle s'avança de deux pas mais resta debout.

— Et tu étais chez elle depuis longtemps ?

— Elle s'est mariée il y a deux ans et m'a invitée à la rejoindre à Keppoch si je le désirais. J'étais assez contente de changer d'air… C'est de là-bas que je suis venue dès que j'ai reçu le message.

Qu'y avait-il dans sa voix ? Du regret ? De la tristesse ? D'avoir quitté Keppoch Keep ou d'avoir dû le rejoindre ? Il n'aurait su le dire.

— Nous avons même habité chez notre sœur un moment tous les deux, Aidan et moi…

Robbie but une autre gorgée.

— Comment cela se fait-il ? Quelle idée votre père pouvait-il avoir en tête en se débarrassant de ses trois enfants d'un seul coup ?

Sheena se laissa tomber à côté de lui avec un haussement d'épaules, prenant bien soin de ne pas le toucher.

— Même dans ses meilleurs jours, tu as pu te rendre

compte que mon père est un peu… encombrant. Ses relations avec ses enfants, même Aidan et Lilith, n'ont jamais été très bonnes.

— Et avec toi ? Comment cela se passait-il ?

— J'étais seule, la plupart du temps. Ou dans les quartiers des domestiques. Et je ne demandais jamais rien. Je ne le dérangeais pas beaucoup.

— Rien n'avait changé finalement, depuis mon époque.

Sheena resta un instant silencieuse.

— Et toi, Robbie ? Quand es-tu revenu ici, à Achnacarry ? La dernière fois qu'on a parlé de toi à la maison, tu résidais à Tor.

— Quand mon père est devenu le chef du clan, il y a six ans, j'ai été chargé de la défense de Tor. Cela fait seulement quelques semaines que je suis revenu ici.

Se remettant sur ses pieds, Sheena marcha jusqu'à l'eau.

— Ainsi, je t'ai détourné de ton devoir ?

— Je crois que mes parents et les tiens ont été clairs sur la question, riposta Robbie avec un rire bref. Mon devoir, c'est toi.

Il remarqua la crispation fugitive de la bouche de Sheena. Elle devait attendre qu'il lui donne des détails sur la manière dont il espérait les tirer tous les deux de la chausse-trappe dressée par leurs parents. Sans doute même pensait-elle que c'était la raison pour laquelle il l'avait entraînée dans cette promenade.

— As-tu trouvé les documents, Robbie ?

— Oui…

Les mains de Sheena se crispèrent sur sa jupe.

— … mais, pour le moment, je ne vois pas comment les prendre sans qu'on le remarque. Ils sont dans le cabinet de notre intendant, dans un coffre dont seuls mon père et lui ont la clé.

— Crois-tu qu'il y ait un espoir ? Je veux dire, de rompre cette promesse de mariage ?

— Il faut que je puisse en prendre connaissance intégralement… Nous devrions nous y mettre tous les deux… Peut-être Glynnis pourrait-elle nous aider ?

— Glynnis ? Pourquoi l'impliquer dans tout cela ? Il s'agit d'une question très intime, Robbie. Je ne souhaite pas qu'elle s'en mêle.

Sheena s'était remise à arpenter la petite crique, tournant en rond entre les rochers.

Il y avait dans la voix de la jeune fille quelque chose de cassant qu'il n'avait pas entendu depuis son arrivée à Achnacarry. Qu'est-ce que cela pouvait bien signifier ?

Était-ce de la jalousie ? Mais pourquoi Sheena serait-elle jalouse de sa demoiselle de compagnie ? Cela le laissa un instant perplexe.

— Si je songeais à elle, expliqua-t-il enfin, c'est parce qu'elle déchiffre parfaitement le latin. Bien mieux que moi, à vrai dire.

Se laissant tomber à genoux au bord du loch, Sheena laissa tremper sa main dans l'eau froide. Puis elle se perdit dans la contemplation de la vaste surface immobile où se reflétait le ciel bleu.

Robbie la rejoignit.

— Nous n'avons pas absolument besoin d'elle, Sheena, dit-il enfin après un silence. Quant à mes parents, ils partent pour Tor ce matin. Le champ est libre…

Sheena bondit sur ses pieds.

— Tes parents quittent Achnacarry ?

— Seulement pour deux jours… Nous pourrions les y rejoindre puisque Wee Dubh a retrouvé son allant. Cela te permettrait de découvrir les lieux.

— Pourquoi pas ? Cela peut-il attendre que nous… Que tu aies pris connaissance du contrat ?

— Que *nous* en ayons pris connaissance, Sheena. Cette affaire nous concerne tous les deux. Si tu penses que, à nous deux, nous connaissons assez de latin, alors nous pouvons laisser Glynnis en dehors de tout cela. C'est sans doute préférable, en effet.

Comme Sheena opinait du chef sans conviction, il insista :

— Prévoyons notre petite opération juste après le repas de ce midi. C'est l'heure où il y a le moins de monde dans les couloirs.

Ils allèrent récupérer leurs chevaux, paisiblement occupés à brouter à la lisière du bois, et se remirent en selle.

— Je... J'ai promis à quelqu'un du village de lui rendre visite en fin de matinée, dit enfin Sheena. Peut-être déjeunerai-je là-bas. Mais je serai de retour juste après le repas. Est-ce que cela te convient ?

Sa curiosité soudain éveillée, Robbie dévisagea sa compagne sans oser l'interroger. Tout le monde dans le clan savait que Sheena lui était promise. Du moins, jusqu'à ce que le contrat soit rompu, évidemment. Alors, avec qui pouvait-elle bien avoir rendez-vous ce matin ?

Il se contenta pourtant d'acquiescer d'un signe de tête.

Ils furent bientôt de retour aux écuries, où les attendait Geordie, les poings sur les hanches, contemplant fièrement son protégé et sa cavalière.

Et, en voyant Sheena se pencher sur l'encolure de Wee Dubh pour y déposer un baiser, Robbie fut soudain saisi d'une idée étrange.

Et si sa mère avait raison ? Si, à supposer qu'il épouse vraiment Sheena, son rival pouvait être non pas un beau et séduisant jeune homme... Mais bien plutôt ce fichu cheval !

Chapitre 10

À l'heure du déjeuner, la table réservée d'ordinaire au maître de maison et à la famille était quasi déserte.

Comme prévu, les parents de Robbie étaient partis dès l'aube pour leur place forte de Tor. Le capitaine de la forteresse, le mari d'Anna, les escortait, ainsi que Iain, leur fils, et l'intendant, Struan, qui devait s'entretenir avec le régisseur de Tor Castle à propos de leurs terres du Sud.

En voyant la place vide de Sheena, Robbie se rappela que Sheena était descendue au village. Il se tourna vers Glynnis, qui avait pris place à côté de lui.

— Sheena m'a dit qu'elle déjeunerait sans doute au village. Elle ne vous a pas demandé de l'accompagner ?

— Oh ! que non ! s'exclama Glynnis avec un sourire affectueux pour celle à qui elle avait désormais dévoué sa vie. Désormais, elle a ses amis là-bas. Et elle sait que je déteste le tissage, la fabrication du pain et la lessive collective.

Robbie prit une profonde inspiration. Il y avait un peu de moquerie dans la voix de la jeune fille, mais rien de malveillant, bien au contraire.

— Si j'osais… Vous savez combien j'ai confiance en vous deux…

Il s'adressait maintenant aussi à Tomas, et le regard des deux jeunes gens se remplit aussitôt de la même sollicitude.

— Dites-moi franchement ce que vous pensez de ce mariage.

— Eh bien, commença Tomas avec un sourire amusé. Le moins qu'on puisse dire, c'est que la future épousée porte une grande affection à son cheval.

Robbie serra les poings. Sale gamin, toujours prêt à se moquer ! Comme il aurait voulu lui faire ravaler son sourire !

— Lady Sheena est très jolie et son cœur est bon, ajouta Glynnis, visiblement soucieuse de tempérer l'ardeur moqueuse de Tomas.

— Et elle aime beaucoup son cheval, répéta Tomas, cette fois franchement goguenard.

— Elle apprécie particulièrement de se promener au grand air, quel que soit le temps, reprit Glynnis en lui lançant un regard d'avertissement.

— Et pour ce qui est de ses talents, Glynnis ? Satisfait-elle aux demandes de ma mère ?

Le regard de Glynnis se remplit de commisération.

— Lady Sheena vient d'arriver, Robbie. Il faut lui laisser le temps de s'habituer.

La réponse à sa question était donc négative.

— S'occupe-t-elle de travaux de femme ? Veille-t-elle à ce que ses servantes fassent leur travail à sa convenance ? Lit-elle à ma mère des poèmes ou des contes à sa demande ? Déchiffre-t-elle des partitions pour le chant ou le jeu d'un instrument ?

— Elle est encore si jeune ! protesta Glynnis tandis que sa gêne s'accroissait.

— Allons, Glynnis. Ma promise a à peine un an de moins que vous.

Le regard de Glynnis voleta de Robbie à Tomas, puis revint à Robbie.

— Mais, Robbie, vous savez bien que j'ai été élevée

pour cela… Je veux dire, pour épouser un homme de haut rang…

Elle s'interrompit, embarrassée.

Glynnis MacLachlan, fille du chef de clan MacLachlan, important allié du clan Cameron, avait en effet été dressée – il n'y avait pas d'autre mot – depuis sa naissance pour devenir l'épouse d'un grand seigneur.

Elle avait appris à gérer une importante maisonnée, à veiller sur les malades et les pauvres gens, elle était experte autant dans le jeu de plusieurs instruments de musique que dans l'étude des documents rédigés en latin ou en langue vernaculaire. Oui, conclut Robbie pour lui-même, Glynnis serait une parfaite épouse pour tout homme de son statut.

Des années plus tôt, alors que son père n'avait pas encore revendiqué le Haut Siège du clan, les fiançailles de Robbie et de Glynnis n'avaient pas été envisagées parce que le père de Robbie, pour des raisons stratégiques, avait dû conclure un accord avec Connor MacLerie. Et du reste, même si cet accord n'avait pas existé, le père de Glynnis n'aurait jamais accepté de marier sa fille à un prétendant que l'avenir ne destinait pas à un brillant avenir. Et quand la fortune avait voulu que Robbie devienne le *tanist* des Cameron, il était trop tard pour remettre en question l'alliance entre son père et la Bête des Highlands. Glynnis aurait sans doute été l'épouse idéale, mais ce n'était pas lui qu'elle épouserait.

Il secoua la tête, et Glynnis haussa ses minces épaules dans un geste fataliste. Sans doute avaient-ils manqué une heureuse occasion, mais il en était ainsi et tous deux devaient l'accepter.

Elle poussa un léger soupir.

— Sheena est une jeune fille intelligente, Robbie. Elle a bien le temps d'apprendre ce qu'elle doit savoir avant que vous ne preniez la place de votre père sur le Haut Siège.

Ces mots prononcés d'un ton à la fois léger et raisonnable

auraient dû apaiser Robbie. Mais il y avait quelque chose d'autre dans le regard de Glynnis… Elle ne disait pas la vérité. Du moins, elle lui en cachait une partie.

Mais déjà Tomas les interrompait, toujours aussi jovial.

— Au moins, elle s'y connaît en chevaux.

Ces paroles brisèrent la tension. Décidément, songea Robbie, son frère n'était encore qu'un enfant. Et peut-être le resterait-il toujours… Mais un coup d'œil dans sa direction lui fit comprendre que Tomas était parfaitement sérieux.

Robbie but le reste de sa bière en réfléchissant à ce que lui avait dit Glynnis… et à ce qu'elle ne lui avait pas dit.

— Robbie ?

— Merci, Glynnis. Je vous suis très reconnaissant pour votre franchise.

— J'espère que vous avez bien compris ce que je voulais dire, Robbie, insista la jeune fille, anxieuse. Sheena est vraiment quelqu'un de bien.

Il posa son gobelet vide sur la table et se leva.

— Oui, je sais. Elle fera ce qu'on lui dit de faire, dit-il mi-figue mi-raisin. Et je sais aussi que vous l'aiderez de votre mieux parce que c'est dans votre nature. Et de cela, je vous sais gré.

Sur ces mots, il quitta la pièce pour partir à la recherche de sa fiancée. Qu'était-ce donc que ce mystérieux rendez-vous au village ?

En tout cas, Sheena n'était pas aux écuries. Il trouva Geordie occupé à enseigner à l'un des garçons d'écurie à ferrer un cheval. Le vieux palefrenier aurait pu effectuer cette tâche les yeux fermés et d'une seule main, mais l'apprendre à un novice était une autre affaire. Et, entre les ordres tonitruants de Geordie et l'agitation du jeune cheval, qui ne cessait de danser d'un pied sur l'autre, le jeune garçon avait beaucoup de mal à maîtriser sa nervosité.

Robbie alla jusqu'au village pour demander à Tavie si

elle ne l'avait pas vue. Mais le cottage de la tisserande était désert. Aussi retourna-t-il sur la place centrale où le puits et l'échoppe du boulanger constituaient deux lieux de rassemblement toujours très fréquentés. Sheena aurait-elle accompagné Tavie quelque part ? Robbie fouilla tous les petits groupes de femmes du regard. Mais en vain. Sheena n'y était pas. Une bonne odeur de pain chaud vint lui titiller les narines et, en quelques enjambées, il eut rejoint le four du boulanger devant lequel les clientes attendaient que leur fournée soit cuite.

— Bien le bonjour, milord, cria Finley émergeant de son local avec une lourde pelletée de pains prêts à être mis à cuire.

D'un geste fluide qui révélait une longue habitude, il enfourna sa cargaison de miches crues et referma la porte.

— Hé, Jeannie, mon cœur, donne donc un petit pain frais à notre jeune seigneur et maître.

Finley n'avait pas plus d'un an d'âge que Robbie, et la formule par trop solennelle les fit rire tous les deux, eux qui avaient grandi ensemble, bien qu'occupant des positions fort différentes.

À chaque fois que Robbie rencontrait Finley et sa femme, il s'étonnait de leurs dissemblances. Lui, court sur pattes et trapu ; elle, grande et dégingandée. Lui ; jeune ; et elle beaucoup, beaucoup plus âgée. Même leur couleur de cheveux était à l'opposé, puisque Finley arborait d'épais cheveux d'un blond filasse quand sa femme présentait une crinière noire comme une aile de corbeau. Finley était le deuxième mari de Jeannie, et ils offraient le spectacle du plus parfait bonheur.

Robbie mordit avec appétit dans le petit pain chaud que lui avait donné le « petit cœur » de Finley et leva les yeux au ciel avec une expression de ravissement.

— Un délice, Jeannie, vraiment.

Le château avait ses propres boulangers, bien sûr, mais aucun n'arrivait à la hauteur de la « boulange » de Finley et de Jeannie.

— C'est-y qu'vous cherchez quelqu'un, milord ? demanda Finley en essuyant ses larges mains enfarinées sur son grand tablier.

Il ajouta avec un clin d'œil complice à sa femme :

— Il n'y a pas bien longtemps qu'une charmante demoiselle est passée par ici. Elle a eu droit à un petit pain chaud tout comme vous. Hein, ma femme, qu'on y veille, à nos maîtres ?

Se hissant sur ses petites jambes, Finley prit sa femme par le cou et la tira vers lui pour la gratifier d'un baiser sonore.

Robbie écourta leurs effusions, impatient.

— Ça se pourrait bien, Finley. Savez-vous où elle est partie ?

— Pour sûr, intervint Jeannie. Elle s'en est allée au lavoir avec Tavie et les autres. Celui-là qu'est tout près du loch.

Il ne fallut pas longtemps à Robbie pour rejoindre l'endroit indiqué. Il aimait à se rendre au lavoir, toujours animé, plein de cris de femmes et de jeux d'enfants. Il écoutait le chant des lavandières, rythmé par leur battoir frappant le linge sur les larges pierres qui bordaient la berge. Le courant de la rivière, toujours puissant, maintenait une eau claire qui courait se perdre dans le loch.

Instinctivement, il s'arrêta avant d'être vu et put ainsi observer le petit groupe de femmes agenouillées. Et il repéra vite parmi elles Sheena qui, les nattes sur les épaules, la jupe détrempée, n'avait plus rien de la future épouse du *tanist*.

Un foulard de toile, le même que celui de ses voisines, retenait ses cheveux, et elle avait roulé les manches de sa robe jusqu'aux coudes pour mieux plonger ses bras blancs dans l'eau tourbillonnante. Mais ce qui retint surtout l'attention de Robbie, ce fut la joie irradiant de son joli visage.

Il reconnut à ses côtés Tavie et quelques autres femmes qui bavardaient gaiement en savonnant et tapant le linge de toute leur maisonnée. Sheena s'interrompait de temps à autre pour demander conseil à l'une de ses compagnes et n'hésitait pas à rire avec les autres de ses propres maladresses.

Quelque chose en lui se dénoua tandis qu'il l'observait au milieu des autres femmes. Sheena n'avait plus cet air contraint qui lui était coutumier, et même parfois cette attitude d'un jeune animal aux abois. Visiblement, ce rude travail lui plaisait, et rien dans son apparence ni dans ses vêtements ne la distinguait des autres, à part, peut-être, la finesse de ses traits et la blancheur de son teint. Du reste, elle s'accorda bientôt au rythme de ses compagnes, et on n'entendit plus qu'un seul bruit mat, accompagné du chant des lavandières.

Pourquoi Sheena faisait-elle cela ? Pourquoi était-elle venue ici ce matin au lieu de rejoindre Glynnis dans leurs appartements pour se livrer aux occupations des dames de sa condition ?

Ou même, pourquoi n'était-elle pas avec son damné cheval ?

Robbie resta à regarder le charmant spectacle encore quelques longues minutes puis il retourna au château aussi discrètement qu'il était venu. Il passa les heures suivantes à vaquer à ses activités habituelles, mais son esprit revenait souvent à Sheena lavant le linge avec les femmes du village au bord de la rivière.

Lui confierait-elle les vraies raisons de sa soudaine disparition ? Pourraient-ils trouver un moyen légal de rompre leurs fiançailles ?

Lui ferait-elle enfin assez confiance pour lui révéler

les vraies raisons qui la faisaient, quant à elle, refuser ce mariage ? Il ne voulait pas croire que ce refus fût seulement dû à l'incident qui les avait opposés des années plus tôt. L'antipathie qu'ils éprouvaient l'un pour l'autre depuis ce temps-là ne pouvait être une raison suffisante pour rejeter cette union.

La véritable raison, c'était ce que Glynnis avait découvert à propos de Sheena. Il fallait qu'il gagne la confiance de sa fiancée car, s'ils ne voulaient pas tous les deux que cela se termine en guerre meurtrière entre leurs deux familles, elle devait se confier à lui pour qu'ils agissent ensemble.

S'il ne connaissait pas la nature de l'obstacle qui les séparait, ils couraient tous les deux à l'échec.

Au mitan du jour, il l'attendait dans le hall pour le rendez-vous qu'ils avaient prévu.

Sheena parvint à se faufiler dans ses appartements sans être vue de quiconque. Quand le laird et son épouse étaient absents avec leur suite et leurs domestiques, les espaces communs étaient beaucoup moins fréquentés, les serviteurs qui ne servaient pas à table étant occupés à nettoyer et remettre en ordre les appartements désertés. Sa propre servante œuvrait sans doute à l'office pour le déjeuner et viendrait remettre en état sa garde-robe avec Isabel, sa chambrière, comme Sheena le lui avait demandé.

Une fois dans le refuge de sa chambre, Sheena arracha son foulard et défit ses nattes pour libérer ses cheveux, qu'elle brossa rapidement. Robbie devait s'impatienter et il fallait encore qu'elle retire sa robe détrempée avant de le rejoindre.

Elle rassembla ses cheveux en une seule tresse qu'elle jeta par-dessus son épaule et laissa tomber sa robe boueuse sur les dalles de pierre. Puis, se tortillant pour faire glisser l'étoffe sur sa peau froide et humide, elle revêtit la seule robe qu'elle pouvait mettre seule, car les lacets du corsage se nouaient par-devant. Ses bottines humides furent troquées contre de fins chaussons de cuir brodé, et elle put enfin courir rejoindre Robbie.

Quand elle pénétra dans les appartements du maître de maison, de l'autre côté du hall, Robbie était déjà là, au milieu de la vaste pièce qui servait de cabinet de travail à l'intendant. Sheena guetta son expression tandis qu'elle tâchait de reprendre son souffle.

— Sheena, te voici ! dit simplement Robbie, paraissant l'étudier avec la même curiosité interrogative. Entre, c'est par ici.

Il s'effaça pour la laisser entrer dans le cabinet de travail, qui ressemblait comme son double à celui de Gair, l'intendant de Lairig Dubh, avec ses grands coffres de bois sombre, ses étagères chargées de lourds parchemins et, au milieu, une grande table de chêne encombrée elle aussi de rouleaux, de cartes et de livres.

Et nul doute que, tout comme Gair, Struan, malgré le désordre apparent de la pièce, savait où se trouvait le moindre document, le moindre traité, le moindre contrat, qu'il s'agisse du nombre de tonneaux de vins dû par chaque métayer au seigneur après la récolte ou, plus important, d'un accord de paix avec un seigneur du voisinage.

Robbie alla prendre un coffret ferré, rangé sur l'une des étagères, et revint le poser sur la table. Puis, se plaçant à côté de Sheena, il fit glisser la barre de métal qui en tenait le couvercle fermé.

— Pas de cadenas ? s'enquit Sheena, surprise.

— Non, personne n'entre dans cette pièce qui n'y soit dûment autorisé. La moindre infraction serait lourdement sanctionnée.

Sheena leva vers lui un regard inquiet.

— Et toi, as-tu le droit de venir ici ?

Robbie ouvrit le coffret, dont il laissa retomber le couvercle.

— Oui. En tant que *tanist*, j'ai passé ici pas mal de temps avec mon père et Struan pour prendre connaissance de tous les traités, cartes, et autres documents d'importance pour le clan. Mon père m'implique dans la plupart des décisions qui sont prises avec les autres lairds du clan Cameron.

Sheena remarqua la fierté qui faisait vibrer la voix de Robbie quand il évoquait le rang qu'il tenait maintenant au sein de son clan. Un jour, c'était lui qui prendrait les décisions. Un jour, sa parole ferait loi parmi ses gens. Et un autre jour encore, plus lointain, ses fils suivraient le même chemin.

À cette perspective, Sheena sentit sa gorge se nouer, ses entrailles, se tordre. Elle lutta contre le voile noir qui lui tombait devant les yeux.

— Sheena ? appela Robbie en lui effleurant la main. Quelque chose ne va pas ?

Il lui pressa les doigts et, lentement, la vision de Sheena s'éclaircit. Il s'était approché tout près d'elle et la dévisageait, perplexe.

Ça va aller, se dit-elle. *Nous cherchons justement une issue à tout cela. Ça va aller...*

— Sheena, mon petit ? Tu m'entends ?

La prenant par les épaules, il la fit pivoter vers lui. Hochant la tête, elle le repoussa doucement.

— Oui, je vais bien. La faim, sans doute...

— Tu n'as encore rien mangé ?

Par chance, l'estomac de Sheena se manifesta bruyamment. Ils rirent tous les deux.

— C'est que... je...

Mais comment lui expliquer que, si elle n'avait pas paru au déjeuner, c'était parce qu'elle était au lavoir, avec les autres femmes ? Jamais il ne pourrait approuver la manière dont elle avait passé la matinée. La fiancée du *tanist* n'allait pas laver le linge au lavoir comme une servante.

Sans un mot, il quitta la pièce et elle l'entendit héler un serviteur dans le corridor.

Elle dut s'avouer agréablement surprise, et soulagée, de l'entendre réclamer du pain, de la bière et du fromage.

Quand Robbie revint, ce fut pour s'emparer d'une chaise et la lui présenter. Sheena le remercia d'un signe de tête.

— En attendant qu'on apporte quelques victuailles, nous pourrions nous mettre au travail ? suggéra-t-il, indiquant du menton le coffret ouvert.

Et il entreprit de sortir les documents les uns après les autres.

Sheena s'empara courageusement de l'un des feuillets. Fermant les yeux, elle adressa au ciel une prière muette pour que les choses aient changé depuis sa dernière tentative. Puis, se penchant sur le document, elle s'efforça d'en déchiffrer le contenu. Tout de suite, les caractères se mirent à danser devant elle, devenant tout à fait illisibles. Elle ferma à demi les paupières, puis écarquilla les yeux, mais rien n'y faisait.

— Tu sais lirc lc latin, n'cst-cc pas ? s'cnquit Robbic, penché sur son épaule. Nous l'avons tous appris à Lairig Dubh, ton frère, ta sœur, toi et moi, le temps que j'y étais. Même si je n'ai pas atteint le niveau qu'on attendait de moi, au grand désespoir du clerc qui me l'enseignait.

— Disons que… je fais ce que je peux, avoua Sheena, contente de ne pas être seule à peiner dans la lecture de la langue officielle du royaume.

Robbie lui tendit un rouleau de parchemin.

— Par chance, ton père a exigé que le document soit rédigé tant en latin que dans notre dialecte local. Nous devrions pouvoir nous en sortir.

Eh bien, cela aurait pu être pire. La langue latine écrite échappait totalement à Sheena. Par contre, elle pouvait identifier sans peine de nombreux mots en *Gàidhlig*[1]. À condition que la graphie ne soit pas trop fantaisiste, évidemment.

Hélas ! L'expérience se révéla aussi redoutable qu'elle pouvait le craindre. Afin de conférer à l'acte toute sa dimension solennelle, le clerc qui avait rédigé le document s'était servi de l'écriture la plus ornementée qui fût. Les seuls éléments du texte que Sheena put déchiffrer furent leurs deux noms sur la première ligne.

— Je l'ai déjà relu rapidement hier et n'ai rien pu trouver qui soit susceptible de faire annuler cette promesse de mariage.

La déclaration de Robbie paraissait sans appel. Mais Sheena, incapable de se faire un avis puisqu'elle ne pouvait déchiffrer le texte, se trouvait dans l'impossibilité de rien pouvoir lui objecter.

Un vif sentiment de frustration l'envahit, comme à chaque fois qu'elle se trouvait confrontée à l'un de ses handicaps. Quand ses difficultés étaient devenues flagrantes et que, malgré les punitions exigées par son père, le clerc avait fini par renoncer à son éducation, Connor MacLerie s'était désintéressé de la question. Et c'est ainsi que Sheena était restée analphabète et terriblement malheureuse de son état.

Cette lamentable expérience n'avait fait que lui confirmer le peu d'importance qu'elle avait aux yeux de ses parents.

Elle rendit l'épais document à Robbie.

— Alors, qu'as-tu découvert ?

1. Le *Gàidhlig* est la forme écossaise du gaélique (branche des langues celtiques). En dehors des Highlands, on le parle encore aujourd'hui dans les îles Hébrides et dans certaines communautés de Nouvelle-Écosse, au Canada, peuplées de paysans expulsés d'Écosse au XIXe siècle par les grands propriétaires terriens.

Chapitre 11

Robbie soupira.

— Rien, évidemment… Sachant que c'est Duncan MacLerie lui-même qui a rédigé ce contrat avec mon père, je doutais que nous y trouvions une faille.

Sheena eut un sourire contraint à la pensée du régisseur de Lairig Dubh. Son père s'en vantait assez souvent. Plus d'un des adversaires des MacLerie s'était mordu les doigts après avoir signé un traité établi par lui et ses hommes de loi.

Robbie ouvrait la bouche pour poursuivre quand ils furent interrompus par une servante portant un plateau. Robbie lui fit signe de le poser au bout de la grande table, attendant qu'elle eut fini.

— Un grand merci, Margaret, dit Sheena à la jeune fille.

La dénommée Margaret, une jolie brunette au visage rond, lui fit une petite révérence.

— À votre service, milady,

Puis elle quitta la pièce et referma doucement la porte derrière elle. Comme son estomac protestait de nouveau, Sheena se servit en pain et en fromage en attendant que Robbie lui donne son avis sur le contrat. Mais le silence s'éternisait et elle leva les yeux, étonnée.

Robbie la dévisageait, les yeux ronds.

— Je te demande pardon, Robbie… J'avais trop faim. Veux-tu que je te serve quelque chose ? À boire, peut-être ?

Comme il la regardait toujours sans répondre, elle se demanda quelle faute elle avait pu commettre.

— Comment fais-tu cela ?

Sheena le dévisagea. C'était à son tour de ne pas comprendre.

— Comment je fais… quoi ? Tu veux parler de ma mauvaise habitude de remercier les serviteurs quand ils ne font que leur travail ? Je sais. Ma mère m'a déjà reprise à ce sujet. Mais je…

Il eut un geste impatient.

— Non, non, ce n'est pas cela.

— Alors, de quoi s'agit-il ? lâcha-t-elle dans un soupir, s'apprêtant à recevoir l'avalanche habituelle de reproches qui suivait ce genre de conversation.

— Comment parviens-tu à distinguer Margaret de Marsaili ? Cela fait à peine quelques jours que tu es là !

— Oh ! ça…

Comme l'expression de Robbie ne révélait rien de plus clair, elle lui expliqua.

— C'est pourtant simple. Bien qu'elles se ressemblent comme deux gouttes d'eau, Margaret est toujours coiffée de deux macarons sur les oreilles, alors que Marsaili retient ses cheveux dans un foulard. Margaret est timide et il est bien difficile de rencontrer son regard, tandis que sa sœur n'a peur de rien ni de personne. Les yeux de Marsaili sont marron, comme ceux de sa sœur, mais d'une nuance différente. Ils sont plus clairs… Ah ! Eh puis, l'une des dents du bas de Margaret est légèrement ébréchée.

De son index, Sheena montra de quelle dent il s'agissait.

Robbie, le regard étréci, réfléchissait à ce qu'elle venait de lui expliquer. Il prit le pichet de petite bière et les servit tous les deux.

— Je n'avais jamais remarqué tous ces détails, dit-il en lui tendant l'un des gobelets. Pourtant, cela fait des années que ces deux filles sont à notre service ! Et toi, il ne t'a fallu que quelques jours…

Sheena ne se doutait pas de l'étonnement qu'elle avait suscité en Robbie par son aptitude à distinguer les jumelles. Comment avait-elle pu remarquer tant de petits détails en si peu de temps ? Et des détails si… humains ?

Lui-même, avait-il seulement jamais appelé ces filles par leur prénom ? Quand il voulait qu'on le serve, il se contentait de lever son gobelet ou, tapant du plat de la main sur la table, de désigner son assiette d'un doigt impérieux. Une fois de plus, les préjugés qu'il avait à l'égard de la jeune fille se voyaient amplement remis en question. Depuis son séjour à Lairig Dubh, il croyait Sheena frivole. Il pensait qu'elle fuyait ses obligations, et il est vrai qu'elle le faisait quelques fois. Il la croyait égoïste et peu attentive aux autres…

Et s'il s'était trompé ? Non seulement sur ces détails, mais sur d'autres choses plus importantes, concernant Sheena MacLerie ?

Cela dit, pour l'heure, il s'agissait de trouver une bonne raison d'annuler ces fiançailles.

— Tu t'accordes donc à dire comme moi que rien ne peut nous faire invalider ce contrat ? fit-il en guettant la réaction de son interlocutrice. À part nous déclarer nous-mêmes défaillants pour telle ou telle raison aisée à démontrer ?

Le visage de Sheena perdit toute couleur. Elle paraissait sur le point de défaillir. Robbie ne se souvenait pas qu'elle ait eu un tempérament si émotif du temps où ils étaient gamins, mis à part le fait qu'elle pouvait parfois réagir très violemment.

Et pis encore, cette fois, il crut lire de la terreur dans ces beaux yeux-là. Elle parut pourtant se ressaisir.

— Dé-défaillant ? répéta-t-elle, chassant nerveusement une mèche de cheveux échappée de sa lourde tresse. Défaillant comment ?

Robbie rit doucement. En tout cas, Sheena MacLerie était bien toujours la même oie blanche qu'il avait connue.

— En vérité, la seule défaillance susceptible de faire annuler ce contrat, ce serait ton incapacité à… Ou mon incapacité à moi de…

Il s'interrompit, choisissant soigneusement ses mots.

— Enfin… Si ta famille ou toi-même saviez que tu… que tu ne pouvais me donner d'héritier. Ou que moi-même, j'étais incapable de te… de t'en donner également. Tu sais comment on fait un enfant, n'est-ce pas ?

Le sang reflua aux joues de Sheena si brutalement qu'elle s'empourpra jusqu'au front. Elle ouvrit la bouche, comme pour dire quelque chose, puis la referma, éperdue.

— Bois donc un peu, suggéra Robbie en lui tendant le gobelet qu'elle avait laissé, intact, sur la table.

Quand elle eut absorbé quelques gorgées, il s'assit à côté d'elle.

— Tu comprends, reprit-il tranquillement. Dans un mariage entre gens de notre rang, les enfants comptent au moins autant sinon plus que les terres, les titres et les richesses. Comme Duncan s'est déjà occupé de négocier le mariage de tes parents, je suppose qu'il n'aurait pas accepté d'en changer les conditions.

Sheena haussa les épaules.

— Oui, en vérité… Même s'il délègue de plus en plus souvent ce genre d'affaire à mon cousin Farlen, il vérifie soigneusement ce qui est important. Père lui fait entièrement confiance.

Elle ajouta, ayant retrouvé son aplomb :

— Alors, il n'y a donc aucune solution ?

Robbie se sentit absurdement vexé par tant d'insistance.

Pourtant, il voulait la même chose que Sheena, n'est-ce pas ? Ils tenaient autant l'un que l'autre à se débarrasser de ce mariage ? Et l'espoir qu'il lisait malgré tout dans les yeux de la jeune fille le poussait à vouloir lui venir en aide.

— Il doit pourtant bien y avoir un moyen. À nous de le trouver.

— Sans que le sang soit versé ?

— Peut-être n'aurons-nous pas le choix.

Sheena porta la main à sa gorge.

— Oh !

Elle parut réfléchir un instant et reprit :

— Quoique le sang versé ne soit pas toujours une mauvaise chose, surtout si la cause est bonne… Mais je connais ton désir de protéger ton clan, Robbie. Si tu en as le choix, tu éviteras toujours le chaos et la mort.

Elle marqua une pause et ajouta encore, sans avoir l'air d'y penser :

— Cela dit, évidemment, une fiancée morte n'est plus une fiancée…

La perspicacité de Sheena le surprit, autant que son humour, surtout dans un moment aussi grave. Seule Sheena MacLerie, la fille de la Bête des Highlands, toujours assoiffée de sang, pouvait plaisanter ainsi sur la mort.

— Alors, continuons à chercher un moyen convenable de nous en sortir, conclut-il enfin. En évitant si possible le sang et les larmes.

Se remettant sur ses pieds, Robbie entreprit de ranger les divers documents dans le coffret ferré. Il n'osait pas interroger son père, bien sûr. Mais quelqu'un d'autre à Tor, qui était le domaine originel de leur famille, pourrait peut-être répondre à ses questions ? Ou au moins lui dire s'il y avait une chance qu'ils puissent annuler leurs fiançailles ?

Après le retour de leurs parents, il proposerait à Sheena

de venir avec lui là-bas. En la compagnie de Glynnis et de Tomas, le séjour dans la vieille forteresse perdue au milieu des landes et des rivières pouvait s'avérer fort agréable. Peut-être cela lui offrirait-il également la possibilité de redécouvrir Sheena et de mieux comprendre ses réactions.

Sheena le regardait faire sans mot dire.

— As-tu quelques obligations à remplir maintenant ?

— Non.

La réponse de la jeune fille était brève, et il crut lire dans ses yeux une ombre de méfiance. Pourtant, malgré ce qui les opposait, il s'aperçut qu'il voulait sa confiance.

— T'es-tu occupée de Wee, ce matin ?

— Oui, comme d'habitude.

— Est-il en état de faire une promenade ?

— Avec quel cavalier ? Toi ou moi ?

— Je te laisse en décider.

— Alors, ce sera moi. Tant qu'il n'est pas complètement remis, il vaut mieux une charge légère.

Il lui tendit la main en souriant et l'aida à se lever.

— Quoi qu'il en soit, tu dois me promettre que je serai le premier à le monter quand il sera rétabli.

Elle secoua la tête, amusée, et ses cheveux se dénouèrent, retombant jusque sur ses hanches.

— Tu tiens tant que cela à le monter ? demanda-t-elle en freinant des quatre fers tandis qu'il l'entraînait vers la porte.

— J'en rêve. C'est un cheval magnifique et il faudrait être aveugle pour ne pas mourir d'envie de monter une telle bête.

— Eh bien ! C'est promis. D'abord Geordie, pour s'assurer que Wee peut de nouveau porter le poids d'un homme. Et ensuite, ce sera toi.

Robbie eut un rire joyeux.

— Tant que Tomas ne me passe pas devant !

Portant la main de Sheena à ses lèvres, il en baisa la paume.

— Tomas m'a dit la même chose la dernière fois que nous nous sommes rencontrés, confia-t-elle.

— Fichu gamin ! Et le droit d'aînesse, qu'en fait-il ?

Sheena éclata de rire et il ne put s'empêcher de remarquer à quel point cela l'embellissait. Ses yeux étincelaient comme deux émeraudes, les mêmes pierres qui ornaient l'une des bagues de sa mère et renvoyaient l'éclat du foyer. Son rire était gai et plein d'une joie profonde, qu'elle ne manifestait que lorsqu'elle était en compagnie de son cheval.

— Il ne faut pas le laisser faire, Sheena. Je suis l'aîné et ton fiancé. J'ai plus de droits que lui.

Bien qu'il soit en train de plaisanter, il ne put s'empêcher de capter la flamme qui traversa fugitivement le regard de sa compagne.

Il lui avait brutalement rappelé leur situation, et la main de Sheena quitta la sienne.

Il jura intérieurement. Quel rustaud il faisait, en lui rappelant une réalité si désagréable !

— Mais Wee Dubh t'appartient, Sheena. Bien sûr, tu feras comme tu l'entends.

Maintenant, elle se tordait nerveusement les mains et le regardait sans le voir. Elle faisait toujours ainsi quand la situation la dépassait, qu'elle se sentait gagnée par la nervosité. Robbie regrettait déjà ce moment de communion joyeuse qu'ils venaient de partager. Il aimait voir le visage de Sheena s'animer, son regard brillant le considérer avec intérêt.

— Allons demander son avis à Geordie, suggéra-t-il en s'emparant de nouveau de la main de la jeune fille, qui, à sa grande surprise, se laissa faire. Et compte sur moi pour mettre les choses au point avec Tomas !

— Est-ce que vous vous chamaillez ainsi tout le temps ? s'enquit Sheena en le suivant jusqu'à la porte.

— Depuis toujours. En tout cas, depuis que nous avons su tenir sur nos deux jambes. Ma mère jure que c'était même plus tôt que cela. Mais j'ai du mal à le croire…

— Il est pourtant évident que tu éprouves une sincère affection pour lui. Allons, reconnais-le, Robbie, le pressa-t-elle gentiment.

Le regard de Robbie se fit songeur. Il pensait à leurs années d'enfance à Tor, à leurs jeux et à leurs chamailleries, à leurs premières fois ; la première fois que Tomas et lui étaient montés à cheval, la première fois qu'ils avaient été jetés à l'eau par leur père pour apprendre à nager…

Il sourit.

— Nous sommes frères, et nous avons grandi ensemble…

La bouche de Sheena s'arqua en un doux sourire. Une envie folle de l'embrasser s'empara de Robbie, qui se rapprocha d'elle. Et comme elle ne faisait pas mine de reculer, il satisfit son désir.

Tout de suite, la bouche de sa compagne s'ouvrit sous la sienne et il approfondit son baiser. Quand il la pénétra d'une langue gourmande, il s'attendait à ce que Sheena tente de s'échapper. Mais au contraire, la courbe tendre et humide de ses lèvres se fit plus accueillante encore.

Et ce qu'il découvrit l'étonna. Il y avait dans ce baiser tant de douceur, alors qu'il ne connaissait dans la Sheena de son enfance que rudesse et causticité… Tant de ferveur là où il attendait une résistance hostile. Et de la curiosité là où il pensait trouver un rejet brutal.

Un doux soupir échappa à Sheena et, quand le bout de sa langue toucha celle de Robbie, il sentit son corps se tendre vers elle, aussi dur que le fer de son épée.

C'était à lui d'être surpris. Bouleversé. Ce n'était qu'un baiser, et pourtant…

Il s'écarta un peu, absurdement fier que Sheena fût aussi essoufflée et émue que lui. D'un regard, il capta l'expression rêveuse des beaux yeux couleur du lac, l'émouvante bouche rose, entrouverte comme un coquillage, semblant attendre quelque chose… Un autre baiser, peut-être ?

Robbie porta de nouveau la main de Sheena à ses lèvres, leurs doigts se mêlèrent, et il dessina un chemin de baisers sur la peau fine de son poignet. Elle frémit au contact de sa langue mais ne tenta pas de se libérer.

Alors, il posa la question qu'il n'aurait pas dû poser. La question qui le tracassait depuis que Sheena avait exprimé son objection à leurs fiançailles pour la première fois, et maintes fois encore depuis.

— Es-tu certaine de ne pas vouloir m'épouser, Sheena ?

La manière dont les yeux de Sheena s'embuèrent de larmes aurait dû le consoler de son refus silencieux. Quand elle regarda en direction de la porte, comme un animal aux abois, le cœur de Robbie se serra. À la fois de regret et de pitié.

C'était à cause de ce fichu baiser.

Ce n'était pourtant pas le premier puisqu'il y avait eu cette brève étreinte l'autre jour, devant l'entrée du donjon. Un bref baiser dont elle avait été l'initiatrice.

Mais cette fois, cela avait été beaucoup plus… satisfaisant.

Et maintenant, Robbie mourait de nouveau de goûter sa bouche, de mêler sa langue à celle de Sheena dans un jeu délicieusement érotique.

Il secoua la tête. Quel fou il était ! Et quelle étrange réaction à un simple baiser !

— Allons, viens. Allons voir ce que Geordie pense de l'état de Wee.

Chapitre 12

Sheena jeta un regard à Robbie, qui avançait au trot à côté d'elle et, de nouveau, un mélange de regret et de confusion l'envahit. Ils suivaient depuis un couple d'heures la rivière qui conduisait du Loch Lochy vers Tor, le château ancestral du clan, dans les terres du Sud. Et elle était contente que leur escorte soit autant constituée d'amis que d'hommes d'armes.

Ils passèrent le petit clachan[1] de Gairlochy, et les rares habitants qui n'étaient pas occupés aux travaux des champs les saluèrent avec grands gestes de bienvenue. Une fois qu'ils eurent traversé la rivière, le parcours fut plus aisé, et Sheena se perdit dans la contemplation des paysages si changeants, selon qu'ils s'approchaient ou s'éloignaient des méandres de la rivière.

Mais rien n'avait permis de faire évoluer la situation entre Robbie et elle. Quatre jours s'étaient écoulés depuis l'étrange question qu'il lui avait posée, et la confusion de Sheena n'en était que plus grande.

« Es-tu certaine de ne pas vouloir m'épouser, Sheena ? »

1. En gaélique, le *clachan* désignait, au moment de la christianisation de l'Écosse et de l'Irlande, un hameau bâti autour d'une église, qui faisait office de point de ralliement pour les fidèles des environs. Aujourd'hui, la plupart sont abandonnés ou servent de lieux de villégiature ou de chasse.

Un instant, un très bref instant, elle avait été tentée de lui répondre qu'elle n'était plus sûre de rien, en vérité. Tentée de mettre de côté toutes ses objections à ce mariage. D'ignorer la peur terrible qui l'habitait à l'idée que ses faiblesses, ses handicaps, soient révélés au grand jour. Et le temps d'un soupir avait suffi pour lui faire comprendre sa folie.

Et pour qu'elle soit envahie par le flot de l'amertume et du regret.

Sheena le savait aussi sûrement qu'elle savait que le ciel était au-dessus de sa tête et la terre, sous ses pieds.

Elle ne survivrait pas à la honte d'apparaître devant tout le clan telle qu'elle était : une analphabète incapable de gribouiller plus de trois mots et d'en déchiffrer dix en ânonnant comme une enfant. Une sauvageonne, tremblant et perdant tous ses moyens à la moindre contrariété et prête à se terrer comme une bête fuyant l'orage.

Non, elle le savait bien, ce n'était pas qu'elle ne voulait pas épouser Robbie, le *tanist* du clan Cameron.

C'était qu'elle en était incapable.

Pire encore, elle en était indigne.

Si Robbie avait persévéré dans son attitude hostile et provocatrice, comme à son arrivée, elle aurait pu continuer à chercher un moyen de rompre leurs fiançailles sans se sentir coupable.

Mais son changement de comportement, ses taquineries affectueuses, ses baisers avaient tout remis en question. Et Sheena se sentait terriblement coupable.

Au lieu de ce regret qui lui poignait le cœur, elle aurait voulu éprouver une saine colère.

Pendant les quelques jours qui avaient précédé leur départ, Robbie s'était montré charmant. Il l'entraînait dans des promenades à cheval pour lui faire visiter le domaine, dans les Disputed Lands, le long du Loch Arkaig ou le long de cette route qu'ils suivaient en ce moment vers le sud, lui faisait la conversation à la table familiale. Mais surtout, il laissait Sheena vaquer à ses propres occupations dans le village, elle qui n'aimait rien tant qu'apprendre à tisser des étoffes et à coudre des vêtements, à laver le linge ou à jouer avec les enfants.

En vérité, ce qu'elle appréciait surtout, c'était d'être loin du château, où, sous les regards de tous, elle devait apprendre son futur métier de châtelaine.

Aussi se limitait-elle au strict minimum de ce qu'on attendait d'elle avant de s'enfuir vers le village. Ses habitants, eux, l'accueillaient avec une chaleur sincère. Ils acceptaient ses efforts pour s'intégrer et ils l'invitaient à revenir, tout en marquant leur respect pour sa position.

Et pas une seule fois Robbie ne lui avait demandé où elle passait son temps ni ce qu'elle faisait en son absence. À partir de ce jour où ils avaient relu ensemble le contrat pour y trouver les vices de forme susceptibles d'entraîner son annulation, après leur baiser, il s'était comporté comme si rien ne s'était passé.

Ce matin même, sa suggestion de chevaucher jusqu'à Tor avec lui afin d'exposer leur problème au clerc qui servait de secrétaire au chef des Cameron montrait encore sa bonne volonté…

Le ciel s'était débarrassé de ses nuages, et un clair soleil inondait la campagne. La brise soufflant au bord du lac atténuait la chaleur inhabituelle. Glynnis chevauchait derrière elle sur une aimable petite jument pie. Tomas était resté à Achnacarry, mais Iain le remplaçait. Et plutôt avantageusement aux yeux de la demoiselle de compagnie, si on en jugeait par son sourire et son regard pétillant d'allégresse.

Il se passait quelque chose entre les deux jeunes gens, Sheena en avait maintenant la conviction. Mais, étant donné les propos d'Anna, cette relation risquait de ne pas être vue d'un bon œil.

— Puis-je t'aider à te débarrasser de ton manteau, Sheena ? s'enquit Robbie en approchant sa monture de la sienne. Il fait plus chaud qu'on ne s'y attendait.

— Oui, bien volontiers.

Sheena sourit en le voyant à peine plus grand qu'elle, tant était haute la taille de Wee.

— Merci beaucoup, dit-elle en lui tendant sa courte cape de laine, qu'il attacha sur le troussequin de sa selle.

— Nous pourrons bientôt apercevoir les tours de Tor, juste après le prochain tournant. Le château est situé sur un promontoire au bord de la rivière.

Il indiqua un point encore invisible derrière les arbres et, bientôt, la lourde masse du vieux château de pierre se dessina sur le ciel d'un gris très doux. Plus ancien qu'Achnacarry, il n'avait été manifestement bâti que dans un seul objectif : résister aux éventuels assaillants.

Ils atteignirent bientôt l'entrée du petit village qui, plus petit qu'Achnacarry, ne comprenait qu'une poignée de cottages et, en contrebas, quelques champs bien soignés.

— Mais, si tu en es d'accord, je voudrais d'abord te montrer quelque chose.

Sheena, la curiosité en éveil, opina du chef, et Robbie prévint les gardes de leur escorte.

— Prévenez Parlan que nous arrivons incessamment. Ma mère a certainement donné ses instructions pour notre installation. Je voudrais montrer quelque chose à Lady Sheena.

Les gardes se contentèrent d'un signe de tête, mais Sheena remarqua le sourire entendu entre Iain et Glynnis. Où Robbie l'emmenait-il ? Les autres savaient-ils quelque chose qu'elle ignorait ?

Elle le suivit le long d'un chemin étroit tandis que le reste de la petite caravane se dirigeait vers la lourde masse du château de Tor. Soucieuse d'épargner toute blessure à sa monture à peine guérie, Sheena la faisait marcher au pas, attentive au moindre passage difficile, à la moindre pierre sur le chemin. Robbie la précédait, au pas tranquille de son cheval, visiblement peu pressé. Alors qu'elle croyait qu'il allait la faire entrer dans l'enceinte du château par une poterne dissimulée dans l'épaisse végétation, il bifurqua au contraire dans la direction opposée.

— Retournons-nous d'où nous venons ?

— Non, non. Ce sentier contourne les remparts et nous mènera directement à la poterne du donjon.

— Le long de la rivière ?

— Oui. Mais ce que je veux te montrer est là, dans la forêt.

— Cet endroit me rappelle Lairig Dubh, remarqua soudain Sheena.

Elle reconnaissait en effet maintenant autour d'elle les pins, les bouleaux, les chênes, les sorbiers et les saules qui poussaient à foison dans les forêts de son enfance. Que d'heures bénies elle avait passées là, seule, à ramasser des noisettes, des châtaignes et des herbes pour ses potions et ses baumes ! Elle pourrait en trouver également en quantité par ici.

— Oui, cela y ressemble beaucoup. Mais le terrain est plus accidenté par ici qu'à Achnacarry. Cela dit, dès que tu montes dans les hauteurs, en Écosse, tu retrouves les mêmes paysages. Contrairement aux basses terres près des lochs, avec leurs tourbières et leurs marécages. Quant aux îles, à l'ouest et au nord, elles offrent une combinaison des deux.

L'amour de sa terre vibrait dans la voix de Robbie. Sheena soupira. Elle avait rarement quitté la sécurité de son petit monde de Lairig Dubh. Un malheureux incident de son enfance avait suffi, au cours duquel elle avait été prise d'une véritable crise de panique dans les faubourgs d'Édimbourg alors qu'ils se rendaient en famille au mariage d'une cousine. Dès lors, ses parents ne l'emmenèrent plus dans leurs visites hors du domaine.

— Si tu savais comme je t'envie parfois d'avoir pu faire tant de voyages !

Arrêtant son cheval, Robbie mit pied à terre. Sans crier gare, il la saisit à la taille pour l'aider à descendre de sa monture. Il l'avait déjà fait à plusieurs reprises mais, cette fois, il se tenait très près et, bien qu'il se contentât de la tenir à peine, sa proximité éveilla chez elle une troublante sensation de chaleur... Une émotion inconnue.

Non, se corrigea-t-elle. Elle avait déjà éprouvé cela, quelques jours plus tôt, quand Robbie l'avait embrassée. Quand sa langue chaude et habile avait souligné ses lèvres, avait franchi la barrière de ses dents, s'était mêlée avec ardeur à la sienne, suscitant en elle un langoureux vertige.

Quand les pieds de Sheena touchèrent le sol, elle se rattrapa à lui pour retrouver son équilibre. Alors que son corps était en proie à faim inconnue, elle prit soudain conscience que c'était de ses baisers qu'elle avait envie.

De ses baisers, et de plus encore.

Comme c'était étrange ! Cela faisait si longtemps qu'ils se haïssaient ! Si longtemps qu'elle croyait être enfin débarrassée de lui ! Et voilà qu'une mystérieuse attirance les guidait l'un vers l'autre.

Une attirance irrésistible, comme en cet instant.

Renversant la tête, Sheena vit le regard de son compagnon s'obscurcir. Elle sentit ses lèvres s'entrouvrir d'elles-mêmes et dut se retenir aux épaules de Robbie tandis que sa bouche prenait la sienne. Leurs corps se joignirent, et elle frémit de la tête aux pieds. Cette fois, loin d'avoir peur, elle voulait s'unir à lui, ne faire plus qu'un avec ce corps vibrant et ferme qui se collait au sien.

Les mains de Robbie quittèrent ses épaules, glissèrent dans le creux de son cou dans une étreinte si intime que

Sheena poussa un petit cri rauque. Elle sentit ses doigts s'enfoncer dans sa chevelure tandis qu'il approfondissait son baiser.

Et pourtant, Sheena, pantelante, ivre de plaisir, comprit que, malgré tout, ce baiser ne changeait rien entre eux.

Elle s'écarta lentement, et il la laissa interrompre leur étreinte sans chercher à la retenir.

— Est-ce cela que tu voulais me montrer ? demanda-t-elle d'une voix mal assurée.

Il eut un rire très doux. Un sourire attendrissait maintenant les traits rudes de son visage, et son regard bleu brillait intensément. Alors, Sheena eut la révélation d'une vérité qu'elle repoussait depuis longtemps. Robbie Cameron était décidément devenu un très séduisant jeune homme. Et son corps un instant pressé contre le sien, ce corps souple et ardent, ne faisait que le confirmer.

— Non, Sheena. Ce n'est pas pour cela que je t'ai menée jusqu'ici… Même si j'espérais sans doute que cela se produise… Se reproduise, devrais-je dire.

— Vraiment ?

S'emparant de sa main, il l'attira de nouveau contre lui.

— Oui. Et je sais que, toi aussi, tu y as pris du plaisir.

Se penchant sur elle, il lui picora la bouche d'un baiser si vif qu'il sembla à Sheena qu'il était fini avant d'avoir commencé.

Elle resta, la bouche entrouverte, à le dévisager.

— Je me trompe ? insista-t-il ? Suis-je le seul à éprouver cette attirance inattendue pour ma meilleure ennemie ?

Il effleura les lèvres de Sheena d'un nouveau baiser, sa langue plongea vivement entre ses lèvres pour s'en retirer aussitôt, laissant Sheena haletante.

— Un surprenant désir ? acheva-t-il dans un souffle tandis que ses grandes mains se posaient sur les seins de Sheena, les enveloppant d'une chaude caresse.

Cette fois, le baiser de Robbie prit une autre dimension. Il se fit plus persuasif, plus possessif. Mais avant qu'elle n'ait pu le toucher elle aussi de manière plus intime, il recula d'un pas.

Il resta un instant immobile, à l'observer, attendant sans doute qu'elle dise quelque chose. Et pourtant, Sheena ne trouvait rien à dire. Ce n'était pas la première fois qu'un garçon l'embrassait. Plusieurs gamins du village s'y étaient risqués ; son manque de confiance en soi, malgré son statut de fille du laird, étant sans doute assez peu dissuasif. Mais aucun n'avait éveillé en elle de tels émois.

Comme elle ne disait rien, Robbie lui tendit la main.

— Viens. Ce que je veux te montrer est de ce côté-là.

Ils s'enfoncèrent par une sente étroite au milieu des arbres, menant leur cheval en main, jusqu'à une petite clairière inondée de lumière. L'eau bouillonnante d'un torrent et la brise qui agitait doucement la cime des arbres étaient les seuls bruits qui troublaient l'épais silence de la forêt. Robbie attacha son cheval à une basse branche, et Sheena l'imita, non sans avoir demandé instamment à Wee dans le creux de l'oreille de rester calmement à l'attendre.

— Le reste du chemin est trop étroit pour eux, expliqua Robbie à demi-voix.

L'impatience qui se lisait dans ses yeux la fit sourire. Elle n'avait aucune idée de ce qui les attendait mais, à l'évidence, c'était à la fois surprenant et amusant.

Quand ils arrivèrent à l'approche d'une autre clairière, plus étroite, son compagnon écarta les branches et la fit passer devant lui.

Sheena écarquilla les yeux, cherchant en vain ce qu'il y avait là de si intéressant.

Alors, passant devant elle, Robbie traversa la clairière en direction du bruit du torrent qui paraissait beaucoup plus fort. Là, dans les roseaux, il lui montra une cabane de chasseur faite d'osier tressé, dorée par la lumière du soleil.

— Regarde, chuchota-t-il. C'est pour toi, au cas où tu en aurais besoin.

Chapitre 13

Robbie regarda le visage de Sheena s'éclairer tandis que la lumière se faisait dans son cerveau.

— Une… Une cabane ? s'enquit-elle en se penchant dans l'ouverture pour mieux voir.

— Oui. Ma cabane.

D'autres filles auraient reculé, apeurées par toute cette solitude. Mais Robbie savait que c'était précisément ce qui attirerait Sheena comme une abeille vers un parterre de fleurs.

Et ce fut le cas, en effet.

— Est-ce que je peux y entrer ?

— Oui, bien sûr. Prends soin de bien baisser la tête.

Les exclamations ravies de Sheena quand elle fut dans la hutte le firent sourire.

Quand il avait retrouvé Sheena endormie dans l'appentis du jardin d'Anna, cela lui avait rappelé la petite fille de Lairig Dubh, du temps où il suivait la rude formation d'écuyer chez son père. Il se souvenait qu'à plusieurs reprises les servantes l'avaient découverte cachée ainsi dans un refuge, dans les communs ou les bois à proximité du château.

Se penchant à son tour, il sourit à Sheena et s'introduisit à sa suite dans l'étroit habitacle.

— L'installation est plutôt sommaire, dit-il en tassant son grand corps contre l'une des solides parois de jonc tressé, renforcées à l'intérieur par de la glaise séchée. Mais c'est chez moi et c'est l'essentiel.

Sheena se poussa un peu pour lui laisser de la place.

— Comment l'as-tu trouvé ?

— En rendant visite à mes parents pendant que je séjournais à Lairig Dubh. Je… J'avais besoin de me recueillir.

— Était-ce juste après… ?

Il hocha la tête et s'agita dans l'étroit espace, comme si son corps se rappelait la douleur des coups de fouet qu'il avait reçus de la main de la Bête des Highlands. Il s'était sans doute réfugié là en attendant que la honte de son châtiment soit rendue publique au sein de la mesnie.

— Oui. Juste après…

Il avait fui le donjon, redoutant le châtiment que son père ne manquerait pas d'ajouter à celui qu'il avait déjà subi. Si seulement ils avaient pu ne pas le retrouver… Si seulement il avait pu disparaître à jamais !

— J'ai couru tout droit depuis le donjon jusqu'ici et j'ai trouvé cette cabane abandonnée… Elle était couverte de ronces et sa porte était obstruée par des broussailles. Abandonnée sans doute depuis que mon père avait interdit qu'on vienne chasser par ici. C'est une zone préservée afin que les bêtes puissent se reproduire librement.

— Et tu venais là pour éviter le jugement de ton père… Et un châtiment bien peu mérité…

Ce constat dit d'une voix paisible exposait une vérité dont Robbie prenait seulement maintenant vraiment conscience.

— Oui. On peut dire cela… Même Tomas ne connaît pas cet endroit… Et je te serais reconnaissant de ne rien lui dire.

La main de Sheena se posa sur son bras, le prenant au dépourvu. C'était la première fois qu'elle le touchait de sa propre initiative.

— Je te demande pardon, Robbie. Je ne voulais pas que tu sois puni de manière si cruelle et si humiliante.

— Sheena, je t'en prie…

— Non. Laisse-moi parler…

Se mettant à genoux, elle se rapprocha de lui.

— À cette époque, je voulais tellement faire partie de votre petite bande, à Aidan et à toi ! Courir partout, avec les gamins du village, me semblait un sort infiniment plus enviable que d'apprendre à jouer du luth ou faire de la tapisserie. J'en avais tellement assez de la surveillance de ma mère, de tous ces travaux d'aiguilles, de ces leçons de maintien, de toutes ces lectures des Saintes Écritures, de tout ce prêchi-prêcha ! Je… Tu me paraissais si plaisant, Robbie ! Je voulais seulement passer du temps avec toi.

Robbie la dévisageait, médusé. Jamais il ne se serait attendu à cela. Sheena aurait voulu passer du temps avec lui ? Elle le trouvait plaisant ? Elle l'avait aimé, peut-être, toutes ces années plus tôt ? Comment cela était-il possible ? Comment se faisait-il qu'il ne s'en soit pas rendu compte ?

— Mais j'ai été pour toi la cause d'une telle humiliation ! Quand je pense à la douleur physique et morale que tu as dû endurer par ma faute…, chuchota-t-elle encore, les larmes aux yeux. Comment pourrais-tu me pardonner ?

Robbie remua inconfortablement. Décidément, l'espace avait bien rétréci depuis le temps où il se réfugiait dans cette hutte. Ou c'était lui qui avait bien grandi !

— Tu n'étais qu'une enfant, Sheena. J'étais plus âgé, et j'aurais dû t'ignorer, comme ton père me l'avait demandé. C'est ma faute, si j'ai été puni.

Elle commença à soulever des objections, visiblement persuadée qu'elle était la seule à blâmer. Était-ce pour cela qu'elle se refusait à l'épouser ?

— Quel que soit le rôle que tu aies pu jouer dans toute cette affaire, je te pardonne de bon cœur.

Le sourire qui éclaira le visage de Sheena fut comme un rayon de soleil. Et dire que la pauvre enfant avait porté le fardeau de cette faute imaginaire pendant tout ce temps ! Robbie s'agita de nouveau. Il lui fallait mettre fin à la troublante promiscuité qui commençait à s'installer entre eux. Surtout dans un espace aussi restreint.

— Il faut y aller, maintenant. On doit nous attendre.

Il s'extirpa à genoux de la hutte et tendit la main à Sheena pour l'aider à faire de même.

Dehors, la brise rafraîchie par le froid du torrent était délicieuse. Robbie en aspira avidement une longue goulée et regarda Sheena émerger de la pénombre.

La lumière du soleil accrochait des copeaux d'or rouge dans ses cheveux, dont la natte était retombée sur une épaule. Il aurait voulu libérer cette chevelure fluide et vivante de toute attache, s'y noyer voluptueusement, la respirer, s'en imprégner de tous ses sens. Il avait toujours aimé la chevelure de Sheena. Il savait déjà que, s'il la dénouait, elle lui arriverait jusqu'à la taille.

Mais Robbie savait aussi que, s'il la touchait maintenant, cette faim nouvelle, tout à fait inattendue, qu'il éprouvait pour elle n'aurait plus de limite. Et sans doute Sheena le lut-elle dans son regard car elle recula d'un pas.

— Est-ce ta seule cachette ?

Ne se fiant pas à sa voix, Robbie secoua négativement la tête.

— En as-tu une semblable à Achnacarry ? insista-t-elle.

Se ressaisissant, Robbie lui tendit la main et, rejoignant l'endroit où paissaient les chevaux, il lui raconta le reste de l'histoire.

— C'est ici, à Tor, que j'ai passé les premières années de ma vie, avant d'aller à Lairig Dubh. Puis j'y suis revenu pour quelques années. Ensuite, quand mon oncle est mort, mes parents, Tomas et moi avons dû emménager à Achnacarry.

Il s'interrompit, ne sachant trop comment exprimer le bouleversement provoqué en lui par la mort violente de son oncle, qu'il avait toujours considéré comme invincible.

Une mort qui mettait en péril tout le clan.[1]

Malgré les rumeurs qui circulaient dans les Highlands, peu de gens connaissaient la scandaleuse vérité. Le père de Sheena l'avait-il révélée à sa fille quand il lui avait exposé le brusque tournant qu'allait prendre sa destinée ? Quand lui, Robbie, était passé du statut de simple neveu du puissant chef du clan Cameron à celui de *tanist* ? D'héritier potentiel du Haut Siège après son père ?

— Et à ce moment-là, tu étais déjà trop grand pour te cacher dans une cabane de roseaux, n'est-ce pas ?

— Pas trop grand. Trop occupé. Mon père était devenu le nouveau chef et, moi, je devais apprendre à lui... succéder.

Sheena hocha la tête.

— Je vois. Le devoir, les honneurs...

Les chevaux hennirent à leur approche.

— Exactement.

Que pouvait-il dire d'autre ?

Après l'humiliante révélation quelques années plus tôt du secret de ses parents devant le clan Cameron et leurs alliés, Robbie avait vite compris que seul le sens de l'honneur et le respect du devoir pouvait les maintenir en place. Ils se devaient de respecter le serment d'allégeance qu'ils avaient prononcé à l'égard du clan et de son chef. Fût-ce aux dépens de leurs choix personnels. Et en voyant sa mère souffrir de la révélation de la parenté de son fils et de sa propre humiliation, à elle, il s'était juré que seuls le sens du devoir et la sagesse dicteraient désormais ses actes.

1. Voir les ouvrages précédents de la série *A Highland Feuding*, de Terri Brisbin.

— C'est mieux ainsi, n'est-ce pas ? ajouta-t-il en lui tendant les rênes de son cheval.

Il se penchait pour aider Sheena à se mettre en selle mais, déjà, elle avait escaladé d'un geste souple sa gigantesque monture et le remerciait d'un sourire. L'imitant aussitôt, il s'apprêta à reprendre le chemin qu'ils avaient suivi pour arriver jusque-là.

— Nous rejoindrons la route principale qui mène vers Tor un peu plus loin, dit-il en lui montrant la direction du sud. Et je t'indiquerai un raccourci pour venir par ici par la poterne arrière du château.

— Pourquoi par ici ?

— Parce que tu voudras y revenir. Et que c'est le chemin le plus sûr.

Après les récentes marques d'intérêt de Robbie à son égard, Sheena aurait dû se vexer de l'entendre affirmer que seul le devoir influençait sa conduite. Pourtant, d'une certaine manière, cette affirmation avait aussi un aspect rassurant. S'ils ne parvenaient pas à annuler le contrat, elle aurait certainement maintes fois l'occasion de se répéter que les mariages entre nobles ne reposaient pas sur les sentiments. Dans le meilleur des cas, si la chance était avec eux, ils pourraient voir se développer entre eux de l'affection et du respect. Il ne fallait pas s'attendre à autre chose.

Elle avait grandi auprès de parents dont l'amour profond et réciproque, malgré la réputation de féroce guerrier de son père et le fait qu'il s'agissait pour sa mère d'un mariage forcé, était connu dans tout le comté. Mais cela faisait partie de ces exceptions qui confirment la règle et, si quelqu'un connaissait le prix de cet amour, c'était bien Sheena, qui avait failli le payer de sa vie.

Mais ils étaient venus jusqu'ici pour consulter le clerc qui avait rédigé le contrat. Robbie irait-il jusqu'au bout de sa promesse ? Mettrait-il tout en œuvre pour faire annuler leurs fiançailles ?

Et s'il échouait, que se passerait-il ? Malgré la douceur de ses baisers, l'émotion qui la faisait défaillir quand il la touchait, Sheena savait bien qu'elle serait incapable de faire face aux devoirs imposés par son nouveau statut. Le rôle de maîtresse de maison au sein d'un clan aussi grand et aussi puissant que celui des Cameron lui paraissait tout à fait insurmontable.

Ils atteignaient la route, et elle se pencha pour flatter l'encolure de Wee, effrayé par un vol de perdrix.

— Tu me connais bien, lâcha-t-elle.

Robbie eut un sourire en coin.

— Oui. On peut dire que cela m'a parfois coûté assez cher… Allons, viens que je te montre Tor, ajouta-t-il fièrement.

Elle crut un moment qu'il allait rebrousser chemin jusqu'au castelet commandant l'entrée principale mais il tourna dans la direction opposée et ils continuèrent à suivre la rivière. À partir de là, le cours d'eau venant du nord contournait l'éperon rocheux sur lequel était bâtie la vieille place forte.

— Voilà, c'est ici, s'exclama soudain Robbie en indiquant du doigt un torrent qui rejoignait le cours d'eau principal. Si tu remontes ce torrent jusqu'aux remparts, tu trouveras la poterne.

Sheena se haussa sur sa selle pour mieux voir.

— Les chevaux peuvent-ils passer par là ?

— Oui, mais si l'orage fait grossir le torrent, cela peut devenir dangereux. Aussi, fais bien attention.

Robbie, son regard bleu soudain perçant, attendit sa réponse. Sheena le rassura d'un hochement de tête.

Ils avancèrent encore un moment sur le chemin en silence.

Et soudain, Tor se dressa devant eux, majestueux malgré sa taille compacte. Beaucoup plus petite que l'entrée principale, la poterne surveillait la pente, prévenant ainsi toute attaque à revers. Ils durent pousser les chevaux dans le chemin étroit qui grimpait dans les rochers, et Sheena s'inquiéta pour Wee. Geordie avait eu beau la rassurer, elle craignait que les blessures de l'animal soient mal cicatrisées. Préférant le mener en main, elle se laissa glisser de sa selle.

Déjà Robbie faisait volte-face, inquiet.

— Boite-t-il ?

— Non, mais mieux vaut prévenir que guérir. S'il se blessait, Geordie serait furieux et moi… bien dépitée.

Ils avancèrent ainsi l'un derrière l'autre sous le regard scrutateur des gardes perchés sur la courtine.

En les reconnaissant, les deux hommes dévalèrent l'escalier intérieur pour venir les accueillir.

— Lundy, Innes, content de vous voir. Comment ça va, par ici ?

— Eh bien, sir, on peut dire que tout va bien, répondit le premier interpellé.

— Lundy, mon vieux, ton frère te bat-il toujours aussi facilement au *quaterstaff* ?[1]

Le dénommé Lundy fit une piteuse grimace.

— Oui. Hélas !

— Et toi, Innes ? Comment va l'entraînement ? Tu ne t'en sortais pas trop mal, lors de mon dernier séjour.

1. Le *quarterstaff* est un bâton de combat utilisé dès le Moyen Âge. Il est composé d'une tige de bois dur d'environ deux mètres, équipée parfois d'une pointe métallique à l'une de ses extrémités. Les coups étaient portés essentiellement aux jambes et faisaient appel à des techniques complexes et très offensives.

Pour toute réponse, Innes porta son regard sur un point de l'horizon avec un intérêt soudain, et Robbie et Lundy éclatèrent de rire en même temps.

Puis le jeune *tanist* mit sa main sur l'épaule de Sheena.

— Je vous présente Sheena MacLerie, ma promise. Je vous confie sa sécurité.

Les deux hommes l'inspectèrent des pieds à la tête, sans malveillance ni manque de respect, leur regard brillant seulement d'une vive curiosité. Puis ils hochèrent la tête.

— Tu peux compter sur nous, Robbie, tu le sais bien, déclara Lundy, qui paraissait être l'aîné.

Robbie conversa encore un moment avec eux puis s'engagea sous la voûte obscure de l'étroite poterne qu'on ne pouvait franchir qu'à la queue leu leu. Les créneaux dominaient l'entrée, et Sheena se souvint avec effroi de ce que racontait son père. Ces ouvertures étaient pratiquées pour mieux déverser sur l'ennemi force boulets, huile bouillante et autres projectiles. Une fois arrivés dans la première cour, ils furent accueillis par deux autres hommes d'armes. Robbie procéda de nouveau aux présentations avant de conduire Sheena vers l'un des bâtiments. Avant même qu'ils aient pu l'atteindre, une poignée d'hommes en jaillit pour se précipiter sur eux.

— Dites donc, les gars ! Z'avez déjà vu une beauté pareille ? s'exclama l'un d'eux en s'arrêtant net devant Sheena.

— Par saint Buite[1] ! Jamais de ma vie entière ! renchérit un autre, doté d'un vigoureux toupet de cheveux gris planté au milieu de son crâne chauve.

— Je peux ? ajouta un troisième, tendant déjà la main vers Sheena, avant qu'un quatrième, un homme brun, de haute stature, ne s'interpose.

1. Saint irlandais né en Écosse et disciple de saint Patrick (VIe siècle).

— Non, Jef, tu ne peux pas rétorqua celui-ci d'un ton ferme.

Sheena, le feu aux joues, ne savait où porter son regard. Parlaient-ils d'elle ? Comment était-elle censée réagir ? La situation était terriblement gênante.

Mais déjà le grand brun s'inclinait devant elle.

— Parlan, pour vous servir, milady. Commandant de cette place forte, lieutenant du laird et de son *tanist* quand ils ne sont pas dans nos murs.

Il précisa, se tournant à demi vers ses hommes :

— On regarde mais on ne touche pas. Cet animal est visiblement très susceptible.

Sheena retint un soupir de soulagement. Mon Dieu ! Quelle sotte elle faisait. Ils parlaient de Wee Dubh, bien sûr. Croisant le regard de Robbie, elle vit un rire danser au fond de ses yeux.

Toujours empourprée, elle se retourna vers Parlan.

— Merci pour votre accueil, Parlan. Je serais sincèrement contente que… que l'un de vos hommes puisse conduire Wee Dubh aux écuries…

Ces quelques mots suffirent à provoquer une scène de chaos inimaginable. Les trois pittoresques personnages qui les avaient accueillis se précipitèrent en même temps sur le pauvre Wee, dans l'espoir de s'emparer le premier de la bride de cette superbe monture. Wee, pris d'un affolement soudain, se mit à pousser des hennissements stridents et donna de violents coups d'encolure.

— Ça suffit, les gars, intervint Robbie fermement. Vous ne pouvez pas vous en occuper tous en même temps. Et souvenez-vous qu'il est hors de question que vous le montiez.

Le petit groupe hurla son accord tout en continuant à rivaliser à grand renfort de bourrades et de coups de coudes dans les côtes pour s'emparer de la bride de Wee.

Robbie éleva la voix :

— Paix, vous dis-je ! Chacun son tour. Voici Jamie, le maître d'écurie. C'est lui qui vous chargera les uns et les autres de vous occuper de ce cheval… Pour cette fois, Jamie, acceptes-tu que Lady Sheena désigne celui qui accompagnera Wee dans sa nouvelle demeure ?

L'homme, court sur pattes mais dégageant une autorité naturelle, hocha la tête.

— Pour sûr, milord. À vous de parler, milady, ajouta-t-il avec un petit salut.

Sheena n'aurait su dire quel geste la toucha le plus venant de Robbie : le fait qu'il prenne autant de précautions à l'égard de Wee ou qu'il ménage sa susceptibilité à elle. Elle battit des paupières pour refouler ses larmes.

Robbie se pencha sur elle.

— Ne va pas t'imaginer que je fais du zèle. De toute façon, c'est moi qui monterai Wee Dubh avant tous les autres !

— C'est pourtant exactement ce que je pense, répondit-elle du tac au tac. Mais il n'est pas question qu'il soit monté par quelqu'un d'autre que moi.

Il cligna de l'œil.

— Pff ! Nous verrons bien… En attendant, ces pauvres garçons attendent toujours que tu te décides.

Sheena sentit une douce chaleur l'envahir. Elle ne doutait pas une seconde de l'envie ardente qu'avait Robbie de monter Wee. Ni qu'il essayait de se faire apprécier des gens de l'écurie. Mais la manière dont il procédait avec elle révélait un aspect de sa personnalité qu'elle ne connaissait pas. Ici, à Tor, il semblait plus à son aise, plus jeune, plus joueur. Visiblement, il se sentait chez lui.

Passant en revue les lads qui formaient un cercle autour d'eux, elle jeta son dévolu sur le plus jeune, dont le regard brillant vibrait déjà d'un amour infini pour Wee.

— Micheil ! intima aussitôt Jamie. Approche-toi de cette bête… Doucement ! Qu'elle ait le temps de bien te voir.

Le garçon fit comme on le lui avait indiqué ; et en voyant l'expression de gratitude qui envahissait son visage rond et la fierté qui illuminait ses yeux noisette, Sheena sentit un sourire irrésistible naître sur ses lèvres.

— … milady, continuait Jamie, voulez-vous confier vos rênes à Micheil, s'il vous plaît ? Ensuite, vous reculerez lentement… Là, doucement…

Tandis que la délicate opération s'effectuait, Jamie continuait à parler de la même voix douce et profonde que Geordie, le maître d'écurie d'Achnacarry, utilisait pour calmer les chevaux les plus rétifs. Sheena fit comme il disait, reculant lentement, pas à pas, et elle se trouva bientôt pressée contre Robbie. Micheil parlait à son tour au cheval de cette même voix calme, et la manière dont Wee agitait les oreilles disait son acceptation, quoique non sans réserve, de cette passation de pouvoir.

Soudain, Sheena sentit les deux bras de Robbie l'enlacer par-derrière et elle s'abandonna à cette étreinte, parfaitement à son aise. Pour la première fois, elle avait l'impression d'avoir dans la vie quelqu'un sur qui compter.

— Regarde, chuchota-t-il à son oreille, son souffle chaud la faisant vibrer doucement. Vois comme il sera bien soigné ici. Aussi bien qu'à Achnacarry.

Les hommes s'éloignèrent en direction des écuries. Ils marchaient dans le sillage de Wee Dubh avec la même pompe cérémoniale que s'il se fût agi d'un prince consort qu'on installait dans ses nouveaux appartements.

Parlan se tourna vers eux.

— Si vous êtes prête à vous installer chez vous, milady, Conran a veillé à ce que votre appartement soit prêt.

— Conran ? interrogea Sheena, en s'arrachant à regret à l'étreinte de son fiancé. N'est-ce pas vous qui… ?

— Conran est l'intendant du château, milady. Comme j'ai déjà eu l'honneur de vous le dire, pour ce qui me concerne, je suis le commandant de son corps d'armée.

— Oh ! Oui, bien sûr ! Je vous demande pardon. Je crains de vous avoir blessé…

— Il n'y a pas d'offense, milady, rétorqua Parlan, dont le dos très droit et le menton relevé disaient le contraire.

Et, tournant les talons, il passa devant eux pour leur montrer le chemin.

Sheena sentit la main de Robbie se glisser dans la sienne.

— Parlan a tendance à se hausser du col, depuis qu'il est monté en grade, chuchota-t-il. Il est vrai qu'il commande maintenant tout un bataillon chargé de défendre nos terres du Sud.

— Jusqu'où ces terres s'étendent-elles ? s'enquit Sheena d'un ton contraint.

Elle était prise en faute, une fois de plus, parce qu'elle avait été incapable d'écouter les explications qu'on lui donnait.

Ni ce que lui avait dit sa mère de l'organisation des places fortes des Cameron, ni ce que lui avait confié Lady Elizabeth ne s'étaient fixé dans sa pauvre cervelle,

Robbie entreprit de lui donner les informations nécessaires et, quand ils atteignirent enfin la grande salle, elle avait oublié qu'il lui tenait la main, concentrée sur ses propos. Ce fut le regard de Glynnis et son doux sourire, puis celui de Iain qui la firent se dégager. Elle rit doucement, sans savoir pourquoi, et suivit Conran, qui l'attendait pour la conduire à la chambre choisie pour elle par Lady Elizabeth lors de sa dernière visite.

Mais, tandis qu'elle montait les escaliers, elle ne put s'empêcher de jeter un coup d'œil à Robbie par-dessus son épaule. Rencontrant son regard, elle lui sourit. Pour une raison qui devenait de plus en plus confuse, elle trouvait bien plaisant de capturer encore un peu de son attention.

Chapitre 14

Sheena regardait fixement Conran, essayant de se concentrer sur ce qu'il lui disait. Elle n'osait pas regarder le feuillet qu'il lui avait mis entre les mains quelques minutes plus tôt. Elle s'efforçait de refouler la panique qu'elle sentait monter en elle.

Un rugissement emplissait maintenant sa pauvre tête, et elle leva un regard éperdu sur Glynnis, assise en face d'elle, puis sur les serviteurs qui vaquaient à leurs occupations dans la salle. Plus loin, dans le hall, d'autres domestiques s'activaient. Personne ne paraissait conscient de son malaise tandis que, pour sa part, elle avait l'impression comme toujours dans ces moments-là d'être devenue le centre de l'attention. Comment ne pourraient-ils pas s'apercevoir de son désarroi ?

— Lady Elizabeth a suggéré que ce soit vous qui fassiez votre choix, milady, expliqua Conran pour ce qui devait être au moins la deuxième fois. Tor va être dorénavant votre demeure.

Glynnis s'empressa d'intervenir.

— Conran, pourquoi ne pas laisser ce document à Lady Sheena ? Elle pourra ainsi prendre connaissance de tout cela et vous fera ensuite connaître sa décision.

— Parfait, milady.

Conran les salua toutes les deux et quitta la salle.

— Sheena ? appela doucement Glynnis en posant la main sur la sienne. Tout va bien ?

— Je… Non, c'est impossible… Je ne peux pas !

Ce qu'on lui demandait était au-dessus de ses forces. Jamais elle ne pourrait jouer le rôle qu'on attendait d'elle. Même régner sur Tor, une infime partie des possessions du clan Cameron, était au-dessus de ses forces. Elle entendit Glynnis héler l'une des servantes avant de venir auprès d'elle. La jeune fille chuchota quelques mots à la domestique puis aida Sheena à se lever. Celle-ci se laissa entraîner sans chercher à comprendre ce qui allait advenir d'elle. Chaque pas lui devenait de plus en plus difficile et, quand elle s'effondra sur un banc, un voile noir devant les yeux, ses jambes et ses bras tremblaient au point qu'elle en ait perdu l'usage.

Elle comprit alors qu'elle ne pourrait plus dissimuler son infirmité plus longtemps.

Robbie se rua derrière la servante que Glynnis venait de lui envoyer pour le prévenir. Il se passait quelque chose de grave avec Sheena. Mais quoi ? La servante s'arrêta devant la porte du *solar* et s'écarta pour lui laisser le passage, le visage soucieux. Robbie souleva le loquet et entra.

Sheena, pâle comme la mort, était assise sur l'un des coussièges[1] aménagés sous la fenêtre. Glynnis, à genoux devant elle, lui tapotait la main en répétant son nom à mi-voix. Robbie s'approcha, une prière muette aux lèvres.

1. Dans l'architecture médiévale, le coussiège est une banquette de pierre ou de bois aménagée dans l'embrasure d'une fenêtre et garnie de coussins. Si la fenêtre est large, deux coussièges peuvent être disposés en vis-à-vis. Ce type d'installation permet la surveillance de l'extérieur ou, plus souvent, la lecture et les travaux manuels pour les dames.

— Que s'est-il passé ? Qu'est-ce qui ne va pas ?

Il les rejoignit en deux enjambées et posa sa main sur le front de Sheena. Il était glacé et couvert d'une fine pellicule de sueur.

— Que s'est-il passé ? Comment va-t-elle ? s'enquit-il encore, se penchant sur elle pour regarder sa poitrine se soulever et s'abaisser.

Chaque respiration se terminait par une sorte de convulsion douloureuse qui lui serrait le cœur.

— Conran était en train de lui expliquer comment s'organise la vie quotidienne dans la maisonnée, expliqua Glynnis, quand elle a commencé à s'agiter. Elle respirait de plus en plus difficilement, aussi ai-je préféré l'amener ici, dans le calme. Je pensais que, sans doute, vous n'aimeriez pas qu'elle soit exposée aux yeux de tous dans cet état.

— Non, en effet…

Il s'agenouilla aux côtés de Sheena tandis que Glynnis allait répondre à la porte.

— Non, répéta-t-il dans un murmure, repoussant les cheveux de Sheena collés à son front et prenant sa main dans la sienne. A-t-elle parlé ?

Glynnis revenait avec un bol d'eau tiède et un linge propre.

— Pas un mot depuis que nous sommes ici… Tenez, rafraîchissez-lui le visage avec ceci.

Robbie fit ce qu'on lui demandait et ils attendirent, penchés sur la jeune fille, que sa respiration s'apaise. Les joues de Sheena reprirent peu à peu de leur couleur, et Robbie laissa enfin échapper le souffle qu'il ignorait avoir retenu pendant de longues minutes. Maintenant, la tête appuyée contre les coussins, Sheena paraissait dormir avec la même sérénité que la princesse des contes de fées.

— Cela lui est-il déjà arrivé, Glynnis ? demanda Robbie en reposant le bol sur une table.

Avant même qu'elle ouvre la bouche, il lut la réponse dans le regard triste de Glynnis.

— Jamais de manière aussi spectaculaire, Robbie. Sinon, je vous aurais prévenu.

— Mais cela lui est déjà arrivé…

Le regard de Robbie était inquisiteur, son ton exigeait plus qu'il ne demandait.

Glynnis détourna le regard.

— Oui… Un léger malaise… Un trouble, plutôt, quand quelque chose survient à quoi elle ne s'attendait pas.

— Est-ce la raison de votre réticence, quand je vous demandais ce que vous pensiez d'elle ?

— Robbie, je vous en conjure…

Elle s'arrêta net. Tournant son attention vers Sheena, Robbie s'aperçut que ses yeux étaient ouverts et qu'elle le regardait fixement.

Peu à peu elle parut reprendre ses esprits et tenta de se remettre sur ses jambes. Mais un gémissement lui échappa et elle se laissa retomber.

— Repose-toi encore un peu, Sheena.

La bouche de la jeune fille n'était plus qu'une mince ligne blanche. Son regard erra de l'un à l'autre, égaré.

— Que… Que s'est-il passé ?

Glynnis lui prit la main.

— Tu as eu un malaise et je t'ai conduite ici avant que tu ne perdes complètement conscience.

— As-tu mal quelque part, Sheena ? s'enquit Robbie d'une voix qu'il s'efforçait de radoucir.

— Oui. Ma tête… Pendant un moment, je ne voyais plus rien… Des nausées, aussi…

Robbie sortit un instant dans le couloir pour laisser aux deux femmes l'intimité requise par la situation. Sheena lui avait donc caché quelque chose. Peut-être même l'avait-elle aussi caché à sa famille ? Ce genre de malaise lui arrivait-il souvent ? Si Glynnis en était informée, cela avait donc dû arriver également depuis l'arrivée de Sheena à Achnacarry. Comment se pouvait-il qu'il ne s'en soit pas aperçu ? Qu'on ne l'en ait pas informé ?

La porte de la chambre se rouvrit dans son dos.

— Robbie ! Sheena aimerait regagner sa chambre.

Pivotant sur lui-même, il vit que Sheena se tenait adossée aux coussins, comme s'il lui était impossible de se maintenir d'elle-même. Elle était toujours très pâle et son regard était absent.

— Si… je pouvais… seulement dormir un peu, marmonna-t-elle.

— Pouvez-vous appeler une servante pour m'aider à la porter ? dit Glynnis.

— Non !

Les deux femmes le regardèrent, médusées, mais déjà il retraversait la pièce et, se penchant sur la malade, la prenait avec précaution dans ses bras. Le corps frissonnant de Sheena s'abandonna contre son torse.

Au même moment, Glynnis se précipitait vers la porte pour la maintenir ouverte.

Il se dirigea lentement vers les étages menant aux chambres. Glynnis, qui les avait précédés, ouvrit bientôt la porte des appartements de Sheena. Comme la jeune fille s'apprêtait à lui emboîter le pas, il secoua la tête.

— Merci pour tout ce que vous avez fait, Glynnis. Merci d'avoir agi avec tant de délicatesse. Sincèrement… Maintenant, c'est moi qui vais m'occuper d'elle.

Glynnis ouvrit la bouche pour protester, mais elle dut voir dans son regard qu'il était bien décidé à prendre en main la situation.

Seul.

— Je vais faire apporter de la petite bière et des galettes

de sarrasin. Un peu de nourriture peut lui redonner des forces. Anna pourrait très bien aussi… Une de ses décoctions…

— Des galettes et de la bière feront parfaitement l'affaire. Si nous avons besoin de quoi que ce soit, je vous ferai appeler.

Glynnis recula vers la porte en hochant la tête. Quand elle la referma, il aurait juré voir naître un sourire sur ses lèvres.

Mais il avait d'autres chats à fouetter que de déchiffrer les pensées secrètes d'une demoiselle de compagnie.

Il porta Sheena sur le lit et disposa quelques coussins dans son dos avant de lui retirer ses chaussures. Elle bougeait à peine, mais on l'aurait plutôt dit plongée dans profond sommeil. Son malaise semblait s'être dissipé.

Alors, s'asseyant sur le rebord du lit, Robbie passa en revue les événements survenus depuis l'arrivée de Sheena à Achnacarry. Rien n'avait paru anormal dans le comportement de Sheena jusqu'à ce qu'il la trouve… Enfin, qu'Anna la trouve endormie dans son jardin. D'un sommeil si profond qu'ils avaient eu du mal à l'en sortir. Ces… malaises l'épuisaient-ils au point de la vider de toute son énergie ?

Tandis qu'il la regardait dormir, sa mémoire remonta jusqu'aux années qu'il avait passées à Lairig Dubh. À dire vrai, mis à part quelques péripéties plus ou moins amusantes, il ne se rappelait pas grand-chose de Sheena enfant. Il était bien trop occupé à apprendre son métier de chevalier pour prêter attention à une gamine. Connor MacLerie n'était pas un parrain trop sévère mais il élevait le standard de ses exigences à un niveau très élevé. Les jeunes écuyers qu'il prenait en apprentissage devaient exceller tant au combat que dans l'apprentissage des belles-lettres et des sciences.

Soucieux de bien faire, et avide de jeux dans le domaine à ses moments de liberté, il avait fort peu prêté attention aux deux filles du sieur MacLerie, que ce fût Lilith ou la petite Sheena.

Jusqu'à ce que cette dernière devienne franchement insupportable. Il avait presque oublié le harcèlement de la fillette dans les couloirs du donjon, les cours, le village et même le bord de la rivière.

Ce qu'elle lui avait dit quelques jours plus tôt dans la hutte lui revint à l'esprit.

« Je t'aimais tant, Robbie. Je voulais juste passer un peu de temps avec toi. »

Elle était si jeune, alors. Encore une gamine. Pouvait-elle réellement s'intéresser à lui ? Il souriait maintenant, en repensant aux réprimandes de Lady MacLerie sur leur comportement, à Aidan et à lui. Leur reprochant leur manque de respect de la gent féminine.

Mais les filles comptaient si peu pour lui, à l'époque…

Sheena s'agita contre lui et, d'une main légère, il repoussa les cheveux qui collaient à son front. Déjà, elle s'ensevelissait de nouveau dans un profond sommeil. Impulsivement, il lui baisa le front puis les lèvres. Alors, à sa grande surprise, elle se tourna vers lui, la bouche offerte.

Robbie s'écarta avec un sourire amusé, croyant se tromper, mais maintenant Sheena se tournait franchement vers lui, collant son corps au sien. Alors Robbie se laissa glisser contre elle, flanc contre flanc, et il la prit dans ses bras.

Dans son sommeil, le corps de Sheena lui faisait confiance.

Robbie enfouit son visage dans la chevelure de la jeune fille. Il se mentait à lui-même, il le savait. Ces derniers temps, elle n'avait pas cherché à éviter ses baisers. Elle acceptait son contact, elle le recherchait, même. Ces jours derniers, c'était bien volontiers qu'elle l'avait accompagné dans ses visites au village et dans les métairies avoisinantes.

Le comportement de la jeune fille, bien que réservé, lui laissait penser qu'elle finirait peut-être par accepter leurs fiançailles et leur union prochaine. Même si, depuis qu'il avait découvert la faille de son caractère, ce secret qu'il ne comprenait pas encore tout à fait, il avait désormais plus de questions que de réponses.

Quand il rouvrit les yeux, cette fois, la chambre était plongée dans une obscurité profonde. Aucune chandelle, aucune lampe, pas même le rougeoiement des braises dans l'âtre n'en perçait l'opacité. Il reposait sur le côté, enserrant dans ses bras-le-corps souple et tiède de Sheena. Son sexe en émoi en avait eu conscience avant lui et se pressait, dur et exigeant, contre le doux renflement des fesses de sa compagne.

Mais il y avait plus ennuyeux. Sa main s'était refermée sur un sein plein et tendre, qui remplissait parfaitement le creux de sa main, et il brûlait de le caresser, d'en tâter la rondeur, de jouer avec la pointe qui taquinait sa paume. La petite peste qui le harcelait jadis, la petite mouche infatigable qui lui bourdonnait aux oreilles à longueur de journée s'était métamorphosée en une adorable petite femelle maintenant blottie dans ses bras.

Mais bien que les lieux et l'heure soient parfaitement adaptés à ce qu'il avait envie de faire, bien que personne n'eût songé à le lui reprocher, étant donné la proximité de leur mariage, il considérait qu'il n'en avait pas le droit.

Il voulait que Sheena soit éveillée, qu'elle le regarde dans les yeux, tandis qu'il goûterait à sa bouche et à son corps. Il voulait qu'elle participe à l'acte d'amour en pleine conscience. Et surtout, il voulait qu'elle désire autant que lui ce qui allait se passer. Il voulait qu'elle désire ses caresses.

Qu'elle désire l'épouser.

Dégageant lentement son bras pour ne pas troubler le repos de sa compagne, Robbie se glissa hors du lit. Impossible de dire combien de temps s'était écoulé depuis qu'il avait porté Sheena dans sa chambre. Soulevant le loquet précautionneusement, il glissa la tête par l'embrasure.

Glynnis avait en effet fait déposer un plateau devant la porte. Malgré la pénombre, on pouvait voir qu'il faisait encore jour. Et, d'après les bruits et les odeurs appétissantes qui montaient de la grande salle, il devait être l'heure du souper. La demoiselle de compagnie avait sans doute trouvé un moyen de les excuser.

Quand il retourna dans la chambre, chargé du lourd plateau, Sheena, assise sur le lit, le dévisageait tranquillement.

— Ah ! Très bien, te voilà réveillée…

Il posa le plateau sur le coffre qui jouxtait le lit et alla allumer une chandelle à l'unique torche du couloir avant de refermer la porte.

— Voyons ce que Glynnis t'a fait apporter, reprit-il en soulevant le linge qui couvrait le plateau… Fort bien ! Elle ne te traite pas comme une malade. Pas de bouillon clair. Hum… Une omelette aux herbes, une tourte d'écrevisses, quelques petits pâtés à la viande et…

Il flaira le contenu d'un pot de terre avant de conclure :

— Du bon vin de France. Non, décidément, elle ne s'est pas moquée de toi.

Sheena tira sa robe sur ses cuisses et sortit du lit. Mais elle avait à peine mis les pieds sur le tapis qu'elle vacilla. Déjà, Robbie était à ses côtés.

— Il faut te rasseoir. Tu as souffert d'un vrai malaise… Voilà, dit-il en l'installant contre les coussins redressés. Te sens-tu mieux ? As-tu faim ? Ou soif ?

De nouveau, l'expression méfiante qu'il détestait tant brilla dans le beau regard vert.

— Non, pas encore… Je voudrais… dormir.

— Encore ?

Sheena baissa les yeux, gênée.

— Quand je… Quand j'ai été malade, il me faut bien un jour ou deux de repos complet pour… me rétablir.

Robbie remit le linge sur les plats et, s'emparant d'un escabeau, alla s'installer auprès du lit.

— Et… Cela t'arrive-t-il souvent ?

Elle secoua lentement la tête.

— Non, pas si souvent que cela. Seulement dans des périodes un peu difficiles. Des moments de grande confusion. De moins en moins fréquemment ces dernières années, à dire vrai… Si ce n'est que… Oui, ce genre de chose est revenu depuis que…

De nouveau, Sheena baissa les yeux. Ses doigts trituraient nerveusement l'étoffe de sa robe.

— Depuis que ton père t'a informée de ses projets de mariage ?

Pour toute réponse, elle eut un infime mouvement de tête. Quasi imperceptible.

— Eh puis, il y a eu ce jour, dans le jardin d'Anna, ajouta Robbie d'une voix douce.

De nouveau, ce geste de la tête, suivi d'un long soupir. Elle ferma les yeux, comme épuisée.

— Oui. Il y avait tant de gens, ce jour-là. Tant de choses nouvelles… Je n'étais pas préparée. Glynnis a fait de son mieux pour m'aider mais je ne pouvais pas. C'était impossible… Il fallait que j'aille me cacher quelque part, que je retrouve le silence et le calme. Pourtant, je ne me souviens de rien. Ni de m'être allongée dans l'appentis. Ni de m'être endormie. Je ne l'ai réalisé qu'en me réveillant, en te voyant là, en train de me regarder.

— Mais pourquoi ne m'en as-tu pas parlé ? Pourquoi ne m'as-tu pas expliqué tout cela ?

Sheena ferma les yeux. Elle avait tellement sommeil… Un besoin irrésistible de dormir. Impossible de lutter contre cette léthargie qui, à chaque fois, après l'un de ces ensorcellements, s'emparait d'elle. C'est ainsi, en effet, que sa mère les appelait.

Ses pensées étaient aussi confuses que la brume épaisse qui tombait parfois sur la lande en hiver, engloutissant les arbres, les bêtes et les gens.

Pourtant, luttant contre le sommeil, Sheena se redressa et demanda une coupe de vin.

— Il y a quelque chose en moi qui ne va pas, Robbie. Je ne peux pas le contrôler. Et je ne voulais pas que quiconque ici s'en aperçoive. Que toi, surtout, qui me hais depuis notre enfance, soit informé de cela.

— Mais je ne te hais pas, Sheena.

Elle lui jeta un bref regard, puis, de nouveau, baissa les yeux sur son vin, qu'elle buvait à petites gorgées.

— Mes parents ont honte de moi, en tout cas. Pendant des années, ils ont cru qu'en m'ignorant, en se souciant aussi peu que possible de mon existence, ils pourraient nier ce qui m'arrivait. C'est pour cela qu'ils m'ont laissée m'installer chez Lilith après son mariage. Ils n'étaient plus obligés de subir l'humiliation quasi quotidienne d'un enfant qui n'était pas comme les autres. En allant m'ensevelir au fin fond des Highlands, je disparaissais aux yeux de la bonne société, je devenais invisible.

Sheena vida le reste de sa coupe d'un trait et fut prise d'un léger vertige. Le vin n'était pas coupé d'eau, comme elle l'avait cru d'abord. Elle reposa la coupe sur le plateau, luttant contre l'envie de se servir de nouveau. Jamais elle n'avait éprouvé ce besoin-là. Mais jamais non plus elle n'avait confié ses problèmes à quiconque. Et il fallait bien du courage pour le faire. On pouvait au moins lui reconnaître ce mérite-là.

Malheureusement, elle révélait les misères dues à son handicap à la dernière personne au monde qui aurait dû les connaître.

Comme elle s'abandonnait de nouveau sur les coussins, Robbie lui prit la main.

— Je le répète. Je ne te hais pas.

— Moi non plus, lâcha-t-elle dans un souffle en se libérant. J'ai essayé, pourtant. Pendant des années, insista-t-elle, se retournant juste à temps pour capter l'expression d'incrédulité sur le visage de son interlocuteur. Il aurait été plus facile de supporter la vérité… Le fait que tu ne supportais pas ma présence, si je parvenais à me convaincre que je te détestais, moi aussi.

Robbie alla s'asseoir au bord du lit et, de nouveau, lui prit la main.

— Et… Y es-tu parvenue ? Je crois que je connais la réponse, ajouta-t-il en secouant la tête. Je voyais bien comme tu cherchais à m'éviter après ma… punition.

Il déposa un léger baiser dans la paume de sa compagne et conclut dans un souffle :

— Et comme je cherchais à t'éviter, moi aussi.

Se levant d'un bond, il alla souffler les chandelles une par une exceptée celle posée sur le coffre, près du lit.

— Il faut que tu dormes, maintenant conclut-il en gagnant la porte. Tu peux te reposer jusqu'à demain matin. Glynnis viendra sans doute prendre de tes nouvelles !

Sheena sourit. Glynnis était devenue sa meilleure alliée et, du moins elle l'espérait, son amie.

— Merci, Robbie. Merci d'être resté près de moi.

Il sortit, puis, se ravisant soudain, passa la tête par l'entrebâillement.

— Au fait, comment sais-tu que je suis resté auprès de toi ?

— Je me suis réveillée à plusieurs reprises. Et tu étais là. Tu me tenais dans tes bras.

Il eut un petit rire étranglé.

— Bonne nuit. À demain !

La porte se referma doucement, et Sheena, épuisée, se laissa retomber sur son lit. Les maigres forces qu'elle avait reconquises pendant son sommeil s'étaient déjà évaporées. Elle n'aurait pas dû reconnaître qu'elle s'était aperçue de la présence de Robbie à son côté. Ni qu'il l'avait tenue dans ses bras.

Mais cela, elle l'avait peut-être rêvé ?

La sensation lui revint des lèvres de Robbie lui effleurant le front. De la réaction du corps du jeune homme collé contre le sien. Elle se souvenait de cela, du trouble délicieux que cela avait éveillé en elle, et aussi des doux mots murmurés, versés dans son oreille.

Comme s'il tenait à elle. Comme s'il… Comme s'il l'aimait.

Grand Dieu ! Quelle folie !

Sheena se mit dans son lit sans se soucier de se dévêtir. Puis, tirant sa courtepointe jusqu'au menton, elle entama ses prières du soir. Mais cette fois, elle en ajouta une autre.

Elle pria pour que Robbie ne se serve pas de l'arme qu'elle avait mise entre ses mains. Pour que personne n'apprenne jamais la tache d'infamie qui la marquait pour toujours.

Pour que personne ne s'en serve contre ses parents.

Si Robbie décidait d'utiliser ce qu'il avait appris sur sa fiancée pour dissoudre le contrat de mariage, cela mettrait directement en cause l'honneur de son père. Connor MacLerie serait accusé de félonie. Il aurait dissimulé les tares de la petite fiancée qu'il offrait, comme une marchandise, au grand Cameron.

Et la Bête des Highlands aurait une raison supplémentaire de regretter la naissance de cette malencontreuse enfant.

D'un autre côté, considérant l'importance que Robbie attachait à l'honneur de son clan, elle venait de le mettre dans une situation impossible. Et de s'y mettre avec lui. S'il révélait ce qu'il venait d'apprendre sur Sheena afin de protéger son clan, comme c'était son devoir, ce serait considéré comme une insulte par Connor MacLerie. D'une certaine manière, c'était comme une déclaration de guerre.

S'il ne disait rien, il s'apprêtait à épouser une femme qui ne lui convenait pas. Une femme incapable à tous points de vue de devenir l'épouse d'un grand chef. C'était le meilleur moyen pour lui de se déconsidérer aux yeux de tous les clans alentour.

Et pis encore, du moins au point de vue de Sheena, cela conduisait leur mariage au désastre.

S'il ne la haïssait pas jadis, il allait la haïr maintenant. Il ne pouvait en être autrement.

Le remue-ménage des servantes dans le corridor informa Sheena que l'heure avait sonné d'affronter son destin. Après tout, n'était-elle pas venue avec Robbie jusqu'ici pour trouver un moyen de rompre leurs fiançailles ? Un léger heurt à la porte l'informa de l'arrivée d'Edana, qui leur servait de chambrière à toutes les deux, Glynnis et elle, pendant leur séjour à Tor.

— Bonjour, milady, dit Edana de sa voix douce. Mungo peut-il entrer ?

Esquissant un pâle sourire, Sheena opina du chef. La servante posa son plateau sur le coffre et alla ouvrir largement la porte à un garçon à la forte carrure chargé d'un baquet d'eau fumante. Il alla le déposer devant le foyer, dont il entreprit ensuite de raviver la flamme en quelques gestes habiles. Edana attendit qu'il se fût éclipsé pour sortir un bassin de métal qu'elle posa sur la table à côté du feu.

— Comme vous avez été un peu dérangée hier soir, milady, je n'étais pas bien sûre que vous auriez envie de descendre dans la grande salle pour le petit déjeuner. Aussi, je vous ai apporté un bol de porridge, une jatte de lait et des fruits. Lady Glynnis m'a dit que vous n'aviez rien mangé hier soir. Vous devez être affamée !

— Merci, Edana. Je me sens beaucoup mieux. Je vais prendre un peu de porridge.

La jeune servante, toute contente, remplit un bol de la mixture odorante et le plaça sur la table.

— Si vous voulez bien vous attabler ici, milady, je pourrai en même temps m'occuper de vos cheveux…

Elle commença à dénouer la longue tresse de Sheena et poussa un petit cri.

— Oh ! On dirait…

Sheena reposa sa cuillère.

— Que dirait-on, Edana ?

Edana déploya la longue chevelure sur les épaules de sa maîtresse.

— On dirait… comme une nappe de feu dans le ciel, le matin, quand le soleil point à l'horizon… Et aussi, les chats de l'écurie, quand ils miaulent et qu'ils se battent.

Par chance, Sheena avait avalé sa bouchée de porridge. Quand Glynnis pénétra dans la chambre, elle s'étranglait pourtant en riant tandis qu'Edana, riant elle aussi, brossait ses cheveux avec allégresse. Reculant d'un pas, Edana laissa Sheena reprendre son souffle.

— Eh bien ! Voilà qui va mieux, on dirait ! s'exclama Glynnis, un bon sourire étirant ses lèvres fraîches.

— Oui, beaucoup mieux, en effet. Merci, Glynnis, de votre visite. Ces longues heures de sommeil m'ont fait beaucoup de bien.

Elle intima à la servante de poursuivre son ouvrage et fit signe à Glynnis de s'approcher.

— Si vous n'avez pas encore déjeuné, il y a largement assez de porridge et de fruits. Servez-vous, je vous prie…

— Avez-vous retrouvé votre appétit ?

Sheena hocha la tête.

— L'attaque a été sévère, cette fois. Plus que d'habitude. Mais le sommeil a toujours été le meilleur remède.

— Milady, si vous avez besoin d'une bonne infusion de simples, proposa Edana, ma tante est réputée pour son savoir dans ce domaine.

— Travaille-t-elle ici, au château ?

— Oui, milady. Elle travaille dans les cuisines, avec mon oncle Brodie.

— Votre oncle ? répéta Sheena avec un petit rire amusé. Outre le fait que vous appartenez tous au clan Cameron, vous êtes donc tous du même *sept* ?

Edana faisait maintenant des cheveux de Sheena une longue tresse bien serrée qui lui fit venir les larmes aux yeux. Une pensée insolite surgit dans son cerveau. Voilà de quoi résister aux doigts de Robbie ! Un fugitif instant, elle sentit les doigts du jeune homme se glisser dans ses cheveux, les secouer comme un ample manteau, plonger son visage dans leur épaisseur.

Avait-il vraiment fait cela ?

— Eh bien, milady, en quelque sorte. Parlan est un cousin par mon père et vous connaissez déjà Jamie, n'est-ce pas ?

Sheena, les yeux mi-clos, tant était fort le souvenir de Robbie, hocha la tête.

— Oui, je vois très bien.

— C'est un cousin du côté de ma mère.

Et Edana continua ainsi à babiller gaiement tout en aidant Sheena à retirer sa robe froissée et à faire sa toilette. En quelques minutes, Sheena en apprit plus sur les habitants du château qu'un chroniqueur attitré qui aurait voulu rédiger leur histoire.

Glynnis, qui s'était assise pour boire un gobelet de petite bière, eut un rire amusé.

— Il me semble que vous n'avez plus besoin de la liste de Conran, milady.

Sheena hocha la tête. Son regard dans la glace lui renvoyait un visage presque reposé. Ses yeux étaient brillants, ses joues, roses, grâce à la bonne humeur qu'avaient su établir ses deux compagnes. Elle réalisa avec soulagement qu'elle avait maintenant deux alliées, Edana semblant fort désireuse de l'aider à s'accoutumer à sa nouvelle demeure.

Elle poussa un long soupir. Il ne lui restait plus qu'à trouver en elle assez de courage pour affronter Robbie.

Le nouveau Robbie. Celui qui connaissait ses plus douloureux secrets.

Chapitre 15

— Je croyais que tu étais mon ami.

Robbie s'essuya le front d'un revers de manche et cracha sur le sol. Levant à nouveau son épée, il se mit à tourner lentement sur lui-même sans quitter Parlan des yeux. Il avait sous-estimé les capacités de son aîné et il en payait le prix. Mais plus question de se laisser distraire par ses feintes et ses roublardises.

— Ce fut ta première erreur. Ami ou non, je ne t'ai jamais promis de te faciliter la tâche, rétorqua Parlan en riant. Ton frère s'en sortait mieux que ça à sa dernière visite.

Parlan fit tournoyer son épée puis la tint, haut levée devant son visage, prêt à passer à l'attaque.

L'aiguillon de l'insulte se ficha cruellement dans l'amour-propre de Robbie. Il s'en débarrassa d'un haussement d'épaules... Mais on ne pouvait le nier. Parlan savait faire monter la tension.

— Iain, hurla-t-il. Viens donc montrer à ton cousin comment se battent les vrais Cameron !

Iain rit aussi, mais ne fit pas un geste. Il n'avait pas été entraîné au combat, n'étant pas destiné à la guerre, même si, après avoir passé son enfance sur les terres rurales du Nord, en arrivant à Achnacarry, comme tous les enfants de son âge, il avait un peu appris à manier l'épée, révélant de réelles aptitudes.

Tout le monde savait qu'il avait autant de droit au titre de chef de clan que Robbie et Tomas. Peut-être même davantage puisque son père était le fils unique du seul héritier du vieux laird, Euan Cameron. Mais Iain n'avait jamais manifesté la moindre ambition dans ce domaine.

Les seuls talents qu'il revendiquait, c'était la chasse et le travail du bois sous toutes ses formes, charpente, mobilier ou sculpture. Lançant un coup d'œil par-dessus son épaule, Robbie lui adressa un clin d'œil que Iain lui rendit en riant.

— Alors, c'est une affaire entre toi et moi, Parlan. Et qui me cherche me trouve, tu le sais bien.

Et, sans attendre, il leva son épée et chargea son adversaire. Parlan, les yeux mi-clos, l'attendait de pied ferme. Quatre pas seulement les séparaient, et Robbie fusa sans lui laisser le temps de deviner sa stratégie. Bientôt, le combat fut d'une telle violence que Robbie n'eut plus le temps de penser à autre chose qu'à parer les coups et à en porter autant que possible.

Les cris des spectateurs rassemblés peu à peu autour d'eux s'évanouissaient dans un épais brouillard. Il n'était plus qu'une force déchaînée cherchant la faille chez son adversaire. Parlan, impassible, parait chacun de ses coups sans effort apparent.

Mais en restant juste hors de sa portée, en reculant imperceptiblement, Robbie le contraignait à ouvrir sa garde. Une fois, deux fois, trois fois. À la troisième, il parvint à repousser brutalement Parlan, qui tomba à terre. Il pointa son épée sur la gorge de son ennemi, qui laissa tomber son arme sur le sol, à côté de lui.

— Te voilà vaincu, mon ami ! s'exclama Robbie, triomphant, en lui tendant la main pour l'aider à se relever.

Parlan accepta son aide avec un hochement de tête résigné. De nouveau sur ses pieds, le commandant brossa la poussière de ses habits avant de s'incliner.

— On progresse, messire, on progresse, dit-il en plaisantant.

Mais une sincère admiration perçait dans sa voix et dans son regard.

Robbie administra une claque amicale sur l'épaule du vaincu et ramassa sa tunique, dont il se servit pour frotter énergiquement son torse trempé de sueur.

Soudain, regardant par-dessus son épaule, Parlan s'exclama :

— Bien le bonjour, milady.

Les gens qui s'étaient amassés autour d'eux pour suivre le combat se retournèrent eux aussi et saluèrent Sheena à leur tour.

Elle venait de sortir dans la cour, moins pâle que Robbie ne l'avait craint et soigneusement mise. Elle portait une fraîche robe de lin bleu, et une natte de cheveux brillants comme de la soie lui retombait sur l'épaule. Robbie poussa un soupir de soulagement. La nuit avait été réparatrice et c'était tant mieux.

Tendant son épée à son cousin, il alla au-devant d'elle.

— Bien le bonjour, Sheena. Tu te portes comme un charme…

De nouveau, la même expression inquiète, incertaine, traversa le regard de Sheena.

— Merci, Robbie… Oui, toi aussi tu… as l'air d'aller bien.

Elle le parcourut d'un regard inquisiteur, notant, il en était certain, la poussière et la sueur du combat, ainsi que les bosses et les égratignures inévitables pour qui se battait avec des guerriers comme Parlan et Davidh. Il enfila sa chemise d'un geste preste.

— Tu as assisté au combat ?

Elle haussa les épaules.

— Seulement la fin. Au moment où tu emportais la victoire.

Parlan s'approcha.

— Alors vous ne l'avez pas vu en difficulté, milady. Et c'est bien dommage… On peut recommencer, si vous le voulez ?

Sheena sourit.

— Votre cousin m'a déjà parlé de vos talents, Parlan. Ce ne sera pas nécessaire.

Écartant Parlan d'une main ferme, Robbie s'insurgea.

— Ses talents ? Quels talents ? Qui a dit une chose pareille ?

— Edana, ma chambrière.

— Pff !

Congédiant son adversaire vaincu d'un signe de tête, Robbie tendit la main à la jeune fille.

— Comment te sens-tu ? As-tu envie de faire une promenade ?

D'une certaine manière, la nuit dernière semblait avoir effacé les dernières distances qui subsistaient entre eux. Sheena mit la main dans la sienne.

Robbie sourit.

— Il y a encore un endroit que j'aimerais te montrer.

Sur le chemin de la rivière, pas moins d'une dizaine de villageois les arrêtèrent pour saluer la jeune fiancée. Ils lui souhaitaient leurs meilleurs vœux, lui posaient des questions sur ses impressions à son arrivée à Tor, lui suggéraient un but de promenade ou quelqu'un à visiter.

Quand ils arrivèrent enfin à l'approche de l'anse formée par le coude de la rivière, Robbie se faisait l'effet d'un fantôme ou d'un génie des forêts. Comme s'il n'était pas né dans ces murs ni n'avait contribué, depuis six bonnes années, à leur protection et à ceux qu'ils abritaient ! Il n'avait pas fallu longtemps à Sheena pour rassembler autour d'elle les sympathies. Robbie s'apprêtait à chasser les derniers importuns quand il s'avisa qu'il pouvait profiter de la conversation que Sheena menait bon train avec deux lavandières s'en revenant de leur lessive pour faire lui-même un peu de toilette.

Il rejoignit la rive et ôta sa chemise, qu'il jeta sur les galets. Suivirent ses braies et chausses. Quand il entra dans l'eau, son soupir de bien-être se répandit en écho sur la surface miroitante. Le soleil, qui brillait depuis le matin, en avait à peine réchauffé la profondeur. Les remous tumultueux de la rivière lavèrent la sueur de son corps et le rafraîchirent aussitôt. Rattrapant sa chemise avant qu'elle ne s'en aille dans le courant, il la rinça à plusieurs reprises puis la mit à sécher sur la branche pendante d'un saule.

Robbie se laissa ensuite tomber à genoux et plongea la tête dans un tourbillon d'eau claire. Puis, sans perdre de temps, il se jeta de l'eau sur le torse avec de grands ébrouements de jeune chien. Il fallait maintenant retrouver ses vêtements… et Sheena. Il devait parler avec elle de ces étranges malaises dont elle avait été victime à plusieurs reprises depuis leurs retrouvailles. N'était-ce pas là le prétexte rêvé pour annuler leur mariage ? Rêvé, certes, mais qui mettrait Sheena dans la plus grande difficulté vis-à-vis de ses parents et de son clan. Si son père avait signé le contrat en connaissance de cause, ce serait le déshonneur à jamais.

Et c'était forcément en connaissance de cause. Connor MacLerie exigeait d'être informé de tout ce qui se passait sous son toit et dans son clan. Et si par un improbable hasard, il l'ignorait, sa femme Jocelyn le savait. Rien ne leur échappait.

Rien. Même si cela concernait une fille dont ils regrettaient l'existence. Une fille, comme l'affirmait Sheena, mal aimée et depuis l'enfance tenue à l'écart.

— Maudit soit l'animal ! rugit Robbie en frappant son poing dans sa paume.

Quand il regagna la rive, se frottant le visage de ses deux paumes, ce fut pour rencontrer le regard surpris de Sheena.

— Tu devais penser à mon père, pour réagir ainsi.

Ses yeux ne cillaient pas mais il sentait l'effort qu'elle faisait pour ne pas se détourner de la nudité qu'il exposait sans le vouloir devant une jeune vierge. Et, sachant qu'elle l'avait sans doute regardé évoluer nu dans cette rivière, il avait bien du mal à juguler l'ardeur de son désir. Elle baissa les yeux et, comme elle restait là, sans bouger, Robbie continua à avancer.

Il se serait contenté d'enfiler ses braies et sa chemise encore trempée si Sheena n'avait pas soudain ouvert les yeux avec un petit cri. Elle passa sa langue sur des lèvres dont il connaissait la douceur et le goût de fruit et, quand il la saisit par les épaules, elle ne résista pas. Non, l'audacieuse petite femelle regardait fixement son sexe dressé, la bouche entrouverte. Elle se passa de nouveau la langue sur les lèvres, et Robbie se sentit faiblir. Alors, se laissant glisser sur l'herbe, il entraîna doucement Sheena avec lui.

Il mourait d'envie de l'embrasser. De la prendre comme un jeune cerf prend la biche au coin d'un bois… Mais alors, elle fit la chose la plus étonnante. Ce fut elle qui se pencha sur lui et qui posa sa bouche sur la sienne. Elle enserra le visage de Robbie entre ses deux paumes et écrasa ses lèvres sur les siennes. Robbie retint son souffle, attendant la suite. Les petits coups de langue de cette bouche encore inexperte le rendaient fou. Il ouvrit les lèvres et fut récompensé par un baiser plus profond.

C'était le baiser à la fois le plus doux et le plus audacieux qu'il ait jamais partagé. Il voulait ce que Sheena était prête à lui offrir. Il la voulait, elle.

Il n'eut rien à demander. Agrippant ses cheveux humides,

elle l'attira tout contre elle, se pressa avidement contre sa peau nue.

Robbie enlaça le corps mince et frémissant, caressa le dos ferme, les fesses hautes. Bouche contre bouche, il captait les gémissements de sa compagne et sentait la forme de son sourire sous sa bouche.

— Sheena, ma douce, tes baisers sont encore meilleurs que dans mes rêves.

Il fit glisser sa bouche le long du cou de la jeune fille, couvrit de sa main l'un des petits seins ronds, jouissant d'en sentir le mamelon durcir sous sa paume. Puis il l'allongea doucement sur le sol et, lui prenant la main, la posa sur son sexe. Leurs gémissements de plaisir montèrent dans l'air humide, accroissant leur ivresse. Tandis qu'elle buvait les baisers de son compagnon, Sheena explorait ses parties les plus intimes d'une main audacieuse.

Robbie dut faire appel à toute sa volonté pour ne pas la prendre sans plus attendre. Mais elle n'était encore qu'une innocente et, malgré la paix idyllique de ce coin de nature, il ne voulait pas la brusquer.

Il se redressait lentement, refermant le corsage de sa compagne, quand une voix claire retentit sur le chemin.

— J'espère seulement qu'elle n'est pas de nouveau malade, Iain. Nous devons la trouver, disait la voix, que l'inquiétude rendait plus aiguë.

Rouvrant brusquement les yeux, Sheena se remit tant bien que mal sur ses jambes. Elle baissa un regard navré sur sa robe maintenant détrempée. Il ne fallait pas qu'on la trouve ainsi, bien sûr. Robbie jeta un regard éperdu vers le chemin, puis du côté de la rivière. Il n'y avait qu'une solution. Bondissant à son tour sur ses pieds, il saisit Sheena dans ses bras.

— Attention ! chuchota-t-il en guise d'avertissement.

Puis il se jeta avec elle dans la rivière.

Un cri strident retentit, plus aigu que celui des oies qui couraient librement dans les rues du village. Sous les branches basses des saules, Robbie s'excusait en serrant toujours Sheena dans ses bras.

— Je suis désolé, ma douce… Ce n'est pas ainsi que je voulais que ça se termine… Il n'y avait pas d'autre solution.

Il la tenait comme un bouclier contre lui, de peur que Glynnis ne le voie nu.

Sheena eut un long frisson. Était-ce le souvenir de l'instant qu'ils venaient de partager ? L'effet de l'eau qui les entourait de ses remous glacés ? Comme elle se blottissait dans ses bras, il considéra qu'il avait sa réponse. Il ne put retenir le sourire qui montait à ses lèvres.

Le regard de chasseur de Iain les aperçut tous les deux. Et, pis que cela, il vit aussi les vêtements de Robbie empilés sur la grève, à deux pas de l'endroit où Glynnis et lui se tenaient. Son cousin s'écarta aussitôt avec un sourire entendu, détournant du même coup l'attention de Glynnis. S'il pouvait ne pas s'arrêter là…

Comme s'il l'avait entendu, Iain appela très fort :

— Je peux vous aider, Sheena ? Si on laissait faire Robbie, il resterait dans l'eau pendant des heures.

— Allons, Sheena, sortez de là, je vous prie, s'écria Glynnis à son tour. Je ne voudrais pas que vous attrapiez froid après… après la nuit dernière.

Iain et Glynnis vinrent jusqu'à la berge, et Sheena, encombrée par sa robe alourdie d'eau, s'approcha d'eux laborieusement et leur tendit ses deux mains.

Gratifiant son cousin d'un clin d'œil complice, Iain aida Sheena à sortir de l'eau et entraîna les deux jeunes filles un peu plus loin sur le chemin. Robbie attendit encore un moment que l'eau froide apaise sa virilité et grimpa enfin sur la rive.

Il fallait décidément mettre les choses au clair avec Sheena.

Et ils devraient y parvenir. Il en était certain.

Ne venaient-ils pas de trouver un terrain d'entente ?

Chapitre 16

Son corps lui faisait mal. Pas à cause du froid, non. Elle souffrait de manque. Elle n'aspirait plus qu'à une chose. Que Robbie la prenne de nouveau dans ses bras, qu'il la fasse sienne.

Totalement.

Au souvenir des caresses de son compagnon, de leur audace, Sheena eut un long soupir tremblant. Elle sentait encore le sexe de son compagnon pressé contre son ventre et, à cette pensée, elle dut réprimer un gémissement.

Un autre soupir lui échappa au souvenir du contact des doigts de Robbie au plus intime d'elle-même. Jamais personne ne l'avait touchée ainsi. Elle sentit ses seins durcir et son corps frémir. Elle savait que, dorénavant, elle ne vivrait plus que pour répéter cet instant-là. Pour revivre cette pure jouissance. Encore et encore.

Au plus profond.

Comme son soupir se répétait en écho dans la chambre, Glynnis tourna la tête, et Sheena se rappela qu'elle n'était pas seule.

— Votre cœur aurait-il changé, Sheena ? s'enquit la jeune femme.

— Mon cœur ? Mais pourquoi ?

— Depuis votre arrivée à Achnacarry, j'avais cru

comprendre que ni Robbie ni vous ne vouliez de ce mariage. Mais ces… Ces soupirs semblent bien indiquer le contraire.

— Jamais je n'aurais cru que je pourrais cesser de le haïr, Glynnis. Cette haine était par trop ancienne. Mais, depuis que nous nous sommes retrouvés, il s'est montré si attentionné… Eh puis… Il a aussi beaucoup changé physiquement, n'est-ce pas ?

S'emparant du peigne qu'Edana maniait avec sa dextérité habituelle, Glynnis libéra la chambrière d'un signe de tête. Quand elles furent seules, elle tira l'escabeau à elle et entreprit de terminer le travail.

— J'ignorais cette vieille haine, lâcha-t-elle, songeuse.

— Pourtant, tous les Cameron doivent être au courant. On n'oublie pas facilement l'humiliation publique du fils d'un chef. Mais vous ne viviez pas encore ici à cette époque, n'est-ce pas ?

— Non, en effet. Je ne suis à Achnacarry que depuis un an. Mais Sheena… Je n'ai jamais entendu parler d'humiliation publique, récente ou passée.

Abandonnant un instant sa tâche, Glynnis vint se poster devant elle.

— Même de la part de Robbie. Bien sûr, il ne semblait pas apprécier ce projet de mariage, et il ne s'est pas privé de le laisser entendre en apprenant que votre arrivée était imminente. Mais vos parents l'ont rapidement ramené à la raison.

Sheena se souvint de l'accueil plutôt froid de Robbie.

— Je vais vous étonner, Glynnis, mais je le comprends. À cause de moi, il a subi à Lairig Dubh la plus grande offense qu'un jeune homme de son rang puisse subir. Devant les représentants les plus importants des MacLerie.

— Pourtant, ces derniers temps, à voir les regards que vous échangez, vos contentieux semblent avoir fondu comme neige au soleil ?

Sheena s'empourpra violemment.

— Vraiment ?

Comment nier, en effet les regards flamboyants de Robbie ? Elle-même n'avait-elle pas cru sentir la main du jeune homme se poser dans le creux de son dos la veille au soir, tandis qu'ils entraient ensemble dans le *solar*. Voyant Glynnis entrer dans la pièce, il l'avait aussitôt retirée. Mais longtemps après, le corps de Sheena brûlait encore de cette caresse. À chaque fois qu'elle croisait son regard, à chaque fois qu'il frôlait son bras, elle sentait les doigts de Robbie la caresser intimement. Et de nouveau, elle semblait prête à défaillir.

Elle se redressa soudain.

Mais Glynnis savait à quoi s'en tenir. La jeune femme hocha la tête, le regard pénétrant.

— Vous ne m'ôterez pas de l'idée que, si nous étions arrivés un moment plus tard, au bord de la rivière…

Sheena lui mit une main sur la bouche.

— Cela ne change rien, Glynnis. Je ne peux pas devenir l'épouse du futur chef des Cameron. Je n'en suis pas capable.

Glynnis poussa un soupir.

— Dois-je vous tresser les cheveux, maintenant qu'ils sont secs, milady ? Ou bien, si vous dînez dans votre chambre, préférez-vous que je les laisse libres ?

Glynnis feignait de se concentrer sur les détails du quotidien, mais Sheena n'était pas dupe. Sa demoiselle de compagnie attendait ses confidences. Pivotant sur son siège, Sheena lui prit les deux mains.

— Je ne peux pas épouser l'héritier du chef de ce clan. Ce mariage jetterait l'opprobre sur sa famille. Comme j'ai moi-même jeté l'opprobre sur la mienne. Vous savez ce dont je souffre, Glynnis. Vous en avez été témoin à maintes reprises.

Bondissant sur ses pieds, elle se mit à faire les cent pas.

— Comment pourrait-on imaginer un seul instant que je joue mon rôle de maîtresse de maison alors qu'un seul malaise, à n'importe quel moment, peut tout compromettre ?

— Maintenant que Robbie le sait, vous pensez donc qu'il va rompre vos fiançailles, c'est bien ça ? s'enquit Glynnis, le visage grave. Et ensuite, qu'adviendra-t-il ?

Sheena pressa de ses deux poings son front douloureux. Elle ne voulait pas penser tout de suite aux conséquences. Elle préférait jouir encore un moment de la douce chaleur suscitée en elle par les caresses de Robbie. C'était un jeu absurde, dangereux même, mais cette fois encore il lui avait donné l'impression de compter pour quelqu'un. D'avoir de l'importance.

D'être vivante, enfin.

Merveilleusement vivante.

Que son père et sa mère ne l'aient pas désirée, qu'ils ne l'aiment pas, avait créé en Sheena un vide qu'elle n'était jamais parvenue à combler. Elle savait le peu d'importance qu'elle avait dans leur cœur, et même dans leur vie. Et la perspective de devoir de nouveau leur déplaire était terriblement angoissante.

— Je me suis comportée à son égard de manière stupide, chuchota-t-elle. C'est moi qui lui ai demandé de m'aider à trouver un moyen de rompre cette promesse de mariage. Mais je n'avais pas le courage de lui avouer ce dont je souffre. Ce mal inexplicable qui me hante depuis si longtemps…

— Sheena, je ne pense pas que Robbie ferait quoi que ce soit qui puisse vous mettre en difficulté. Qui puisse vous humilier…

— S'il ne s'agissait que de moi et de mon honneur, ce ne serait rien. Mais si Robbie veut me protéger, il va devoir passer outre son devoir, fouler aux pieds la loyauté qu'il doit à ses parents et à son clan.

Sheena se laissa tomber sur son lit, les paumes tournées vers les solives peintes du plafond dans un geste d'impuissance. Elle ne pouvait pas tout raconter à Glynnis, elle ne pouvait pas dire à quel point ses propres parents la mépriseraient de n'avoir pas même réussi ce projet de mariage qui avait tant d'importance pour les deux clans. Mais le plus grave n'était pas là. Le plus grave, c'était que ce serait lui, Robbie, qui serait considéré d'abord comme responsable. Du moins, aux yeux de son clan.

Glynnis, consciente de la gravité des enjeux, ne disait plus mot, elle qui eût été l'épouse parfaite pour Robbie…

— Parlez-lui franchement, Sheena. Je suis certaine que, tous les deux, vous pouvez trouver un terrain d'entente.

Elle lui sourit gentiment puis reposa le peigne sur la table et se dirigea vers la porte.

Au moment précis où elle soulevait la clenche, le battant s'ouvrit sur Edana. La jeune chambrière s'effaça pour la laisser sortir puis entra à son tour.

— Milady, annonça Edana après une courte révérence. Votre présence en bas est requise.

Le léger sourire qui flottait sur ses lèvres sous-entendait une manœuvre, probablement de la part de Robbie. Il était le seul ici, en l'absence de ses parents, à pouvoir la solliciter.

À cette pensée, une douce chaleur l'envahit et elle décida de s'y abandonner pour le moment présent, quoi qu'il advienne.

— Laissez-moi arranger vos cheveux, voulez-vous, suggéra Edana en la faisant se rasseoir. Une simple natte fera très bien l'affaire.

Edana ne dirait rien sur ce qui la faisait appeler, Sheena s'en doutait, mais quand elles eurent descendu l'escalier, ce fut pour trouver le hall et la grande salle parfaitement vides.

— Par ici, milady, par ici, la pressa la jeune chambrière

en se dirigeant vers les cuisines, qu'elles traversèrent d'un pas rapide.

Sheena salua les domestiques sur son passage, toujours sans ralentir, et elles atteignirent bientôt la porte de derrière qui donnait sur la cour et le potager. La lourde porte de chêne bardée de métal grinça sur ses gonds, et quand elle fut grande ouverte… Robbie apparut.

Mais il n'était pas seul. Il tenait dans une main les rênes de son cheval et dans l'autre, celles de Wee Dubh. Et tous les deux étaient sellés.

— Le beau temps ne va pas tenir encore longtemps. Autant utiliser ces quelques heures avant le souper.

Il lui tendit les rênes de son cheval.

Sheena accepta tout de suite. Une fois seuls en forêt ou au bord du loch, ils pourraient parler librement et décider d'un plan d'action.

Quelques minutes plus tard, ils franchissaient le pont-levis et se dirigeaient vers le sud. Après avoir suivi la rivière pendant plusieurs miles, ils bifurquèrent vers l'est.

Robbie s'arrêta au sommet d'une colline qui dominait la lande et mit pied à terre. Sheena l'imita aussitôt. De là, la vue était à couper le souffle. On pouvait voir la lourde silhouette de Tor d'un côté, nimbée des rayons du couchant, celle d'une autre place forte vers le sud et, à l'est, le profil escarpé d'une haute montagne aux flancs violets. Le vent sifflait à leurs oreilles et les rares buissons se tordaient sur l'herbe rase. Sheena prit une profonde inspiration, les yeux clos. C'était comme si tout cet air pur venu du fin fond des Highlands la nettoyait de ses sombres pensées.

Sans manteau, il commençait à faire froid, mais elle n'éprouvait nulle envie de partir. Elle sentit bientôt le corps de Robbie se coller contre son dos, lui communiquant sa chaleur. Quand il referma ses bras sur elle, un profond sentiment de bien-être l'envahit. Par une cruelle ironie du sort, le seul homme qui lui apportait la paix et le réconfort était aussi le seul qui pouvait la détruire.

— Voici l'un des plus hauts sommets d'Écosse, expliqua-t-il en lui montrant une montagne au loin, déjà baignée d'ombre. Et si tu regardes au-delà de cette petite place forte, l'eau qui brille au couchant, c'est Loch Linnhe.

— Ce n'est pas une terre des Cameron ? s'enquit Sheena en mettant sa main en visière pour mieux voir.

— Non. Le château appartient aux Comyn[1], comme toutes les terres qui s'étendent autour d'Inverlochy.

— Et vous n'êtes pas en guerre avec eux ?

Elle sentit le rire de Robbie dans son cou.

— Oh non… Pour le moment tout du moins. Nous ne pouvons pas être en guerre avec la terre entière… Quoique, si mon père n'avait pas réclamé le titre de chef du clan, après la mort de mon oncle, les Comyn auraient sans doute lancé une ou deux attaques par chez nous.

— Ainsi les Cameron ont-ils concentré leur animosité sur les Mackintosh ?

— Jusqu'à ce que Brodie Mackintosh conquière le Haut Siège et contraigne mon oncle Euan à l'aider à consolider sa position.

— Euan ?

— Oui, le grand-père de Iain.

Si seulement elle avait pu déchiffrer complètement tous ces documents ! Les noms dansaient dans la tête de Sheena, parfois si semblables qu'elle avait l'impression de tout mélanger. Tout ce dont elle se souvenait, c'était que les mâles du clan Cameron semblaient se transmettre

1. Le clan Comyn ou Cumming est un clan d'origine anglo-normande qui joue un grand rôle dans l'Écosse des XIIIe et XIVe siècles.

de génération en génération ce nez fort et ce profil bien dessiné, et elle n'avait qu'à tourner la tête pour le retrouver sur le beau visage de Robbie.

— Et maintenant, votre père essaie de consolider son pouvoir en faisant alliance avec mon père.

— C'est dans la nature des choses.

Elle laissa le silence planer autour d'eux pendant quelques minutes avant de se retourner sur elle-même, toujours bien enserrée dans les bras de son compagnon. Sa tresse, emportée par le vent, battait autour d'elle. L'attrapant au vol, Robbie l'enroula à plusieurs reprises autour de son poignet et referma le poing. Maintenant, Sheena était sa prisonnière.

— Tu m'as donné une arme contre toi, dit-il, plongeant son regard dans celui de Sheena, comme s'il cherchait à y lire quelque vérité. Et contre ton père.

Sheena retint son souffle. Quel plan pouvait-il fomenter pour les perdre, maintenant qu'il connaissait son point faible ? Elle serra les mâchoires, luttant contre les larmes.

— Et si je te haïssais vraiment, il serait facile de l'emporter…

Se penchant sur elle, il effleura ses lèvres avec une telle douceur qu'elle fut au bord des larmes.

— … mais je ne te hais pas, Sheena. Je ne vous veux aucun mal, à ton père et à toi.

— Tu comprends maintenant pourquoi il m'est impossible de t'épouser, Robbie. Je ne peux contrôler ce qui m'arrive… Imagine que j'aie un accès de panique devant tout le monde ? Devant ta famille et la mienne ? Ou, pis encore, devant un clan ennemi ?

Elle se dégagea vivement et il la laissa aller.

— Comment pourrais-je remplir les devoirs qui incombent à l'épouse d'un chef, reprit-elle, alors que je ne suis même pas capable de me diriger moi-même ?

Sheena sentait de nouveau la panique menacer de la submerger. Une main lui étreignait violemment la gorge, l'empêchant de respirer. Voilà que cela la reprenait.

Sous les yeux de Robbie.

Et elle ne pouvait rien y faire…

Deux grands bras puissants l'enlacèrent de nouveau.

— Là, mon petit, ne t'inquiète pas… Je suis là…

Cette fois, il avait compris tout de suite. Il avait vu quand cela avait commencé.

Le visage de Sheena était devenu d'une pâleur de cendre, une expression d'horreur avait écarquillé son regard tandis qu'elle se prenait la gorge, incapable de respirer. Impuissant à arrêter le processus, ignorant même si c'était possible, Robbie fit la seule chose qu'instinctivement il avait envie de faire. Il la prit dans ses bras.

Il la serra tendrement, guettant sur le visage de Sheena les premiers signes de soulagement. Ces sortes de crises pouvaient-elles être interrompues ? Devaient-elles suivre leur cours avant de régresser lentement ?

Se penchant sur sa compagne, Robbie scruta son visage pour voir si elle était tombée dans cet état de stupeur qui lui avait fait si peur, la première fois qu'il y avait assisté. Mais le regard de Sheena était clair et lucide et elle s'écarta d'elle-même.

— Et maintenant, Robbie ? Quelles sont tes intentions ?

Le tremblement de sa voix, l'anxiété de son regard tordaient le cœur du jeune homme. Jadis, quand ils étaient tous les deux encore des gamins, il trouvait Sheena MacLerie égocentrique et insupportable. Mais aujourd'hui, tandis qu'il l'avait là, devant lui, tremblante comme un oiseau tombé du nid, il n'avait plus qu'une envie. La prendre dans ses bras et la protéger.

À jamais.

Et le pire, sans doute, c'était que, maintenant, il envisageait sans restriction aucune de la prendre pour femme. Il se voyait sans peine vivre avec elle jusqu'à la nuit des temps, à la tête du clan Cameron, après la disparition de son père. Le plus tard possible.

Sheena était une femme intelligente, chaleureuse et pleine d'entrain. Une femme réellement bonne et attentive au bien-être de ses prochains. Et une femme ardente aussi. Elle répondait sans réserve à sa passion et il envisageait avec ivresse des nuits de plaisir en sa compagnie.

Mais comment garder Sheena MacLerie à ses côtés sans la détruire ? Et s'il abandonnait la jeune femme à son sort, n'en serait-il pas de même ?

Il fallait bien se rendre à l'évidence. Ils étaient tous les deux dans une impasse.

Et rien de bon ne pouvait en sortir.

— Si tu ne peux te marier avec moi et jouer ton rôle en tant qu'épouse du *tanist*, nous n'avons d'autre choix que de retourner demain dès l'aube à Achnacarry pour entreprendre les démarches entraînant la rupture de nos fiançailles. En commençant par l'annoncer clairement à tous ceux qui doivent le savoir.

— N'attendons-nous pas le retour du clerc qui devait pouvoir nous conseiller ?

— Non. Selon Parlan, le frère Donald ne reviendra pas de sa visite à sa famille sur l'île de Skye avant une bonne dizaine de jours. Il sera alors beaucoup trop tard. Tes parents seront déjà en route pour la cérémonie, si même ils ne sont pas déjà arrivés.

Une brusque rafale de vent fit trébucher Sheena. Il était grand temps de partir. Si seulement, il trouvait les mots pour lui faire comprendre qu'elle n'avait rien à craindre !

Qu'elle était capable d'assumer les devoirs qui lui incomberaient en devenant sa femme !

La situation s'annonçait en fait plus grave qu'il ne l'avait pensé au prime abord. Pour ce qui le concernait lui, en tant qu'héritier, fils loyal tenu d'honorer ses devoirs à l'égard de son clan, il n'avait pas le droit d'épouser une femme porteuse d'une tare, quelle qu'elle soit. Cela risquait de nuire à sa postérité et à l'intégrité du clan.

Il devait prendre l'avis de quelqu'un de confiance à ce sujet.

— Viens, dit-il, inutile de prendre le risque d'attraper la mort. Et je n'ai pas envie d'entendre les commentaires de cette petite harpie de Glynnis quand elle apprendra que je t'ai exposée au vent de nos montagnes après t'avoir jetée dans l'eau glacée du loch !

Sheena rit, et un flot de joie envahit Robbie.

— Une harpie, Glynnis ? C'est la personne la plus douce et la plus attentive aux autres qu'il m'ait été donné de rencontrer. Et avec cela, elle a tant de talents… Cela dit, admit-elle finalement avec un claquement de langue, quand il s'agit de défendre ses protégés, elle se transforme en un vrai bouledogue, j'en conviens.

Robbie fut soulagé de l'apprendre. Il aimait savoir que Glynnis avait pris Sheena sous son aile et que sa fiancée avait une alliée. Du reste, la jeune demoiselle de compagnie avait déjà montré son savoir-faire et son altruisme en comprenant les problèmes de Sheena et en faisant tout pour les dissimuler aux regards malveillants.

Quand ils eurent atteint le chemin qui longeait la rivière, le vent cessa subitement. Glynnis, toujours attentive au sort de sa protégée, les attendait dans la grande salle, apparemment plongée dans des travaux d'aiguilles.

Elle ne cessa de les observer discrètement pendant le souper.

Le lendemain matin, le ciel leur fit de nouveau le cadeau inattendu d'un soleil radieux. Tandis qu'ils prenaient leur petit déjeuner, Sheena demanda un peu de temps avant qu'ils reprennent la route pour Achnacarry. Comme la fois précédente, Robbie décida de la suivre sur le chemin plutôt que de la précéder.

Alors que, montés sur leurs chevaux, ils sortaient cette fois par la porte principale, un petit groupe les attendait, massé dans la cour. Edana d'abord, puis le cuisinier et sa femme, les garçons d'écurie et quelques-uns des villageois dont elle avait eu le temps de faire la connaissance reçurent ses remerciements. Et comme à Achnacarry, elle conversa un moment avec chacun d'eux. Robbie n'était pas assez près pour saisir la conversation, mais il était évident que tous écoutaient la jeune fille avec intérêt et qu'ils étaient heureux et flattés qu'elle prenne le temps de leur faire ses adieux.

Comme la petite troupe qui devait les accompagner se rassemblait dans la cour, un messager arriva et tendit un rouleau de parchemin à Robbie. Il adressa un sourire rassurant à Sheena, dont le regard s'était assombri.

— Que se passe-t-il, Robbie ? Est-ce important ? s'enquit-elle en se mettant botte à botte avec lui.

— Des visiteurs sont arrivés hier de Lairig Dubh.

Chapitre 17

Ce qui aurait dû être un moment de plaisir se transforma en contrariété. Sur le chemin du retour, sentant l'inquiétude de sa maîtresse, Wee Dubh commença à s'exciter, et Sheena dut le confier à Robbie. Agréablement surpris, Robbie manifesta une excitation joyeuse qui se communiqua vite à son cheval.

Bien que plus discipliné que Wee, la monture de Robbie requérait maintenant toute l'attention de Sheena. Mais, au fur et à mesure qu'ils approchaient d'Achnacarry, la perspective de revoir bientôt ses parents fit monter en elle une anxiété incontrôlable. Le seul point stable dans cet univers, le repère auquel se raccrocher, c'était la joie limpide et saine de Robbie, heureux de monter le bel étalon. Il appliquait à la lettre les conseils de placement de ses jambes, la position de ses mains, pour ne pas exciter davantage sa monture et, quand il lui demanda la permission de le mettre au galop devant leur petite troupe, elle le regarda partir, le cœur plein d'allégresse devant le magnifique spectacle formé par le cavalier et sa monture.

Il ne s'agissait plus cette fois de la chevauchée paisible qui les avait conduits à Tor. Tous les membres de leur cortège paraissaient sentir la tension qui montait en elle. Du reste, ils mirent beaucoup moins de temps à parcourir la distance qui les séparait d'Achnacarry. Personne ne s'en étonna, comme si l'humeur de la troupe était au diapason.

Pourtant, à cause de leur départ tardif de Tor, quand ils furent en vue de la forteresse, le soleil se couchait déjà derrière ses remparts. Leur escorte les quitta après qu'ils eurent franchi la porte d'enceinte, et seuls Glynnis et Iain les accompagnèrent jusqu'aux écuries. Là, prévenu par on ne sait quel sixième sens, Geordie les attendait de pied ferme, les poings sur les hanches.

Sheena mettait pied à terre quand Tomas vint les rejoindre d'un pas pressé. Il gratifia son frère d'une accolade enjouée puis s'empressa de donner les nouvelles dont il était porteur.

— Ils sont arrivés hier soir, juste avant la fermeture des portes… Alors, Robbie, comment était-ce ?

Et sans laisser le temps à Robbie de répondre, il se tourna vers Sheena, le regard lourd de reproches.

— Vous l'avez donc autorisé à monter Wee avant moi, ma sœur ! Je n'arrive pas à le croire.

L'impatience révoltée du jeune homme fit sourire Sheena. Pourtant, si monter Wee lui procurait à elle-même un tel plaisir, une telle exaltation, pourquoi n'en serait-il pas de même pour les autres ?

— Viens, dit Robbie en lui prenant la main. Cela fait longtemps que je n'ai pas vu ton père. Allons l'affronter ensemble.

S'il sentit la crispation nerveuse de la main de Sheena dans la sienne, s'il remarqua qu'elle trébuchait à deux reprises en traversant la cour, n'en montrant rien, il avança d'un pas ferme. Il ne s'arrêta que devant les trois marches de l'entrée principale.

— Que se passe-t-il, ma douce ? Y a-t-il quelque chose que je doive savoir avant de rencontrer Connor MacLerie et son épouse ?

Elle haussa les épaules, l'air contraint.

— Je n'ai pas vu mes parents depuis que j'ai emménagé chez Lilith et son mari. Ils sont venus deux ou trois fois à Keppoch Keep, bien sûr, mais ils étaient occupés avec Aidan.

— Comment as-tu appris que tu devais te rendre ici ?

Sheena haussa les épaules.

— Ils ont envoyé un messager.

— Alors, comment as-tu pu leur faire savoir que tu ne voulais pas de ce mariage ?

Il la regardait maintenant d'un œil sombre, scrutateur. Était-il en colère contre elle ? Mais pourquoi ?

— Je le leur ai dit il y a des années de cela. Dès la première fois qu'ils ont abordé le sujet.

— Et ils n'ont pas renoncé à leur petit arrangement ? En dépit de ton désaccord ?

Elle secoua lentement la tête.

— Ma mère m'a objecté que j'étais trop jeune pour savoir ce que je voulais. Et qu'eux seuls pouvaient décider de ce qui était le mieux pour moi.

Il marmonna quelque chose qui ressemblait à un juron.

— Tes parents t'ont-ils de nouveau consultée plus tard ?

— Ils ont abordé le sujet avec moi quand j'ai atteint l'âge de me marier[1]. Ensuite, c'était semble-t-il une affaire entendue. Bien sûr, je leur ai dit et redit que je ne voulais pas me marier, ni avec toi ni avec nul autre.

— Mais tout particulièrement pas avec moi.

— Robbie ! Que veux-tu que je te dise ? Tu venais d'être désigné *tanist* et je savais…

— Que tu ne pouvais pas m'épouser.

Robbie devait avoir eu la réponse qu'il attendait. Il

1. Au Moyen Âge, selon le droit canon (règles fixées par l'autorité ecclésiastique pour le bon fonctionnement de l'Église catholique), l'âge nubile et l'âge matrimonial sont les mêmes : douze ans pour les filles, quatorze ans pour les garçons.

opina du chef et, gravissant les marches côte à côte, ils pénétrèrent dans le hall. Jetant un coup d'œil par-dessus son épaule, Sheena capta le regard soucieux de Glynnis et celui, clair et lumineux, de Iain, posé comme toujours sur la jeune et jolie demoiselle de compagnie.

Lui lâchant la main, Robbie lui présenta son bras. Devant eux, au fond du hall, se tenaient, souriants, les maîtres de maison.

Et, à un pas en retrait…

Son cousin.

Nulle trace de Connor MacLerie et de son épouse.

Farlen MacLerie s'avança vers elle, son visage banal affichant une expression neutre.

Sheena embrassa du regard la petite assemblée.

— Mon père ? Ma mère ? s'enquit-elle en avançant vers ceux qui étaient encore ses futurs beaux-parents. Sont-ils dans leurs appartements ?

Mais ce fut Farlen qui lui répondit.

— Bonjour, Sheena. Bonjour, Robbie. Je suis leur émissaire et je vous transmets leurs salutations affectueuses.

Il concrétisa cette affirmation en l'embrassant sur les deux joues. Puis il reprit aussitôt ses distances.

Sheena le dévisageait, sans voix. C'était Farlen qui s'était déplacé ! Pas son père, ni même sa mère. Pour le mariage de leur propre fille.

Ils n'auraient pu mieux montrer le peu de cas qu'ils faisaient d'elle.

— Ainsi que celles de Duncan, le gouverneur de Lairig Dubh, de Marian et de vos autres cousins, conclut Farlen, toujours impassible.

Robbie reprit l'initiative.

— La route a été longue depuis Tor, dit-il en guidant la jeune femme vers la haute table pour la faire asseoir.

Sa peine était si vive que Sheena en avait le souffle

coupé. Elle sentit que Robbie lui mettait une coupe dans la main et elle l'étreignit de toutes ses forces de peur de la laisser échapper. Elle dut boire son contenu sans s'en apercevoir car le récipient fut bientôt vide.

Autour d'elle, la conversation allait bon train. Robbie avait semble-t-il évoqué ses exploits avec Wee Dubh car Tomas, se penchant sur elle, la supplia d'être le prochain à monter le jeune étalon. Le chef des Cameron était assis en face d'elle, à côté de son épouse, mais, s'ils lui avaient adressé la parole, Sheena n'en avait saisi aucun mot.

Son cœur saignait ? et elle se contentait de regarder les assistants sans vraiment les voir. Farlen avait dû l'appeler à plusieurs reprises car Robbie lui posa la main sur l'avant-bras pour attirer son attention.

— Farlen voudrait connaître ton avis sur Tor Castle, Sheena.

Elle battit des paupières et, ravalant ses larmes, chercha ses mots.

En vain.

Ses parents n'étaient pas venus.

— Sheena trouve que la position de Tor, perché sur son rocher, ressemble à celle de Lairig Dubh, intervint charitablement Glynnis.

Sheena parvint à opiner du chef.

— Oui ? en effet, renchérit Iain, surtout avec cette rivière qui coule à ses pieds.

Que Iain intervienne, lui qui parlait d'ordinaire si peu, l'émut jusqu'aux larmes.

— Oui, parvint-elle à articuler, la gorge nouée. Il y a cette rivière, et le loch, qui n'est pas loin…

Non, il ne fallait pas pleurer.

Du reste, comme dans toute assemblée, l'attention se porta vite ailleurs, et les voix se mêlèrent dans un brouhaha que Sheena ne cherchait plus à comprendre. La main de

Robbie caressait doucement son bras, comme s'il cherchait à apaiser sa peine. Dieu soit loué, il était là, à ses côtés ! Sans lui, sans doute serait-elle déjà en train de battre la campagne. Elle lisait dans son regard inquiet qu'il redoutait une de ses crises. Elle aurait voulu le rassurer. Effacer le pli soucieux de son regard.

Aucune tempête ne menaçait d'exploser en elle, aucune obscurité ne menaçait de voiler son regard, de submerger son cerveau.

Le seul sentiment qu'elle éprouvait, c'était un immense chagrin.

Une peine lourde et profonde, suffocante, chassant de son cœur la joie que Robbie avait commencé à y faire naître.

La joie, le désir, l'envie de plus encore.

— Je..., commença-t-elle sans savoir ce qu'elle voulait dire.

Elle bondit sur ses jambes, et Robbie l'imita aussitôt sans relâcher son étreinte.

— Avant que vous ne preniez congé, ma chère enfant, dit Lady Elizabeth, je voulais vous dire... que les derniers arrangements ont été pris pour vos noces.

Sans la poigne énergique de Robbie, Sheena serait tombée.

— Très bien. Je vous remercie, Lady Elizabeth.

Elle n'avait pas changé d'avis. Elle ne voulait toujours pas se marier. Mais comment l'annoncer, dans un moment pareil ? Sheena se sentait prise au piège comme l'un de ces pauvres cerfs acculés au fond des bois.

— Si vous le permettez, annonça Farlen en se levant à son tour, je vais accompagner ma cousine jusqu'à ses appartements. J'ai quelques requêtes à lui formuler de la part de son père.

Robbie, visiblement inquiet, suggéra que cela pouvait attendre jusqu'au matin. Mais, le gratifiant d'une claque sur l'épaule qui se voulait amicale, Farlen insista lourdement.

— Je vois que le futur marié n'est pas prêteur. Mais pour aujourd'hui, la famille de la fiancée tient à partager avec elle quelques moments d'intimité.

Robbie s'écarta d'elle, et Sheena sentit un grand froid l'envahir. Sa main quitta le bras de son compagnon avec une lente réticence.

— Je prends le chemin du retour demain dès l'aube, expliqua encore Farlen, de toute façon visiblement bien résolu à faire comme il l'entendait. Aussi est-ce la seule occasion pour moi de m'entretenir avec ma cousine.

Sheena fit un petit signe d'assentiment, et Robbie s'écarta. Elle conduisit Farlen jusqu'à sa chambre en silence, laissant s'établir entre eux un malaise indéfinissable.

— Sheena, commença Farlen sitôt qu'ils furent assis sur les coussièges de la fenêtre. Si je suis venu jusqu'ici, en avance sur la date fixée pour les noces, c'est parce que ton comportement est parvenu jusqu'aux oreilles de ton père. Tu sais que rien ne peut lui échapper…

S'interrompant, il claqua de la langue, en homme qui a soif, et s'exclama :

— N'aurais-tu pas pitié de ton cher cousin qui, pour te donner des nouvelles, a chevauché à crever sous lui plusieurs chevaux ?

Sheena poussa un soupir. Mais il fallait bien satisfaire aux volontés de l'ambassadeur de ses parents, si maigre soit l'estime dans laquelle elle le tenait.

— Isabel ! appela-t-elle, sachant que sa jeune chambrière n'était jamais bien loin.

Effectivement, celle-ci parut et, cachant sa curiosité à la vue d'un homme introduit dans la chambre de sa maîtresse, elle la salua d'une courte révérence.

— Oui, milady ?

— Apportez-nous donc un pichet d'hypocras et quelques friandises pour mon cousin.

Quand ce fut fait, elle reporta, non sans difficulté, son attention sur Farlen.

— Ma cousine, tu dois prendre ta nouvelle position plus au sérieux. Écoute bien les conseils de Lady Elizabeth. Fais de ton mieux pour apprendre ce que ton rang exige de toi.

— Mais je…

Farlen, avec une désinvolture qui montrait combien il faisait peu de cas de la cadette de la famille, la fit taire d'une main impérieuse.

— Ne t'a-t-on pas surprise lavant le linge au bord de la rivière avec les femmes du village ? Ne disparais-tu pas pendant des heures pour aller tisser la toile, toi dont l'incompétence dans les travaux d'aiguilles est notoire ? Ta mère le déplorait assez !

Sheena dévisagea son interlocuteur. Comment son père avait-il pu être informé de tels détails ?

— Et après avoir insisté pour emmener ce monstrueux cheval, ne voilà-t-il pas que tu manques de le tuer par ton imprudence ! Est-ce là le comportement d'une jeune fille en âge de se marier ?

Sheena, remplie de honte, baissa la tête. Elle ne réalisa pas tout de suite que Farlen lui tendait une liasse de feuillets soigneusement pliés.

— De la part de ton père. Il te demande instamment de tenir ton rang et de ne pas compromettre tes fiançailles par un comportement inadmissible, Sheena.

Comme elle ne prenait pas ce qu'il lui tendait, il lui saisit la main d'un geste brusque et y plaça le paquet.

— Tu as trois semaines, conclut-il d'une voix forte. Trois semaines pour améliorer ton attitude et montrer que tu es la digne héritière du chef des MacLerie.

Sheena dévisageait son interlocuteur sans ciller. Ainsi c'était là ce qu'on était venu lui dire. Il n'était pas question que la cérémonie du mariage, si importante puisqu'il s'agissait d'unir les enfants de deux personnages de haut rang, se passe sans eux. Son cousin était venu lui lancer un avertissement de la part de ses parents.

Un avertissement qui avait tous les aspects d'un blâme.

Se levant soudain, Farlen la toisa de sa haute taille, l'œil glacé.

— Rends ton père fier de toi, cousine, conclut-il. Pour une fois !

De nouveau, Sheena baissa la tête.

Après son départ, les pas de son cousin retentirent longuement en écho dans sa tête. Il fallait qu'elle quitte la fenêtre. Qu'elle aille se mettre dans son lit…

Elle réfléchirait à tout cela au matin, quand son cœur se serait apaisé. Qu'il se serait arrêté de saigner.

Robbie suivit ses parents dans le cabinet de l'intendant où, quelque temps avant, Sheena et lui avaient fouillé les documents pour trouver un moyen d'annuler leurs fiançailles. Avec l'arrivée du dénommé Farlen, la tâche paraissait désormais impossible.

Il attendit que son père ait refermé la porte et que sa mère soit assise avant de demander :

— Que signifie tout cela ? Farlen serait chargé des dernières mises au point pour ce mariage ? N'est-ce pas aux parents de Sheena de le faire ? Ou tout du moins à leur régisseur, le sieur Duncan ?

Il ressentait en lui la brûlure, comme celle d'un fer chauffé à blanc, de la souffrance éprouvée par Sheena quand elle avait compris qu'ils n'avaient pas jugé utile de se déplacer. Elle avait donc dit vrai en lui confiant qu'elle comptait pour peu de chose dans le cœur de Connor MacLerie et de son épouse ?

— Le comte nous a fait transmettre par son émissaire

une lettre expliquant l'impossibilité de sa présence, qui a laissé quelque peu à désirer ces temps-ci. Il ne s'agit pas de mettre au point les derniers arrangements, comme tu dis, mais de transmettre à leur fille quelques simples remarques concernant son comportement... Quelques détails matériels ont aussi trouvé leur solution à cette occasion.

— Et vous n'avez pas pensé que Sheena et moi aimerions participer à cette conversation ? Vous ne pouviez pas attendre notre arrivée ? insista Robbie, outré du mépris que les deux familles avaient manifesté à leur égard.

C'était là un aspect de la personnalité de Connor MacLerie qu'il ne connaissait pas encore. Il le savait capable de brutalité, de violence même, quand il s'agissait d'obtenir ce qu'il voulait, quels que soient les moyens nécessaires pour l'obtenir. Il avait été témoin, du temps de sa formation au château, de la discipline de fer qu'il infligeait à ses hommes et même à tout son clan.

Mais cette indifférence cruelle...

Il fronça les sourcils.

— Pourquoi ai-je ce sentiment, soudain, qu'il y a derrière tout ça des enjeux dont nous n'avons pas été informés, Sheena et moi ? Tout un réseau de manigances que le comte a tissé autour de nous ?

Le père de Robbie ne battit pas un cil.

— Connor MacLerie a ses raisons, et nous, les nôtres, pour mener à bien ce mariage. Et ce, depuis le début, il y a des années de cela. Il a fallu beaucoup de temps, la cessation des hostilités avec les Mackintosh et un nouveau roi pour arriver à nos fins. Mais maintenant, c'est une affaire réglée, Robbie. Il n'y a pas à revenir là-dessus.

Tout le royaume d'Écosse était rempli de puissants chefs de guerre dont la principale activité était de comploter et de guerroyer afin d'élargir encore leur pouvoir, notamment par le biais des mariages, par le meurtre et la reconquête des terres prises par les Anglais, comme cela avait été le cas tandis que l'ancien roi était retenu en otage à Londres. En ce moment même, le roi Robert Stewart[1] était en train de distribuer des morceaux de leur belle terre des Highlands à ses fils et à d'autres proches parents afin d'assurer son pouvoir sur les clans rebelles. Que Connor MacLerie et le père de Robbie en fassent de même n'était pas une surprise. C'était le seul moyen dont ils disposaient pour assurer leurs possessions et pouvoir les transmettre ensuite à leurs fils. Mais Robbie ne s'attendait pas, dans son innocence, à ce que Connor vende littéralement sa fille pour arriver à ses fins.

— À moins que tu ne trouves une raison valable pour rompre cette promesse de mariage, conclut Robert Cameron, tu épouseras donc Sheena MacLerie dans trois semaines à compter d'aujourd'hui.

Le silence qui suivit cette déclaration était si profond que Robbie crut entendre les battements de son cœur. Son père et sa mère le regardaient fixement, attendant sa réponse.

Et il devait répondre, en effet.

En tant que *tanist*, responsable après son père de l'avenir de leur clan, il devait informer Robert Cameron et son épouse, ainsi que tous les lairds du clan Cameron, du handicap qui empêchait Sheena d'assurer son rôle de maîtresse de maison et peut-être même de mère de famille. Leur dire comment elle perdait tout contrôle d'elle-même, quand elle était sous le coup d'une forte émotion. Leur livrer les pauvres secrets de la jeune fille : leur apprendre qu'elle ne savait ni lire ni écrire, qu'elle ne pouvait affronter la foule. Elle n'était pas même compétente pour les tâches réservées aux femmes de bonne naissance, ne sachant ni broder une

1. Robert II Stewart est roi d'Écosse de 1371 jusqu'à sa mort, en 1390.

tapisserie, ni jouer d'un instrument. La seule inconnue dans cette longue liste de ce que d'aucuns n'hésiteraient pas à appeler des « tares », c'était son aptitude ou non à mettre au monde et élever des enfants.

En conclusion, s'il y avait une jeune fille dans tout le comté, et peut-être même dans tout le royaume, sur laquelle Robbie devrait éviter absolument de jeter son dévolu, c'était bien Sheena MacLerie !

Alors, n'était-ce pas le moment ou jamais de révéler à ses parents ce qu'il savait sur sa prétendante ? Si les deux familles ne voulaient pas renoncer à ce mariage, au moins agiraient-elles en connaissance de cause et pourraient-elles négocier des avantages en compensation.

Robbie n'avait qu'une chose à faire. Dire maintenant, à haute et claire voix, ce qu'il savait sur Sheena. Déshonorer une fois pour toutes la femme qu'il aimait, d'abord devant ses parents, ensuite à ses propres yeux.

Car quand Sheena apprendrait ce qu'il avait fait, elle se sentirait humiliée à jamais.

En ce cruel instant, pris en tenaille entre deux lourdes responsabilités, sa fidélité à ses parents et les sentiments qu'il éprouvait pour Sheena – il n'osait pas parler d'amour, il avait eu tort même d'y songer –, il ne revoyait dans ses pensées que le pauvre petit visage bouleversé de la jeune fille quand elle avait appris la nouvelle désertion de ses parents.

Et il comprenait le cruel dilemme auquel son père s'était trouvé confronté des années plus tôt, bien avant sa naissance, lorsqu'il avait dû choisir entre la femme qu'il aimait, mais qu'il ne pouvait plus épouser du fait de sa disgrâce, et le futur titre de chef de clan auquel il avait droit[1].

1. Voir les précédents romans de la saga, et en particulier *Le Seigneur des Hautes-Terres*, de la même autrice (Harlequin, 2006).

Robbie avait toujours pensé que son père avait manqué de courage. Que l'amour n'était pas une raison suffisante pour risquer de mettre en danger son clan, pour négliger son devoir et son honneur.

Comme il était naïf alors !

Car ce n'était pas seulement de la commisération qu'il éprouvait quand il voyait Sheena dévastée par la souffrance. Quand il la voyait submergée par la honte à l'idée que quelqu'un pourrait découvrir ses tares. Non, après avoir détesté la sale gamine qu'elle avait été, après avoir été jusqu'à la haïr, Robbie ne pouvait plus se dissimuler la vérité.

Il était tombé amoureux de Sheena MacLerie.

Il haussa les épaules avec un long soupir. Il savait ce qu'il devait faire.

— Une raison valable pour ne pas épouser Sheena ? Mis à part qu'elle souhaite encore moins que moi m'épouser ?

Croisant les bras, Robert Cameron fronça les sourcils.

— Oui. Je croyais être assez clair. Souffre-t-elle d'une déficience dont nous n'aurions pas été informés ?

Lady Elizabeth se pencha vers lui par-dessus la table, le regard anxieux.

Alors Robbie prit sa décision. S'il voulait protéger la femme qu'il aimait, il devait mentir à ses parents.

— Non, mon père. Rien ne m'empêche d'épouser Sheena MacLerie.

Il aurait tout le temps plus tard de décider que ce mensonge faisait partie du plan que Sheena et lui devaient mettre au point pour éviter le déshonneur à leurs deux familles ; de se persuader lui-même qu'il aurait toujours la possibilité d'aider Sheena à apprendre ce qu'elle devait savoir et à surmonter les terribles crises qui la jetaient hors d'elle-même ; de l'aider à devenir l'épouse d'un chef.

Mais pour l'heure, la seule chose qui importait, c'était

de la protéger. De sauver son honneur et ses sentiments. De trouver le moyen de la mettre hors de portée de tous ceux qui pouvaient lui faire du mal.

Et, tandis qu'il hochait la tête à plusieurs reprises, comme pour mieux sceller son mensonge, Robbie priait en lui-même pour que Sheena comprenne les raisons qui l'avaient motivé.

Et qu'elle accepte de devenir sa femme.

Tandis que Robbie regagnait sa chambre, par un étrange phénomène, un rire grinçant parut le suivre le long des couloirs du château, se répercutant en échos sinistres entre les épaisses murailles de pierre.

Chapitre 18

Du jour au lendemain, sitôt Farlen parti, Sheena avait subi une métamorphose radicale. Non seulement dans son apparence mais aussi dans son comportement. Elle se mit à porter des toilettes plus élégantes, ses cheveux étaient maintenant couverts d'un voile immaculé et plus rien dans sa tenue ne détonnait avec le spectacle que doit offrir une demoiselle de bon lignage.

Sa robe, ses mains, son visage n'offraient plus rien de négligé parce qu'elle ne se livrait plus à aucune activité susceptible de compromettre la perfection de son apparence.

Depuis matines jusqu'à l'angélus, elle restait tout au long du jour à portée de regard ou de voix de sa future belle-mère.

Et Robbie détestait cela.

Il avait essayé d'entraîner la jeune fille dans une escapade à la cabane des cascades, mais, ayant à toute heure une tâche à terminer, elle n'était jamais disponible. Il l'avait invitée à faire une promenade à cheval, allant même, ô comble de la tentation, jusqu'à faire seller Wee Dubh et le mener en main jusqu'à la porte du château. Elle s'était contentée d'un sourire triste et lui avait demandé d'avoir la bonté de veiller désormais à son exercice quotidien. Bien qu'elle ait continué à rendre visite aux femmes du village, elle ne s'attardait plus sur la place du village pour bavarder, ne se rendait plus chez Tavie et Keita pour tisser et filer.

Mais le pire, c'était sans doute qu'elle ne semblait plus s'intéresser à lui. Qu'elle ne répondait plus à ses baisers, filant entre ses bras comme une anguille dans sa nasse.

Robbie, bien décidé à lui faire part de son plan, finit par acculer Sheena dans un recoin des cuisines. Distrait par la courbe de ses lèvres, par la douceur de son sourire, il ne put s'empêcher d'abord de la prendre dans ses bras et de l'embrasser. Sheena avait passé tant de temps sous la gouverne de sa mère depuis leur retour que c'est à peine s'il avait pu effleurer ses lèvres ou sa main d'un baiser. Tout de suite, il taquina la bouche rouge comme un fruit mûr de sa langue, tourmenta ses lèvres, serrant contre lui un corps réticent.

Mais Sheena se contentait de rester dans ses bras, immobile et farouche comme un oiseau de passage, sans se débattre mais sans non plus céder. Alors, Robbie comprit que ce n'était pas ce qu'il attendait d'elle. Il ne voulait pas d'une simple soumission, d'un consentement forcé. Il voulait sentir en elle de nouveau cette passion secrète qui l'animait dès que ses sentiments étaient touchés. Que ses sens étaient attisés. Il voulait retrouver ce qu'il avait goûté en elle, d'authentique et de bouleversant, à chaque fois qu'il l'avait tenue dans ses bras.

— Que se passe-t-il, Sheena ? demanda-t-il tandis qu'elle s'écartait, très raide, pour remettre en place les plis de ses vêtements puis rajuster sa coiffe sur ses cheveux impitoyablement tirés.

— Mais rien, Robbie. Rien du tout… Je viens demander une coupe de fruits rafraîchis pour ta mère et je ne voudrais pas la faire attendre.

Il s'empara de sa main avant qu'elle ne s'éloigne.

— Ma mère n'a-t-elle pas une chambrière à sa disposition ? Et moult servantes ? Faut-il que tu sois à son service comme une vulgaire domestique ? Regarde comme il fait beau ! Je suis certain que Mère te laisserait partir si tu lui disais que ton cheval te manque…

Rien ne lui répugnait pour obtenir gain de cause, pas même le chantage !

— Et moi aussi, tu me manques, acheva-t-il dans un souffle en déposant un baiser dans le creux de la main de Sheena.

Un frémissement presque imperceptible courut sur la peau blanche d'où émanait une délicate senteur de jasmin.

Robbie reprit espoir.

Un espoir que Sheena ruina aussitôt en déclarant d'une voix claire et détachée :

— Si je m'améliore dans mon attitude, ta mère l'autorisera sans doute. Mais il est beaucoup trop tôt… À ce soir donc, pour le souper.

Comme elle s'élançait dans le couloir sans un regard en arrière, pressée de mener à bien sa mission, Robbie comprit ce qui le tracassait le plus.

C'était le nouveau sourire de Sheena.

Un sourire complaisant accroché comme un masque sur son visage d'un blanc de craie. Un sourire qu'elle arborait désormais du matin jusqu'au soir.

Il haïssait ce sourire, comme il détestait tous les changements qui étaient survenus chez la douce et jolie fille dont il avait fini par tomber amoureux. Il ne souhaitait qu'une chose. Avoir l'occasion d'expliquer à Sheena qu'ils pouvaient être heureux ensemble. Qu'il était prêt à l'aider. Qu'elle n'avait rien à craindre de lui.

Robbie essayait chaque jour que Dieu faisait de s'entretenir avec elle en privé. En vain. Il finit par aborder

Glynnis, espérant trouver en elle un appui ; pourtant, Glynnis, l'amie merveilleuse, la parfaite, selon le portrait que Sheena avait fait d'elle, repoussa vivement toute tentative de discussion. Au repas, elle quitta la table sitôt la dernière bouchée avalée. Iain lui-même paraissait fort contrarié de ce brusque changement dans l'attitude de celle qui avait su le séduire.

Finalement, Robbie se résigna à solliciter l'avis d'Anna et de Davidh, couple heureux en amour et riche en expérience.

Il se dirigea donc ce soir-là, juste après le souper, vers la maison du commandant.

— Entrez, mon garçon, dit Anna en ouvrant grand la porte pour le laisser passer. Davidh vous attend, comme vous l'avez demandé.

L'homme d'armes qui avait entraîné Robbie pendant de nombreuses années, et l'ami le plus proche de Parlan, se tenait en effet près du foyer. Il lui désigna l'escabeau placé en face de lui et, d'autorité, Anna lui mit entre les mains un gobelet rempli d'une de ses décoctions dont elle gardait toujours un pot au coin du feu.

Flairant l'odorant breuvage, Robbie reconnut un subtil mélange d'épices et de miel.

— Rassure-toi, Robbie, elle n'essaie pas de t'empoisonner, plaisanta Davidh avec un gros rire. Du moins, si elle le fait, ce ne sera pas exprès.

Robbie huma de nouveau, but une gorgée et, après un claquement de langue, leur jeta un œil interrogatif :

— Simple bétoine officinale, ou épiaire vulgaire[1],

1. Dans l'Antiquité, on attribuait à la bétoine officinale des vertus purificatrices mais aussi protectrices contre le mauvais œil. À cette époque, on en parlait comme de la plante aux quarante-sept propriétés... Aujourd'hui, elle semble malheureusement tombée dans l'oubli !

expliqua Davidh. Avec un peu de miel. Ne me demande pas ses propriétés, je les ignore.

— Avec un zeste de ceci et une pincée de cela, ajouta Anna en riant.

L'attirant à lui, Davidh fit asseoir sa femme sur ses genoux et, tandis qu'ils échangeaient un baiser, le regard de Robbie se posa sur les mille bouquets de fleurs séchées suspendus au plafond, sur les fioles et les pots d'onguents occupant les moindres recoins.

— Alors, qu'y a-t-il de si important pour que tu viennes nous déranger à pareille heure de la nuit ? s'enquit enfin Davidh tandis que sa femme prenait place sur le banc jouxtant la grande table, une brassée de fleurs séchées à trier devant elle.

Robbie se tortilla un instant sur son siège.

— C'est une affaire d'importance, en effet, et pour laquelle je vous demande la plus grande discrétion. Une question délicate dont je ne veux pas que le bruit se répande dans tout le village. Pas même dans l'enceinte du château.

— Tu m'intrigues, Robbie. Ne vaudrait il pas mieux en parler d'abord à ton père ?

Robbie hocha la tête sans répondre. C'était bien là la question, en effet.

— Pour le moment, Davidh, si vous le voulez bien, je préférerais que cela reste entre nous.

Il vit les deux époux échanger un regard.

— Cela concerne-t-il le clan ?

Robbie opina du chef.

— Cela risque-t-il de mettre les Cameron en danger ? insista son interlocuteur. Et notre chef en particulier ?

Davidh, comme à son habitude, savait poser les bonnes questions. Des questions auxquelles Robbie avait besoin de réfléchir avant d'y apporter une réponse.

— Je ne le pense pas…

Là, il n'était pas tout à fait sincère. Rompre une promesse de mariage, si les deux parties n'étaient pas consentantes, pouvait conduire à un conflit armé en moins de temps qu'il n'en fallait pour le dire.

— Tu sais que je suis tenu de rapporter à ton père tout ce qui pourrait nous mettre en danger, n'est-ce pas, mon garçon ?

— Davidh fait entièrement confiance au chef que nous nous sommes choisi, intervint Anna, le visage grave. Il n'a pas hésité à lui confier mon secret, il y a des années de cela, alors que je ne pouvais plus me fier à personne.

Découvrir qu'un autre que lui prétendait de manière légitime au Haut Siège aurait eu un résultat différent si celui qui était en place avait été un homme impitoyable et sans honneur. Mais Robert Cameron avait accueilli Iain Mackenzie comme le petit-fils de son frère aîné et l'avait accepté sans discuter dans son clan.

Davidh vida son gobelet d'une lampée et se leva brusquement.

— Je viens de me rappeler que j'ai à faire dehors, annonça-t-il avec un clin d'œil à sa femme. Tu sais, Robbie, que tu peux faire confiance à Anna. Elle est de bon conseil et sait garder les secrets comme personne dans la gibecière de sa mémoire.

Il sortit de la maison dans un grand courant d'air.

Laissés en tête à tête, Robbie et la guérisseuse se regardèrent dans un silence gêné. Du moins, de la part de Robbie, qui, plus versé dans l'art du combat et de la chasse que dans celui de la conversation, ne savait comment présenter ce qu'il avait à dire.

Anna décida de lui faciliter les choses.

— Et notre jolie Sheena, comment se porte-t-elle, ces jours-ci ? interrogea-t-elle, l'observant par-dessus le rebord de son gobelet.

— Vous avez compris que c'est elle qui m'amène ici, Anna. Vous avez été témoin du… malaise dont elle a été victime à son arrivée à Achnacarry. Le jour où elle s'est endormie sous votre appentis.

— Oui. En fait, Iain les avait rencontrées, Lady Glynnis et elle, alors qu'elles se promenaient dans le village. Quand il a vu que Sheena n'était pas bien, c'est lui qui a décidé de l'amener ici.

Anna hocha la tête, le regard au loin, et reprit après un court silence :

— Je me doutais bien qu'il y avait autre chose qu'une simple fatigue. Mais je ne pouvais pas lui poser la question directement, n'est-ce pas ? Alors, j'ai voulu interroger Lady Glynnis. Qui m'a renvoyée à mes plates-bandes, pour ainsi dire.

— Glynnis s'est autoproclamée l'ange gardien de ma fiancée, fit Robbie en hochant la tête.

— Avez-vous assisté à ce que vous appelez ses malaises ?

— Au moins à deux reprises, ces jours derniers, pendant notre séjour à Tor. À chaque fois, Elle semble prise d'une panique soudaine et perd tout contrôle. Elle ne peut plus respirer, son visage perd toute couleur et elle commence à s'agiter. Puis elle finit par s'endormir… ou perdre conscience. Je ne sais pas comment qualifier cela. Elle est comme possédée par un sortilège, respire à peine, les narines pincées… Elle paraît si loin que je crains de ne pouvoir la ramener.

Il conclut, se passant nerveusement les mains dans les cheveux :

— Il lui faut des heures et des heures de cet étrange sommeil avant qu'elle ne revienne à elle.

Anna, qui n'avait pas l'air surprise, ne dit rien sur le moment. Elle paraissait perdue dans la contemplation des flammes.

— Seule la peur provoque-t-elle chez elle ce genre de crise ? demanda-t-elle enfin.

— Je crois, oui. Trop de gens, trop de bruit, trop d'agitation autour d'elle. Elle commence à s'agiter et veut s'enfuir. À chaque fois, c'est la même chose.

Robbie rencontra le regard d'Anna.

— Anna, supplia-t-il, tendant les mains vers elle, n'auriez-vous pas, parmi toutes vos décoctions, quelque chose qui pourrait la guérir ? Ou du moins la soulager ?

De nouveau Anna parut se retirer en elle-même.

— J'ai déjà vu ce genre de symptômes, dit-elle d'une voix lente. Au village de ma mère, quand j'étais gamine. Il s'agissait d'un jeune homme. Il se plaignait de son cœur qui battait trop vite. Il ne pouvait plus respirer, comme s'il avait couru. Ses mains tremblaient, il se mettait à parler très vite et tournait en rond sans pouvoir s'arrêter… Puis il s'asseyait sur un escabeau et s'endormait d'un coup.

— Oui… C'est cela. Votre mère avait-elle trouvé quelque chose pour l'aider ?

Se levant, Anna alla se resservir de la tisane. Elle consulta Robbie du regard en levant son pichet mais il refusa d'un geste.

— Ni ma mère ni moi, car j'étais son apprentie, à l'époque, n'avons pu l'aider. Du moins nous n'avons jamais pu empêcher que cela se reproduise. Parfois, si ce qui avait provoqué la crise pouvait être interrompu, le mal n'allait pas jusqu'au bout du processus. Mais jamais il n'a pu être guéri.

— Alors, il n'y a rien à faire pour guérir Sheena, constata Robbie amèrement.

La guérisseuse l'observa un instant sans rien dire puis sourit.

— Vous l'aimez.

— Ce n’est pas la question. Si vous ne pouvez pas l’aider…

— Je n’ai pas dit que l’amour n’était pas un remède. La vraie question pour vous, Robbie, c’est de décider si vous avez le droit de ne rien révéler à votre père avant le mariage.

— Sheena a honte de sa faiblesse. Je ne veux pas qu’à cause de cela elle soit publiquement humiliée.

Après un silence, Robbie osa enfin poser la question pour laquelle il était venu consulter Anna.

— Anna, pensez-vous que le mariage, les responsabilités, puissent la mettre en danger ?

Anna resserra son châle autour de ses épaules.

— Elle hésite donc à vous épouser ?

— C’est plus compliqué que cela. Je ne comprends pas moi-même ce qui se passe exactement.

— Vous voulez seulement l’aider.

— Oui…

Il prit une profonde inspiration et répéta :

— Oui.

— Le seul conseil que je puisse vous donner, Robbie, c’est de veiller à ce qu’elle vive dans un endroit calme, où elle se sente en sécurité. Alors, les crises ne prendront jamais de grande ampleur… Je connais des mélanges de plantes qui peuvent la tonifier, d’autres apaiseront ses nerfs.

Robbie se leva et la remercia pour ses conseils. Il était déjà à la porte quand Anna ajouta dans son dos :

— Une autre chose pourrait l’aider. Avoir un rcfuge bien à elle, comme cet appentis au fond de mon jardin. Si vous pouvez lui procurer un endroit clos et paisible dans le château, le seul fait de savoir qu’il existe, qu’elle pourra s’y réfugier, devrait l’apaiser.

— Je vais m’en occuper,

Enfin quelque chose à quoi se raccrocher.

— Il y a dans mon atelier un réduit qui pourrait vous servir, dit encore Anna. N'hésitez pas à en disposer.

Quand il ouvrit la porte, il trouva Davidh assis sur le seuil, en train de fumer sa pipe. S'il avait entendu la conversation, le mari d'Anna sut ne rien en montrer.

Pourtant, après s'être redressé de toute sa haute taille, il plongea son regard bleu dans celui de son visiteur.

— Robbie, je voulais simplement te dire… Si tu as quoi que ce soit à rapporter au sujet de la fille du comte MacLerie, je te conseille d'en parler à ton père. Les enjeux de ce mariage sont trop importants pour que tu gardes quoi que ce soit pour toi.

Robbie hocha lentement la tête.

— Merci, Davidh. Je vais y réfléchir.

Il prit congé et reprit le chemin du château, pensif.

Il irait dès la pointe du jour visiter le réduit proposé par Anna.

Et pour le reste… Bah ! La nuit lui porterait conseil.

Le jour suivant, sa visite à l'atelier d'Anna lui apporta toute satisfaction. Après avoir débarrassé l'endroit, à peine plus grand qu'un débarras, il alla chercher dans l'atelier une couverture et deux coussins qu'il installa commodément afin que Sheena ne soit pas obligée de s'asseoir sur le froid de la pierre.

Maintenant, il ne lui restait plus qu'à trouver le moyen de faire visiter les lieux à Sheena en toute discrétion.

Et surtout, à lui faire comprendre qu'ils pouvaient se marier et être heureux.

Ce fut hélas impossible tout le reste du jour. Mais l'heure propice finirait bien par sonner. Robbie ne pouvait supporter de laisser Sheena dans sa prison mentale, prête à chaque minute à s'effondrer.

Mais quelques jours plus tard, au beau milieu de la nuit, une nouvelle crise survint qui apporta en même temps une révélation tout à fait inattendue.

Chapitre 19

— Robbie ! Levez-vous, vite !

Bondissant sur ses pieds, Robbie se jeta sur son épée.

— C'est moi, Martyn, dit la voix dans un chuchotement rauque.

Martyn était l'un des garçons d'écurie de Geordie. Robbie le dévisagea, affolé.

Grand Dieu ! Wee Dubh ! Faites que ce ne soit pas Wee Dubh. Sheena pouvait affronter beaucoup de tempêtes, mais pas la perte de son cheval. Surtout en ce moment.

— Le cheval de Lady Sheena ! Il lui est arrivé quelque chose ?

— Non, non, le rassura Martyn. C'est seulement qu'Geordie, il a besoin de l'aide de milady.

Déjà, Robbie s'habillait à la hâte, saisissant dans la pénombre les vêtements qu'il avait jetés la veille au pied de son lit. Martyn, de son côté, se servait du briquet d'amadou pour allumer une chandelle.

— Au beau milieu de la nuit ! Mais pourquoi faire, bon sang ? interrogea Robbie d'une voix brève, passant sa tunique par-dessus sa tête tout en s'efforçant de repérer ses bottes.

— Muirne, la jument de Lady Elizabeth ! L'est sur l'point de mettre bas. Ça s'passe pas comme y faudrait et pas moyen d'l'approcher. Milady, on peut dire qu'elle sait y faire avec les bêtes. Geordie, il est sûr qu'elle va pouvoir calmer Muirne. De sorte qu'il pourra l'aider à pouliner.

Habillé maintenant de pied en cap, Robbie ne comprenait toujours pas le rôle qu'il avait à jouer dans cette affaire.

— As-tu pensé à lui envoyer sa chambrière ? Isabel est-elle en route ?

— Oui, pour sûr. J'ai fait tout c'que Geordie m'a dit de faire. Mais milady, elle a dit qu'elle voulait pas.

Robbie se figea, stupéfait.

— Lady Sheena a refusé ? Elle ne veut pas aider Geordie à soigner un cheval malade ?

— Oui. Elle a dit qu'c'était pas sa place. Qu'c'était pas à elle de faire ce genre de chose.

Alors là, c'était un peu fort ! Jamais la Sheena qu'il connaissait, *sa* Sheena, aurait refusé d'aider Geordie à soigner une de ses bêtes. Elle aurait plutôt installé ses pénates dans les écuries pour le temps qu'il faudrait si Geordie l'avait laissée faire.

— Attends-moi au pied de l'escalier. Je vais la chercher.

Robbie atteignait seulement la porte de Sheena que Martyn était déjà en bas, probablement à écouter les bruits en provenance des écuries par la porte entrouverte. Il frappa et, bouillant d'impatience, attendit en rongeant son frein. Comme aucun bruit ne lui parvenait de la chambre, il poussa doucement le battant.

— Sheena ! appela-t-il à mi-voix en refermant silencieusement la porte derrière lui, peu désireux de sonner le branle-bas de combat dans le château. Es-tu réveillée ?

— Est-ce toi, Robbie ?

Sheena le regardait de ses grands yeux brillants, la courtepointe tirée jusqu'au menton.

— Sheena ! Geordie t'a envoyé chercher. Il a besoin de toi !

Elle secoua furieusement la tête, sans se découvrir.

— Je ne peux pas, Robbie. Je n'ai pas le droit.

Comment pouvait-on exprimer tant de peine, de nostalgie, de frustration en si peu de mots ?

— Allons, ma douce, insista Robbie en s'asseyant au bord du lit. Je sais qu'on te demande de faire beaucoup d'efforts en ce moment. Que tu essaies courageusement de devenir quelqu'un d'autre. Mais comment réagiras-tu si la jument et son poulain perdent la vie dans cette affaire ? Ne risques-tu pas de regretter amèrement ta décision ?

Sheena leva vers lui un regard noyé de larmes.

— Tu ne sais pas ce que tu me demandes, Robbie. Tu ne sais pas.

Cette fois encore, la douleur était perceptible au fond de sa voix.

— Je ne sais pas, en effet, Sheena. Alors, il faut que tu m'expliques. Ou que tu viennes avec moi. Nous pourrons reparler de tout ça plus tard.

Dans la lumière mouvante des flammes qui dansaient dans le foyer, il pouvait voir sur le visage de la jeune fille le combat qui se livrait en elle. Il y avait d'autres enjeux dans cette affaire. D'autres choses qui avaient sans doute à voir avec le conflit qui se livrait depuis de longues années entre elle et son père. Et qui la retenaient là, figée dans son lit, alors qu'elle aurait dû être déjà dans les écuries, au chevet de cette pauvre bête.

Pourtant, le miracle survint. Robbie lut dans le regard de Sheena le moment où elle décida de répondre à la demande du vieux maître d'écurie. Rejetant brusquement la courtepointe, elle courut à la malle aux vêtements, près de la fenêtre.

— Dois-je réveiller Isabel pour qu'elle t'aide ?

Il se tournait déjà pour ne pas voir les tendres appâts de Sheena exposés à sa vue par l'indiscrétion des chandelles.

— Non. Attends-moi dehors. Je serai prête dans un instant.

La jeune fille qui le rejoignit dans le couloir était la Sheena qu'il connaissait. Celle qu'il avait surprise au lavoir, chantant, riant et frappant le linge de son battoir avec les autres villageoises. Avec ses cheveux retenus en arrière par le même foulard et vêtue de cette même robe de simple serge grise.

C'était la Sheena amoureuse de la vie et des gens.

En la voyant ainsi, Robbie mesura combien, après la visite de l'émissaire de la Bête des Highlands, la situation était devenue difficile pour elle.

Il la prit par la main et l'entraîna dans l'escalier pour rejoindre Martyn, qui les attendait en bas. Ils arrivèrent très vite aux écuries, anormalement éclairées à cette heure de la nuit. Au moment où Sheena longea l'allée centrale derrière le jeune valet pour rejoindre Geordie en train de se débattre avec la jument en gésine, un hennissement sourd l'appela. Mais, passant outre, elle continua à avancer. L'appel recommença tandis qu'ils arrivaient devant la stalle réservée à la mise à bas.

Puis une fois encore.

Robbie scruta la pénombre, certain de l'auteur de ces appels.

— C'est Wee Dubh qui vous réclame, milady, chuchota Geordie, qui, penché sur la porte de la stalle, veillait sur la jument. Il sait que vous êtes là.

— Il attendra, rétorqua Sheena d'une voix brève. Dites-moi ce que je dois faire, Geordie.

Entrant à son tour dans la stalle, elle attendit les directives du vieux palefrenier. La respiration de la jument était difficile, et ses beaux yeux dorés se tournèrent vers la nouvelle arrivante, dilatés par la douleur. En la contournant, Sheena vit l'un des sabots du poulain déjà engagé. Parfaitement inerte. Un mince filet de sang s'écoulait sans discontinuer de la vulve dilatée.

La situation était critique. Pour ne pas dire quasi irréversible.

— Si elle ne se laisse pas approcher, si on n'parvient pas à r'tourner le poulain pour le faire sortir par le siège, on va perdre aussi la mère, expliqua Geordie d'une voix sourde.

Sheena fronça les sourcils. Perdre aussi la mère ? Le poulain était-il déjà mort ?

— Le poulain est mort, confirma le vieux palefrenier. Y sortira pas d'là tout seul. Dans cette position, l'autre postérieur va déchirer les entrailles de Muirne. Faut qu'je parvienne à lui faire prendre cette fichue potion calmante pour retourner le poulain et le r'tirer d'là.

Sheena fit un pas. La jument hennit, d'un pauvre hennissement déchirant, mais elle tourna la tête vers le mur. Savait-elle que son petit était mort ? Et qu'elle risquait de le suivre bientôt ?

Il vint une pensée absurde à Sheena. Elle remontait des années en arrière, à ce jour fatal de sa naissance où son père avait dû faire le choix entre la mère et l'enfant.

Comme pour sa mère à elle, la vie de la jument, plus ténue qu'un fil, se réduisait de seconde en seconde. Mais alors, le bébé de Lady Jocelyn était bien vivant, lui. La pauvre femme avait-elle été consciente du terrible choix que devait faire son époux ?

Sheena réprima un violent frisson.

— Parlez-lui, milady. Parlez-lui comme vous savez l'faire. P't-être bien qu'alors, je pourrai l'approcher.

Se tournant vers la jument, Sheena commença à lui murmurer des paroles d'encouragement. Des paroles d'espoir. Elle prononça aussi, à court d'idées, des mots qui n'avaient pas de sens. Elle alla même jusqu'à chantonner une comptine, tout en s'approchant à petits pas.

— Là… Doucement, ma fille… Regarde-moi… Dis-moi ce qui ne va pas.

Elle s'immobilisa enfin, tout près du pauvre animal. On n'entendait plus que les brefs renâclements de la jument, ses grognements de douleur. Les aides de Geordie, Geordie lui-même et Robbie tout autant retenaient leur souffle. Sheena avança encore d'un pas, jusqu'à ce que la fine tête trempée de sueur de Muirne soit à portée de main. Quand elle put enfin la toucher, elle se laissa glisser lentement sur la paille et passa son bras autour de l'encolure de la parturiente.

— Je suis tellement désolée pour toi, ma pauvre Muirne, répétait-elle, les larmes coulant sur son visage sans qu'elle songe à les essuyer… Ça va aller, maintenant. Geordie et moi, nous sommes là pour t'aider… Mais tu dois le laisser faire. Tu veux bien ?

Quand la jument parut vouloir enfin collaborer, elle lui souffla dans les naseaux et déposa un léger baiser sur son chanfrein, doux comme de la soie. Puis elle prit le seau que Geordie lui tendait et le présenta à Muirne. La jument, assoiffée, but longuement en même temps que Sheena exhalait un long soupir de soulagement.

Ensuite, tout alla très vite. Plongeant ses grands bras dans les entrailles de la bête, Geordie en extirpa le pauvre petit corps sans vie du poulain.

Sheena pleurait maintenant ouvertement.

— C'était trop tôt, milady. Le pauv' p'tit gars n'avait aucune chance de survivre, expliqua le brave homme. Mais grâce à Dieu, et à vous, Muirne est vivante et elle pourra nous en faire d'autres !

— Oui, grâce à Dieu, répéta Sheena.

Mais, après sa naissance difficile, sa mère n'avait jamais

pu avoir d'autre enfant. Les années suivantes, alors que ses sœurs et ses cousines mettaient au monde bébé après bébé, Jocelyn MacCallum était restée stérile. Était-ce là encore un grief que son père retenait contre elle ?

— Sheena, veux-tu que je te raccompagne ? proposa Robbie. Tout est fini, maintenant.

Elle sursauta presque, étonnée d'entendre sa voix après le silence tendu qui avait entouré la scène.

— Geordie ? demanda-t-elle.

Le maître d'écurie hocha la tête, et elle accepta la main que Robbie lui tendait pour l'aider à se remettre sur ses pieds. Ses jambes tremblaient quand elle s'éloigna après un dernier regard à la jument maintenant apaisée. Puis au corps frêle du poulain mort-né qui gisait sur la paille.

— Veux-tu rendre visite à Wee avant que nous remontions ?

Essuyant ses larmes avec sa manche, Sheena opina du chef et lui emboîta le pas. Ces derniers jours, si elle avait réussi à tenir la promesse faite à Farlen, c'était à la seule condition de se tenir éloignée de son cheval. Si elle le voyait, piaffant et hennissant dans son box, l'envie folle de seller Wee Dubh et de quitter Achnacarry au galop pour ne jamais y revenir était si forte qu'elle craignait de ne pouvoir y résister.

La seule raison qui la faisait rester, qui la faisait obéir, c'était qu'en épousant Robbie elle avait peut-être trouvé le moyen de redevenir quelqu'un qui comptait aux yeux de ses parents.

Jetant un bref coup d'œil à son compagnon tandis qu'ils traversaient la cour, Sheena comprit que ses efforts, c'était aussi pour lui qu'elle les faisait. Elle lui devait bien cela, et même davantage. Lorsqu'elle lui avait fait part de son désir d'annuler ce mariage, n'avait-il pas accepté de l'aider ?

Oh ! bien sûr, au début, lui aussi n'avait pas la moindre

envie de l'épouser. Mais, ces derniers temps, il s'était installé entre eux une sorte de bon compagnonnage et une réelle complicité. Bien sûr, elle ne pensait pas à… au goût de ses baisers. Ni à la façon dont, par l'audace de ses caresses, il avait suscité en elle un plaisir inconnu. Il fallait bien le reconnaître, si la perspective de devenir l'épouse d'un futur chef de clan provoquait toujours en elle la même panique, la perspective d'épouser Robbie Cameron n'avait plus rien de rebutant.

— Viens que je te montre quelque chose avant de te raccompagner chez toi, dit Robbie quand ils furent dans le donjon.

Et, au lieu de la conduire vers les étages, il s'engagea dans l'escalier de pierre, plus étroit, qui menait dans les sous-sols. Là se trouvaient les réserves de nourriture, les caves pour les tonneaux de bière et de vin, un stock d'armes et quelques pièces destinées à divers usages. S'emparant d'une des torches qui éclairaient le corridor glacé, il la tint au-dessus de sa tête.

— Ce n'est pas une bonne idée, Robbie. Si Lady Elizabeth vient à l'apprendre, elle sera contrariée…

Sheena chuchotait, ignorant s'ils étaient seuls à cette heure de la nuit. Il y avait une salle de garde, au rez-de-chaussée, qui communiquait avec les sous-sols. Et les gardes faisaient des rondes nocturnes afin de protéger les habitants. Ils pouvaient raconter qu'ils les avaient vus, Robbie et elle, déambulant dans des endroits où ils n'avaient pas leur place. Pas question de gâcher les pénibles efforts qu'elle avait faits pour remonter dans l'estime de ses parents et futurs beaux-parents !

S'arrêtant brusquement, Robbie fit volte-face. La lumière de la torche éclairait son visage d'étrange manière. Il semblait soudain un malin génie lui réservant un bon tour.

Tendant la main vers elle, il lui caressa tendrement la joue, un peu comme elle avait fait avec Muirne dans sa détresse.

— Je ne comprends toujours pas les raisons de ta métamorphose, Sheena, mais je peux constater le mal que cela te fait, dit-il en se penchant sur elle pour effleurer ses lèvres d'un baiser.

Sheena réprima difficilement l'envie de lui jeter ses bras autour du cou. Heureusement, il recula d'un pas et expliqua encore :

— Tout ce que je veux, c'est te montrer un endroit où tu pourras te réfugier en cas de besoin. Ensuite, je te raccompagnerai à ta chambre.

Comment pouvait-elle lui refuser cela ? Il était le seul à avoir voulu l'aider quand elle en avait besoin. Il l'avait réconfortée et protégée. Et pour être tout à fait honnête avec elle-même, n'avait-elle pas envie, désormais, de passer le plus de temps possible avec lui ?

Elle acquiesça avec un soupir.

Il reprit sa marche et ils arrivèrent bientôt devant la large porte commandant l'atelier où Anna confectionnait ses remèdes et emmagasinait ses herbes. C'était là aussi qu'elle soignait les malades qui pouvaient se déplacer, leur administrant ses potions et pansant leurs plaies soigneusement enduites de ses onguents.

Robbie poussa la porte et inséra la torche dans son support. Puis, sans s'arrêter, il se dirigea au fond de la pièce, où s'ouvrait une autre porte, plus étroite.

— Voilà, dit-il en s'effaçant pour la laisser voir. C'est pour toi… Si tu as besoin d'un peu de tranquillité…

À court de mots, il lui saisit la main et déposa un baiser dans le creux de sa paume.

S'avançant d'un pas, Sheena embrassa du regard l'étroit espace. On aurait dit un petit cabinet sans fenêtre, une sorte de réserve. Elle remarqua des coussins et une couverture sur le sol, un escabeau dans un coin. Et soudain, elle comprit. Robbie avait voulu que cet endroit soit pour elle comme l'appentis dans le jardin d'Anna, comme la hutte de chasseurs dans le parc du château de Tor. Une sorte de sanctuaire. Un refuge où elle pourrait lécher ses plaies, comme un animal malade. Où elle pourrait lutter contre les crises qui s'emparaient d'elle et la rendaient si vulnérable. Un endroit pour elle toute seule dans ce château où elle était si souvent exposée aux yeux de tous.

— Tu n'as plus jamais le temps de te promener... Alors, j'ai voulu que tu aies un endroit rien que pour toi dans la maison. Quand... Quand cela survient, si je ne suis pas près de toi, tu pourras venir te réfugier ici. Là où personne ne songera à te chercher... Sauf moi.

Cette fois, c'en était trop. Comprendre tout à coup que Robbie acceptait sa différence, qu'il acceptait la femme qu'elle était, ses défauts et ses faiblesses, donnait envie à Sheena de mettre fin à ses efforts, de cesser de vouloir atteindre l'impossible. De se contenter d'être ce qu'elle était. À ses côtés.

Elle ne put retenir un sanglot et, aussitôt, Robbie fut sur elle. Elle se retrouva dans le berceau de ses bras.

— Il ne faut pas désespérer, ma douce. Je trouverai une solution pour toi. Pour nous. Sois confiante.

Sheena le regarda au travers de ses larmes. Croyait-il vraiment à ce qu'il disait ?

Alors, elle fit la seule chose qu'elle pouvait faire.

Elle partit en courant.

Elle traversa comme une flèche l'atelier d'Anna, longea au galop le long corridor qui menait à l'escalier et grimpa sans s'arrêter jusqu'à sa chambre. Là, elle se débarrassa de sa robe souillée du sang et de la sueur de la pauvre Muirne, arracha le foulard de ses cheveux et jeta le tout dans un coin. Puis elle se jeta sur son lit en pleurant.

Dieu du ciel ! Robbie la comprenait si bien, et si peu en même temps. Elle n'avait pas le droit d'échouer… Il fallait qu'elle change. Qu'elle surmonte la douleur de sa naissance, de cette enfance solitaire et délaissée pour devenir la fille que ses parents auraient voulu qu'elle soit.

Même si, jusqu'à présent, tous ses efforts avaient été vains.

Tandis qu'elle se vidait de ses larmes, Sheena comprit qu'une chose au moins avait changé depuis que Farlen était venu lui livrer le message de son père.

Elle n'avait plus peur. Tout ce qui restait en elle de ses terreurs enfantines s'était consumé. Il ne subsistait plus que la peine et la honte. Et un cœur brisé que même l'amour qu'elle éprouvait pour Robbie ne pouvait réparer.

Chapitre 20

Robbie avait cru traverser une épreuve la nuit précédente en assistant Sheena auprès de Geordie. Mais se retrouver le lendemain matin au petit déjeuner devant le pauvre petit sourire forcé et le regard inerte de sa fiancée fut pour lui une épreuve plus difficile encore.

Ce sourire ne cachait pas ses yeux gonflés d'avoir trop pleuré. Il l'avait suivie jusque chez elle et, témoin muet et invisible, tapi derrière sa porte, il l'avait entendue pleurer à chaudes larmes. Ces sanglots déchirants lui avaient donné envie d'emmener Sheena loin d'Achnacarry et de la garder pour lui tout seul. Plus de rôle officiel, plus de mariage forcé. Simplement elle et lui quelque part où ils pourraient être heureux.

En la voyant se détruire pour devenir quelqu'un d'autre, il avait envie de crier sa révolte, comme le faisait Wee Dubh la veille au soir du fond de son box. Même le cheval de Sheena avait compris qu'il se passait quelque chose d'anormal. Pourtant, ses parents paraissaient satisfaits de la métamorphose de la jeune fille. Son regard glissa sur les convives et s'arrêta sur le regard brun de Glynnis, brillant de colère rentrée. Et dans son désarroi, il fut content d'avoir trouvé là au moins une alliée.

L'ennui, c'est que cette colère semblait en partie dirigée contre lui. Le joli visage en forme de cœur de Glynnis, rempli d'une infinie douceur quand il se posait sur Sheena, redevenait dur et accusateur quand il se tournait vers lui ou sur les maîtres de maison.

Lady Elizabeth annonça ses projets de la journée et indiqua à Sheena et à Glynnis ce qu'elle attendait d'elles. Quand elle se décida enfin à se lever, Robbie était à bout de patience. Alors, élégantes et fières comme deux versions plus jeunes de la châtelaine, les deux jeunes filles se mirent gracieusement sur leurs pieds et s'apprêtèrent à la suivre.

Pourtant, marquant un temps d'arrêt, Sheena se tourna vers Robbie et déclara :

— Robbie, ta mère m'a rappelé à juste titre les devoirs qui m'incombent et qui ne vont cesser de s'alourdir. Aussi ai-je décidé…

Elle s'interrompit et, un instant, il crut qu'elle n'aurait pas la force de continuer. Elle avala sa salive à plusieurs reprises, respira un grand coup puis reprit :

— Cette nuit, j'ai eu le temps de réfléchir…

Une autre pause, et cette fois, en repensant aux événements de la nuit, ses yeux se remplirent de larmes. À la connaissance de Robbie, personne ici n'était informé du rôle qu'elle avait joué.

— … et j'ai décidé de te faire don de mon cheval. Désormais, Wee Dubh est à toi.

Robbie sentit une claque s'abattre sur son épaule tandis que son frère le félicitait bruyamment. Son père applaudit des deux mains tandis que sa mère hochait la tête d'un air satisfait.

Ce devait être son idée.

Mais le regard de Glynnis se fit encore plus sombre et, si possible, plus menaçant. Robbie s'apprêtait à répondre quand Sheena parvint enfin à croiser son regard.

Il rencontra deux grands yeux verts dépourvus d'expression, deux yeux vides comme un puits sans fond.

On y lisait nul regret, nulle colère, nulle peur.

Aucune expression.

Comme si ce qu'elle venait de dire ne représentait rien pour elle. Comme si ce n'était qu'une simple formalité. Comme si on ne venait pas de lui arracher l'âme et le cœur.

Robbie était à ce point médusé qu'il ne put répondre.

— Allons, ma fille, venez, maintenant, lança Lady Elizabeth en prenant la jeune fille par le bras.

Glynnis intervint :

— J'ai oublié quelque chose dans ma chambre, milady. Je vous rejoins tout de suite dans le *solar.*

Le regard noir qu'elle décocha à Robbie lui intimait de le suivre.

Il regarda sortir la jeune demoiselle de compagnie, encore sous l'effet de la surprise. Dans d'autres circonstances, recevoir pareil cadeau l'aurait comblé de joie. Wee Dubh était un cheval incomparable par sa taille, sa beauté et sa générosité. Une monture de légende ! Une fois bien entraîné, il ferait un formidable cheval de guerre.

C'était un cadeau inestimable, qu'il n'avait pas le droit d'accepter. Il ne comprenait pas les raisons qui avaient poussé Sheena à faire une chose pareille. Comme il ne comprenait pas pourquoi elle renonçait à elle-même. À la jeune fille fougueuse et rayonnante qu'elle avait toujours été.

Mais quelqu'un devait le savoir.

Quelqu'un qui était aussi furieux et indigné que lui.

Quelqu'un qui l'attendait dans sa chambre et qu'il devait rejoindre au plus vite.

Sitôt ses parents sortis de la salle, il traversa le hall à grands pas, s'assurant que personne ne prêtait attention à lui, et se précipita vers les escaliers. Sa mère attendait Glynnis et s'étonnerait du moindre retard. Il n'avait pas de temps à perdre.

Il entra dans la chambre de la jeune fille sans frapper.

L'attaque commença sitôt qu'il eut refermé la porte.

— Comment as-tu pu laisser faire une chose pareille, Robbie ? Moi qui croyais…

Si elle l'avait pu, sa bouche aurait craché des flammes. Elle le toisait, les bras croisés, tapant du pied sur les dalles de pierre.

— Que croyais-tu, Glynnis ? Que je pouvais mettre fin à quelque chose que je ne contrôle pas moi-même ? cracha-t-il à son tour. Je lui ai demandé ce qui n'allait pas. Cette nuit encore…

— Cette nuit ? Tu as vu Sheena cette nuit ? Que s'est-il passé ?

— Geordie avait besoin de son aide pour une jument. J'étais là-bas avec elle. Elle a refusé de voir Wee Dubh…

— Ainsi, tu savais la décision qu'elle avait prise ! riposta Glynnis, son visage aux traits d'ordinaire si harmonieux déformé par la colère. Comment peux-tu accepter une chose pareille alors que tu la connais… ?

— Celle que je connaissais, c'était la Sheena qui est arrivée ici, la fille que je haïssais depuis que… depuis des années, en fait.

Il se passa la main dans les cheveux, s'efforçant d'y voir clair.

— Non, reprit-il. De fait, je ne l'ai jamais haïe vraiment. Ce que je haïssais, c'était ce que je pensais de moi-même et de mes actes à cause d'elle… Jamais Sheena ne ferait don délibérément de Wee Dubh. Ni à moi ni à quiconque. Jamais, répéta-t-il en secouant la tête. Alors, je ne comprends pas pourquoi elle a fait ça.

— Vraiment ? Oses-tu prétendre que tu ne sais rien des derniers souhaits de ses parents ? De la lettre qu'ils lui ont fait porter ?

Les yeux de Glynnis n'étaient plus que de minces fentes.

— Mes parents ont en effet reçu un courrier de la part

de la famille de Sheena. Mais ils n'ont pas cru bon de m'en parler. Hormis pour me faire part de la date du mariage.

— Suis moi. Discrètement.

Glynnis n'attendait pas de réponse. C'était un ordre. Robbie lui emboîta le pas et ils se dirigèrent tous deux vers la chambre de Sheena.

Glynnis jeta un bref coup d'œil par l'entrebâillement de la porte et lui fit signe de la suivre. Il jugea pourtant plus prudent de rester sur le seuil tandis qu'elle se dirigeait vers un petit coffre de bois posé sur une crédence. Elle eut bientôt trouvé ce qu'elle cherchait et lui tendit un parchemin plié en quatre et adressé à Sheena.

Il ne s'agissait pas de la calligraphie ornementée d'un moine copiste mais bien de celle, haute et brutale, de Connor MacLerie lui-même. Une écriture que Robbie avait eu l'occasion de voir à maintes reprises. Pourquoi diable écrivait-il à sa fille, dont il devait savoir pertinemment qu'elle ne pouvait pas lire ?

— Tiens. Lis cela.

Robbie déplia le feuillet et en entreprit la lecture.

Ma très chère fille (…) bonne volonté (…) honneur de la famille…
Obéissance (…) honte (…) J'exige (…) mariage.
Ton devoir (…) devoir (…) devoir.

Il referma la missive, bouillant de rage. La liste des exigences paternelles était longue. Il aurait mis le document en pièces si Glynnis ne s'était pas interposée. Lui tendant la main, elle récupéra les feuillets.

— Comment as-tu pu croire que j'avais eu connaissance de tout ça ? Que j'aurais laissé faire sans rien dire ? Que j'aurais pu regarder Sheena se détruire sans lever le petit doigt ?

— Tu n'avais pas la moindre envie de l'épouser, Robbie. Tout le monde le sait.

— C'est exact. Quand elle est arrivée ici, j'étais aussi opposé à ce mariage qu'elle-même… Elle m'a demandé de trouver un moyen de le faire annuler. D'après elle, du fait de son état, de sa maladie, elle ne pouvait devenir l'épouse d'un chef de clan.

Il plongea son regard dans celui de son interlocutrice, qui avait perdu sa belle assurance, et poursuivit d'un ton plus incisif :

— Tu sais aussi bien que moi que son incapacité à remplir les devoirs élémentaires de la future épouse d'un personnage de haut rang n'est pas due seulement à son ignorance. À un manque d'entraînement. Ni au dépaysement. Il y a plus grave qu'elle ne veut bien le dire. Plus qu'elle ne voudra jamais me l'avouer. Tomas et toi, quand je vous ai demandé si elle s'accoutumait bien chez nous, avez tout fait pour me cacher son désarroi. Mais si mes parents apprennent la vérité, s'ils s'aperçoivent qu'elle n'est pas comme les autres et décident de considérer la promesse de mariage comme nulle et non avenue, ils seront tout à fait dans leur droit.

— Et ce serait la guerre ? dit Glynnis d'une voix blanche.

En fait, elle l'affirmait plus qu'elle ne le demandait.

— Nous essayons, elle et moi, de trouver une solution à tout cela, mais…

— Mais Sheena est ce qu'elle est. Nous n'y pouvons rien changer.

— Nous servir de sa maladie, la divulguer aux yeux de tous, engendrerait pour elle une véritable humiliation. Elle a déjà vécu toute sa vie avec la honte de ce qu'elle est. C'est du reste probablement la cause de ces sortes de crises dont elle est victime. Tu as dû lire cette lettre. Tu sais.

D'un coup, la lumière se fit en lui. Dieu tout-puissant !

Glynnis n'en avait pas seulement pris connaissance. C'était elle qui l'avait lue à Sheena…

— Tu la lui as lue, n'est-ce pas ?

Glynnis hocha la tête, les yeux noyés de larmes.

Puis elle demanda avec un petit rire nerveux :

— Comment as-tu découvert que… qu'elle ne savait pas lire ?

— Quand Sheena et moi avons fait des recherches ensemble. Il a bien fallu déchiffrer ce maudit contrat, pour en vérifier les clauses et voir comment l'annuler… Mais elle joue bien la comédie. J'ai failli m'y laisser prendre.

— Encore une… Un défaut qui pourrait jouer contre elle, n'est-ce pas ?

Robbie fit un geste de dénégation.

— Pas avec moi, en tout cas. Jamais je n'userai de cet argument contre elle. Ce serait par trop déloyal.

Le regard de Glynnis s'agrandit.

— Alors, tu serais prêt à dissimuler tous ses problèmes à tes parents ? Même pour vous éviter à tous les deux une union dont vous ne voulez pas ? Tu sais qu'en agissant ainsi tu violes les serments que tu as prononcés quand tu as été élu *tanist* ?

— Oui. Et Sheena se sacrifie pour ne pas humilier son père. Et pour respecter les accords qu'il a conclus avec le chef des Cameron.

Le regard de Robbie s'assombrit.

Il reprit :

— C'est pis que cela encore. Chaque jour qui passe, afin de complaire à son père, pour ressembler à la fille qu'il voudrait qu'elle soit, Sheena renonce un peu plus à elle-même. La Sheena que je vais devoir épouser n'aura plus grand-chose à voir avec celle que j'…

Il s'interrompit avant de prononcer le mot. Il n'avait

pas avoué son amour à Sheena et il ne le ferait pas à un étranger. Pas avant qu'elle ne connaisse ses sentiments.

Glynnis fouilla son regard, comme si elle pouvait y trouver une solution à la situation.

Et Dieu sait que Robbie aurait bien voulu en avoir une !

— Lady Glynnis ! Lady Glynnis ! Êtes-vous là ?

L'appel, une voix de femme, les fit taire tous les deux. Glynnis, un doigt sur les lèvres, fit signe à Robbie de se dissimuler derrière la porte.

— Oui, j'arrive ! cria-t-elle en retour.

Puis, tendant le parchemin à son compagnon, elle baissa la voix.

— C'est Isabel, notre chambrière, Lady Elizabeth s'impatiente. Remets cela à sa place et laisse-moi l'éloigner.

Et, s'emparant au hasard d'un objet sur la table qui jouxtait le lit de Sheena, elle sortit à pas pressés de la chambre.

— Je me rendais dans les appartements de Lady Elizabeth quand je me suis souvenue que Lady Sheena avait besoin de ceci.

Elle montra un minuscule missel tout orné d'enluminures, et Robbie, qui regardait Glynnis et la servante s'éloigner, haussa les épaules. Que pouvait faire sa fiancée d'un tel objet, elle qui ne savait pas lire ? se demanda-t-il non sans amertume. Sinon, peut-être, se soutenir de la force spirituelle qu'il possédait ?

Les voix des deux femmes s'éloignèrent dans le haut couloir de pierre.

Robbie s'apprêtait à remettre le parchemin à sa place quand il se figea. En posant les yeux sur la haute et sombre écriture du père de Sheena, il venait d'avoir une révélation. Ce n'était pas en Sheena que résidait la solution mais dans les mains de celui qui était à l'origine de toute cette affaire.

Connor MacLerie.

La Bête des Highlands.

Alors, au lieu de ranger le document dans le coffret, il le glissa dans sa tunique. Puis, après avoir remis à leur place les autres éléments de son contenu, il rangea le coffret là où Glynnis l'avait pris et quitta la chambre.

Il n'y avait aucune raison que Sheena cherche la lettre de son père. Qu'on la lui lise une fois lui avait certainement suffi.

Quand la nouvelle arriva enfin que Connor MacLerie et son équipage étaient en route pour Achnacarry, Robbie savait ce qu'il avait à faire. Il pensait même avoir trouvé le moyen de réussir.

Si tout se passait comme il l'avait prévu, Sheena ne serait pas contrainte d'épouser un homme qui ne lui convenait pas.

Elle serait enfin libre. Et lui, pour satisfaire à son devoir, en épouserait une autre.

Il fit seller et brider Wee Dubh sous le regard réprobateur de Geordie. Mais, sitôt que Robbie eut expliqué au cheval ce qu'il avait l'intention de faire, Wee l'accepta sur son dos sans tergiverser.

Ils prirent la direction de l'ouest et il leur fallut avancer tout le jour pour atteindre l'endroit où, selon le messager, Connor devait camper pour sa dernière étape avant d'arriver à Achnacarry.

Sheena n'avait aucune raison particulière de se rendre dans son refuge mais, quand Lady Elizabeth lui eut donné congé, c'est là que ses pas la portèrent tout naturellement. Quand elle frappa à la porte de l'atelier d'Anna, personne ne lui répondit et elle poussa le battant, rassurée en même temps qu'un peu tendue.

Des volets de bois occultaient les larges soupiraux

donnant sur la cour mais la faible lumière qui filtrait par les interstices lui permettait de se déplacer sans heurter les tables et les étagères supportant les pots d'onguents et les fioles remplies d'essences aux mille odeurs. Elle se dirigea à pas de loup vers le petit cabinet au fond de la salle et, soudain, ce fut comme si elle entendait les mots de Robbie voleter autour d'elle en douces paroles réconfortantes.

« J'ai voulu que tu aies pour toi dans la maison un endroit rien que pour toi. Quand… Quand cela survient, si je ne suis pas près de toi, tu pourras venir te réfugier ici. Là où personne ne songera à te chercher… Sauf moi… Je trouverai une solution pour toi. Pour nous. »

Ces dernières semaines, bien qu'entourée d'une foule de gens, elle se sentait de plus en plus seule. Et la vie au château, avec ses obligations et son protocole, lui paraissait de plus en plus lourde. Toujours se comporter comme un singe savant. Toujours être jugée, toujours mise à l'épreuve…

Pis que cela, Sheena ne croyait plus que Robbie tiendrait ses promesses. Non par mauvaise volonté, mais tout simplement parce qu'il n'existait pas de solution.

Lady Jocelyn, sa mère, avait envoyé plusieurs courriers pour expliquer en détail ses volontés, s'étendant longuement sur les manques de sa fille et demandant à Lady Elizabeth de préparer la fiancée de Robbie à jouer son rôle. Lady Elizabeth avait accepté avec grâce cette tâche qui venait s'ajouter aux préparatifs des noces et à ses devoirs de châtelaine. Mais, répugnant visiblement à tenir Sheena sous sa tutelle, elle lui laissait de plus en plus de liberté. Et cette solidarité muette, à laquelle se joignait le regard vigilant de Robbie, aidait Sheena à ne pas sombrer dans le désespoir.

Cette nuit-là, tournant et retournant ces sombres pensées, elle finit par conclure que, si elle ne consacrait pas tous ses efforts à réussir la métamorphose que ses parents attendaient d'elle, elle courait droit à l'échec. Aussi, ne voulant prendre aucun risque, elle décida d'écarter sans pitié tout ce qui menaçait de compromettre sa réussite. Quand elle comprit que son père serait le premier à applaudir cette brutalité nouvelle dans son comportement, un rire bref lui échappa.

Elle se laissa tomber sur l'escabeau, enveloppa l'une des couvertures autour d'elle et ferma les yeux. Robbie lui manquait à chaque respiration, à chaque souffle. Et ce manque lui pesait sur la poitrine comme un roc tombé sur elle du haut de la montagne.

Elle regrettait son rire, leurs promenades dans la lande, au bord de la rivière, ses baisers fous et ses audacieuses caresses. Et, serrant ses deux mains l'une contre l'autre, elle pria muettement pour qu'il trouve enfin la solution qu'il lui avait promise.

Elle savait que ses peurs, ses moments de panique, n'étaient jamais bien loin et qu'un jour tout cela reviendrait, plus violent que jamais. Un jour, les gens finiraient par s'apercevoir qu'elle n'était pas normale. Des rumeurs finiraient par se répandre parmi les gens du château, dans le village, au sein du clan. Dans son enfance, même le puissant comte MacLerie n'avait rien pu contre elles. Elle les avait sentis courir à mi-voix dans Lairig Dubh, malgré la poigne de fer qu'il exerçait sur toute chose.

L'Église, déjà, considérait d'un œil circonspect l'homme qu'une rumeur absurde accusait d'avoir tué sa première femme parce qu'elle ne lui avait pas donné d'enfants. Si le bruit courait que la fille cadette de la Bête souffrait de troubles du comportement, les autorités ecclésiastiques se jetteraient sur elle comme on part en croisade. Sans doute alors qu'une autre rumeur serait mise au jour. Celle du choix qu'il avait fait à la naissance de cette enfant, lui préférant sa mère et la condamnant à la mort, si Dieu le voulait, sans la moindre hésitation.

Sheena poussa un soupir. Même le futur proche lui semblait incertain. Si elle avait fini par faire illusion aux yeux de Lady Elizabeth, elle n'était pas parvenue à combler toutes ses lacunes, loin de là. Tous les efforts discrets de Glynnis pour lui apprendre à lire et à écrire convenablement avaient échoué. Alors, contrainte et forcée, elle devrait bien se résigner à un mariage qui promettait d'être pour elle un véritable enfer.

Oh bien sûr, Robbie serait gentil avec elle pendant quelque temps. Jusqu'à ce qu'elle lui fasse honte aux yeux de tous. Cela prendrait peut-être quelques mois, ou même quelques années, mais cela finirait par arriver. Et elle assisterait lentement, les yeux grands ouverts, à la disparition des gentilles attentions qu'il avait pour elle, de ses caresses, de ses baisers.

Mon Dieu ! Pourquoi ses propres parents lui infligeaient-ils pareille épreuve ?

Pourquoi imposaient-ils à Robbie de souffrir une fois de plus à cause d'elle ?

Chapitre 21

Robbie ne fut attaqué qu'une seule fois en traversant les terres des Mackintosh. L'un des hommes d'armes que son père avait envoyés à sa suite le débarrassa de l'importun et ils finirent le bref voyage ensemble.

Que son père ait deviné ou non ses intentions, il avait dû le voir quitter Achnacarry, à moins que quelqu'un lui ait rapporté son départ et il avait envoyé une escorte pour protéger son héritier.

Contrairement à son précédent voyage avec Sheena, le temps se gâta très vite et, bientôt, le ciel déversa sur eux de véritables trombes d'eau. La pluie était si abondante que l'unique route praticable qui traversait les Disputed Lands s'était effondrée à plusieurs endroits.

Mais rien ne pouvait arrêter Robbie. Ni le ciel déchirant ses nuées sur un insondable firmament ni les éclairs fendant la terre jusqu'aux enfers.

Et, de fait, ils arrivèrent au campement, installé au bord de la rivière au moment précis où le soleil se couchait.

Robbie fut escorté jusqu'à la tente du comte, entourée par une douzaine d'autres, réservées à sa cour et à ses invités. Le brouhaha que suscita son passage lui appris que Wee Dubh avait été reconnu et admiré. Il se laissa glisser au bas de sa monture, dont il flatta l'encolure en lui chuchotant de continuer à se comporter honorablement, comme il l'avait fait tout le long du chemin.

Soudain, une voix tonna dans son dos.

— Dites-moi, mon garçon ! Que faites-vous sur le cheval de ma fille ?

Robbie, qui avait reconnu la voix de Connor MacLerie, ne se retourna pas tout de suite. Il attendit un instant puis, pivotant lentement sur lui-même, il affronta celui qui avait fait de lui le guerrier et le preux chevalier qu'il était devenu.

Mais celui aussi qui était à l'origine des tourments de sa fille.

— Milord, dit-il en s'inclinant, la main sur la poitrine.

— Je t'ai posé une question, Robbie. Pourquoi montes-tu ce cheval ? Et que fais-tu là ?

Le regard clair de Connor était glacé. Sa bouche ne formait plus qu'une ligne dure.

— Milady, dit encore Robbie en se tournant vers Lady Jocelyn, qu'il salua à son tour.

Jocelyn MacCallum, comtesse de Douran et Lady MacLerie par son mariage, vint se poster au côté de son époux avant de répondre d'un signe de tête. Le comte, sans prêter attention à la présence de sa femme, se redressa de toute sa haute taille.

— Ne m'oblige pas à te le demander une troisième fois, Robbie.

Cette fois, Connor était passé au tutoiement qu'il utilisait jadis auprès de ce garçon qu'il avait formé. Son ton était devenu suffisamment rude pour qu'un garde, qui se tenait jusqu'alors sous l'auvent de la tente, vînt se poster à deux pas de son maître, les bras croisés.

Robbie le reconnut pour ce qu'il était : Rurik Erengilsson, moitié highlander, moitié normand, et probablement le plus dangereux homme d'armes de ces deux contrées. L'homme resta là, dévisageant Robbie de son regard opaque, les bracelets d'étain qui entouraient ses bras musclés luisant doucement dans la pénombre éclairée par le feu du brasero. Puis un autre homme, le sosie du précédent, se rapprocha à son tour. Probablement le fils de Rurik, au vu de sa jeunesse. Robbie le reconnut pour l'avoir fréquenté, gamin. Il s'agissait du jeune Dougal, comme on l'appelait, large comme son père et blond comme sa mère, une superbe Danoise.

Tous les deux attendaient maintenant, la main sur leur glaive.

— Wee Dubh n'est plus le cheval de Sheena. Elle me l'a donné.

Jocelyn MacLerie poussa un petit cri, et la réaction de Connor ne se fit pas attendre. Prenant sa femme par le coude, il la fit entrer dans la tente. Puis il fit signe à son visiteur de le suivre. Rurik se posta devant l'entrée sans les quitter des yeux. Son regard fixe le disait clairement. Même un familier pouvait être un ennemi potentiel. Et, tant qu'il serait là, aucun danger ne menacerait son chef.

Robbie tendit les rênes de son cheval à l'un de ses hommes et emboîta le pas au chef de clan des MacLerie. En franchissant le seuil de la vaste tente, il murmura une rapide prière pour que Dieu lui donne un peu de son immense sagesse. Car quiconque affrontait la Bête des Highlands avait besoin de la protection du Tout-Puissant. Pourtant, aussitôt après, ce fut le pâle visage de Sheena qui émergea des ténèbres pour lui communiquer sa force et son obstination.

Robbie resta là, à observer les allées et venues des uns et des autres pendant que Lady Jocelyn lui faisait servir de la bière, l'aidait à ôter sa cape détrempée. Mais il ne prononça pas un mot. Rien d'important ne pouvait être dit ou fait tant que les formalités aimables, dans lesquelles l'épouse de Connor MacLerie excellait, n'étaient pas accomplies.

Comme elle différait là de sa fille !

Mais pas comme on aurait pu s'y attendre. Là où le comportement de Lady MacLerie était empreint de la plus exquise et la plus impersonnelle des politesses, les façons de Sheena étaient pleines de spontanéité et de chaleur. En tant que fille de l'un des nobles les plus puissants de cette partie de l'Écosse, elle qui aurait dû n'avoir d'autre souci que d'être bien servie elle-même, aimait sincèrement à faire plaisir. Elle aimait les gens et savait les mettre à l'aise.

C'était une qualité qui, aux yeux de Robbie, valait mille fois les autres.

Il aimait sa bienveillance, son intérêt pour les villageois et tous ceux de son entourage, la façon dont elle avait lié connaissance avec chacun, tant à Tor qu'à Achnacarry, apprenant très vite les détails de leur vie, le nom de leurs enfants, leur métier… Finley le boulanger appréciait les compliments qu'elle ne manquait jamais de faire sur son pain, Tavie était fière de lui apprendre à tisser, Glenna, la jeune maman encore mal remise de son accouchement, était émue qu'elle l'aide à laver son linge.

Sheena n'avait pas besoin de liste pour se souvenir des gens qui l'entouraient. Elle gardait tout enfermé dans son cœur.

Quand les serviteurs l'eurent enfin laissé en tête à tête avec le comte et sa femme, Robbie se tourna vers son hôte.

— Alors, mon garçon ? s'enquit Connor, ses larges bras croisés sur son torse. Qu'est-ce qui a bien pu te pousser à enfourcher le cheval de ma fille pour venir jusqu'ici ? Qu'as-tu bien pu lui faire pour qu'elle accepte de t'offrir son bien le plus cher ?

Lady Jocelyn retint son souffle, visiblement choquée par la brutalité des paroles de son époux. Robbie, impassible, but une longue gorgée du gobelet de bière qu'il avait dans la main.

— À mon avis, la question n'est pas de savoir ce que j'ai fait ou n'ai pas fait, commença-t-il enfin. Mais plutôt ce que vous avez fait, vous, à votre fille. Ou ce que vous n'avez pas fait.

Glissant la main dans l'entrebâillement de sa tunique, il en sortit la missive péremptoire que Connor avait envoyée à sa fille et la lui tendit de façon à ce que Lady Jocelyn puisse la lire elle aussi. Il ne fallut pas longtemps à la dame de Lairig Dubh pour la reconnaître et elle s'en empara avant que son époux ait pu réagir.

Connor haussa les sourcils mais ne tenta pas de s'interposer. Robbie avait beaucoup appris sur le couple, tout au long des années qu'il avait passées chez eux, et il savait que rien ne résistait à la détermination de Jocelyn MacLerie.

— Connor !

Elle avait prononcé son nom avec un mélange de colère, de chagrin et d'indignation. Robbie ne put retenir un sourire satisfait.

— Connor, répéta-t-elle. Comment as-tu pu envoyer pareille missive à ta fille ? Premièrement, tu sais très bien que…

Jocelyn s'interrompit soudain, et Robbie acheva la phrase pour elle, révélant ainsi qu'il ne s'agissait plus d'un secret. En tout cas, pour lui.

— … que Sheena ne sait pas lire, dit-il en hochant la tête. Pas plus qu'elle ne sait écrire ni se livrer à des calculs nécessitant plus que ses dix doigts. Ce qui ne vous a apparemment pas paru assez important pour le signaler lors de la signature définitive du contrat, conclut-il avec un haussement d'épaules.

— Est-ce la raison de ta venue ? rugit Connor. Tu as

découvert ce que nos juges pourraient appeler un vice de forme et tu es venu nous faire connaître tes conditions ?

Robbie dévisagea son interlocuteur, choqué par la virulence de ce qui ressemblait à une accusation. Mais, venant de la part de l'un des plus brutaux, des plus puissants et des plus manipulateurs parmi les chefs de guerre du pays, il aurait pu se douter de sa réaction. Du reste, il avait même compté dessus. Il replia le document et le remit à sa place tandis que Connor consultait sa femme du regard.

Puis, allant se rasseoir, le comte fit signe à Lady Jocelyn de le servir de nouveau en bière.

— Tu me déçois, Robbie, mais c'est de bonne guerre… Alors, quel est le prix de ton silence ?

Sa voix était âpre, son expression s'était durcie, comme un prédateur pris au piège. Quant à Lady Jocelyn, elle restait impassible, mais aux aguets, ce à quoi s'attendait aussi Robbie. Elle était prête à défendre ses enfants, tous ses enfants, bec et ongles. Mais dans ce cas, pourquoi avait-elle laissé son époux rédiger pareil message ? Et surtout, vendre sa fille comme une marchandise, dissimulant ses défauts comme un maquignon le ferait d'un cheval boiteux ou atteint de la gourme ?

— À moins que tu ne préfères annuler cette promesse de mariage, dit-elle en baissant la voix. Refuses-tu de prendre Sheena pour épouse ?

Son regard blessé, la manière dont elle avait posé sa main sur sa gorge émurent Robbie.

Pourtant, il décida d'attaquer.

— Comment avez-vous pu tous les deux lui faire une chose pareille ? Vous saviez pourtant que ses… son handicap l'empêcherait de remplir les obligations que son mariage avec moi lui imposeraient, n'est-ce pas ? Comment avez-vous pu lui demander de renoncer à tout ce qu'elle aime, à s'occuper de son cheval, à se mélanger aux gens du commun, à se vêtir comme bon lui semble ? Bref, à mener une vie libre ? Si vous teniez à ce mariage, au moins pouviez-vous la laisser vivre comme bon lui semblait et non lui demander, avec une telle cruauté, de se comporter contre sa nature !

Robbie parvint à maîtriser sa voix. Inutile d'alerter tout le campement pour ce qui devait rester une affaire privée. Il jeta les documents sur le coffre qui tenait lieu de table, au milieu de la tente.

Mais il n'avait pas fini de vider le sac de ses rancœurs.

— Et surtout, pourquoi m'avez-vous dissimulé ce qui la fait tant souffrir ? Ces crises d'angoisse qui l'obligent à se terrer dans un réduit comme une bête malade ? Ces difficultés à vivre le quotidien comme les autres filles ?

Il serra les poings en songeant aux souffrances de Sheena, à la honte qu'elle endurait depuis son enfance du fait de sa différence.

— Nécessairement, un jour ou l'autre, il fallait que je m'en aperçoive. Et pas seulement moi, mais ma famille, nos serviteurs… Avez-vous songé à son humiliation ? Avez-vous si peu d'affection pour le fruit de votre chair et de votre sang ?

Robbie regarda ses deux interlocuteurs dans les yeux, l'un après l'autre, et conclut :

— Jamais je ne vous aurais crus capables d'une telle attitude à l'égard de votre fille. Vous deviez bien vous douter que cette situation risquait de se retourner contre elle ?

Connor le toisa, le visage de marbre.

— Trêve de bavardages ! Une seule chose importe, Robbie. Ton père, Robert Cameron, chef du clan Cameron, est-il d'accord pour garder le silence sur tout cela ? Est-il en mesure de faire taire ses gens ? Qu'es-tu venu chercher ici, exactement ?

Robbie le dévisagea, perplexe.

— Vous êtes-vous enfin décidé à protéger votre fille ?

— La protéger ? rugit Connor MacLerie en frappant du poing contre sa paume. Mais nous ne faisons que cela depuis sa naissance ! Nous avons toujours fait en sorte de dissimuler les… difficultés de Sheena aux yeux de ses semblables… Quand le clerc engagé pour lui apprendre les lettres a commencé à mettre en doute ses compétences, quand, par inadvertance, il a assisté au déclenchement de l'une de ses crises de panique, j'ai immédiatement renvoyé le pauvre diable dans son abbaye avec une somme d'argent suffisante pour clouer le bec du père abbé. Quand le curé de notre chapelle a voulu lui apprendre ses lettres à coups de punitions, je l'ai expédié dans une autre paroisse, avec interdiction de parler des difficultés de Sheena sous peine de mort ! Quand…

Son épouse vint lui mettre la main sur le bras.

— Nous avons vraiment essayé d'aider notre fille de notre mieux, Robbie, insista-t-elle d'une voix douce. Tu ne t'en souviens pas, sans doute, car, du temps où tu habitais chez nous, tu n'y prêtais pas attention, occupé que tu étais à ton apprentissage. Mais jamais elle n'a été contrainte de faire ce dont elle se sentait incapable… Nous n'avons jamais compris ce dont elle souffrait, mais ce qui comptait le plus, à nos yeux, c'était qu'elle soit heureuse dans son foyer. Avec ses parents.

Ce n'était pas ce dont Robbie avait gardé le souvenir. Et apparemment, Sheena non plus.

— Ce qui explique sans doute qu'elle soit partie vivre chez sa sœur dès qu'elle en a eu la possibilité ? lâcha-t-il d'une voix dure.

Connor poussa un soupir qui fit vaciller la flamme des chandelles, menaçant de les éteindre.

— Elle avait peur de moi, reconnut-il d'une voix brisée, méconnaissable. C'est pourquoi je gardais mes distances avec elle. Et que nous l'avons laissée partir quand elle l'a demandé. Nous espérions que tout s'arrangerait avec le temps. Qu'elle finirait par me faire confiance…

Robbie laissa échapper un ricanement.

— Et quand elle a appris votre projet de mariage… L'a-t-elle considéré comme une preuve de… confiance ?

Le visage de Lady Jocelyn perdit encore davantage de sa couleur, si c'était possible.

— À la naissance de ce projet, expliqua-t-elle, Sheena, qui était encore très jeune se rappelait le… différend qui vous avait opposé tous les deux. Elle prétendait te haïr. Et elle assurait que c'était réciproque. Mais en grandissant, elle parut y trouver moins d'inconvénients. Tant qu'à se marier, autant épouser quelqu'un de sa connaissance, n'est-ce pas ? Nous l'avons fait savoir à ton père quand il nous a semblé que le temps était venu.

— Vous l'avez fait savoir à mon père ? Mais à elle ? En avez-vous discuté avec votre fille ?

Décidément, c'était aussi intolérable que ce qu'en avait dit Sheena.

Lady MacLerie triturait nerveusement le large pan de sa manche entre ses doigts.

— Il nous a semblé qu'il valait mieux le garder…

— Secret ? aboya Robbie, ses yeux lançant des flammes.

— Mais non, gronda de nouveau Connor. Toute notre parenté, tout le clan a été dûment prévenu. Plusieurs vont faire le déplacement pour assister à la cérémonie la semaine prochaine.

Lady Jocelyn vint de nouveau à la rescousse.

— C'est seulement que… nous pensions qu'en faisant moins de tapage autour de cette nouvelle, nous espérions que Sheena s'y habituerait tout doucement. Qu'elle en serait moins bouleversée…

— Lilith vous a-t-elle prévenus que, quand Sheena a

appris qu'elle allait s'installer à Achnacarry, ses crises se sont de nouveau manifestées ? Que c'était même encore pire qu'avant ?

Jocelyn se rapprocha de son mari, qui lui passa un bras protecteur autour des épaules.

— Non, dit-elle d'une voix blanche. Nous pensions…

— Bon, nous n'allons pas ressasser tout cela toute la nuit, interrompit Connor. Quelles sont vos conditions, à Robert Cameron et à toi ? Qu'exigez-vous pour honorer cette promesse de mariage ?

— Vous voulez dire… les conditions de votre fille, je suppose ?

Libérant sa femme de son étreinte, Connor saisit le parchemin entre deux doigts et l'agita sous le nez de son interlocuteur.

— Si tu veux. Je parle des conditions pour que ma fille soit respectée. Pour que ce mariage se fasse. Alors, qu'exigez-vous ?

Robbie dévisagea Connor MacLerie, à la fois perplexe et indigné.

Ce qu'il voulait ?

Fort peu de chose, finalement.

Ce qu'il voulait, c'était entendre de nouveau le rire de Sheena. Voir la lumière briller dans ses yeux. La regarder chevaucher dans les landes comme une fée sur sa monture enchantée. Faire la course avec elle au bord du loch. La prendre dans ses bras et la faire sienne…

Il voulait… l'épouser, tout simplement.

Mais il y avait un obstacle. Et un obstacle d'importance.

— En fait, mon père ne sait rien de tout ça. Ma mère se doute de quelque chose mais elle ne m'en a pas parlé. Pas encore.

Connor le dévisagea, stupéfait.

— Toi, fils de Robert Cameron, élu *tanist* de ton clan,

tu n'as pas encore abordé un problème aussi grave, aussi important, avec ton propre père ? Je le répète, Robbie. Que veux-tu, exactement ? Rompre cette promesse de mariage ? Annuler tout ça ?

Il enveloppa la tente, sa femme et lui-même dans un geste un peu comique, comme s'ils symbolisaient à eux seuls la cérémonie à venir.

— Non. Je veux que vous trouviez vous-même un moyen de sortir de votre engagement. Que vous trouviez un prétexte valable pour rompre cette promesse. Quitte à offrir à mon père de bonnes compensations… Et surtout, que vous veilliez désormais à protéger votre fille.

— Protéger ma fille ? Mais de qui ?

— La protéger d'un mariage qui irait contre sa volonté. La protéger du jugement des autres. Ne plus l'obliger à faire ce qui ne lui convient pas.

— Et toi ? Que retires-tu de tout cela ?

Robbie eut un soupir. Il était à bout de patience.

— Si vous annulez ce mariage, j'aurai accompli mon devoir. Je pourrai contracter une autre union afin de satisfaire aux besoins de mon clan.

Jocelyn poussa un petit cri. De brefs sanglots leur parvinrent, qu'elle s'efforçait en vain de réprimer.

Elle tendit une main vers lui, qu'elle laissa aussitôt retomber.

— Oh ! Robbie… J'ai toujours pensé… J'espérais même que tu ferais un bon parti pour notre fille. Malgré les différends qui vous ont opposés tous les deux dans votre enfance, j'avais cru déceler chez toi un certain intérêt pour ma fille. De l'affection, même… Sur ces choses-là, un cœur de mère ne se trompe pas…

Elle le regarda dans les yeux et secoua la tête.

— Me suis-je à ce point trompée ?

Sans répondre, Robbie salua ses deux hôtes et tourna les talons.

Mais, le rejoignant, la mère de Sheena le retint par le bras. Elle plongea un regard brillant de larmes dans le sien.

— Dis-moi la vérité, Robbie ! N'éprouves-tu rien pour ma fille ?

Robbie se retourna vers Connor MacLerie. Malgré les relations compliquées qu'ils avaient tous les deux avec Sheena, surtout le père avec sa fille, il était maintenant convaincu que les parents de Sheena l'aimaient sincèrement. Ils trouveraient une solution. Pour le bien-être de Sheena.

Il eut un sourire amer.

— Vous me demandez si je n'éprouve rien pour votre fille, milady ? Sincèrement, j'aimerais que ce soit vrai.

Refusant leur offre d'hospitalité, il quitta la tente, préférant profiter de la pleine lune pour avancer sur le chemin du retour.

Qu'allait-il se passer, maintenant ? Comment le père de Sheena, qui n'avait pas l'habitude d'être contrarié, allait-il se dépêtrer de ce nœud de complications imprévues ? Robbie n'en avait pas la moindre idée. Mais, connaissant Connor MacLerie, il savait qu'il trouverait une solution.

Un homme comme lui arrivait toujours à ses fins.

Restait à espérer que cette solution convienne à Sheena.

Quant à lui, il ferait son devoir, puisqu'il en avait fait le serment.

Il y avait bien, dans ces vastes contrées des Highlands, une fille qui l'attendait !

Chapitre 22

L'annonce de l'approche des parents de Sheena parvint aux châtelains d'Achnacarry alors qu'ils étaient à table pour le souper. Aussitôt, Lady Elizabeth donna des ordres pour préparer leur accueil et prévint les membres de sa parentèle qui vivaient dans ses murs. Dès les éclaireurs annoncés à coups de trompe, la plupart des villageois se ruèrent sur la route qui menait au château afin de satisfaire leur curiosité. Ce n'était pas tous les jours que la Bête des Highlands se déplaçait dans le pays.

Du moins, avec des attentions pacifiques.

Debout sur les marches qui conduisaient à la porte principale, Sheena était au bord du malaise. Elle sentit quelqu'un s'approcher d'elle. Glynnis, sans doute, qui voulait la réconforter.

Puis une main se glissa dans la sienne.

— Courage, Wee Beastie[1].

Ce n'était pas Glynnis mais bien Robbie. Elle résista à l'envie de se réfugier dans la chaleur de son étreinte pour y trouver un peu de réconfort. Elle en aurait bien besoin, quand ses parents auraient compris ce dont elle s'était rendue coupable. Car elle avait échoué. Une fois de plus.

1. Littéralement : « petite bête, bestiole, insecte ». Dans le contexte, plutôt « fille de la Bête ».

Elle avait tout fait pour adopter le comportement d'une grande dame. Elle était habillée en conséquence et avait appris à faire convenablement la révérence. Elle pourrait au moins leur montrer cela.

Son père mit pied à terre, aida Lady Jocelyn, son épouse, à faire de même sans quitter sa fille des yeux. Sheena compta les pas qu'ils faisaient pour arriver jusqu'à l'escalier, compta les marches elles-mêmes. Lord et Lady MacLerie allaient d'abord saluer leurs hôtes, comme il se doit.

Du moins, c'est ce qu'elle croyait.

Aussi, quand sa mère courut vers elle pour la serrer dans ses bras, Sheena sentit sa respiration se bloquer dans sa poitrine.

— Tu m'as tellement manqué, ma chérie, chuchota Lady Jocelyn en essuyant ses yeux d'un revers de manche.

Derrière elle, Connor MacLerie ne les quittait pas du regard. Mais Lady Jocelyn n'en avait pas fini. Étreignant toujours sa fille, elle se tourna vers leurs hôtes.

— Lady Elizabeth… Laird Robert, je vous demande pardon, s'excusa-t-elle. Cela fait si longtemps que je n'ai vu ma fille !

Comme si tout cela était dans l'ordre des choses, les parents de Robbie s'inclinèrent avec la plus grande courtoisie, et Lady Elizabeth convia les nouveaux arrivés à partager leur souper. Une fois que le petit groupe eut gagné la grande salle, le protocole reprit ses droits et on installa les invités, gens d'importance, à la haute table, de part et d'autre du maître et de la maîtresse de maison.

Grâce à la présence de Robbie à sa droite, malgré son embarras, Sheena parvint à venir à bout du long souper. Aucun mot ne fut échangé à propos des noces à venir, des arrangements concernant les futurs mariés, ni même des erreurs que Sheena avait pu commettre depuis son arrivée au château.

Attentive à l'étrange déroulement de la conversation, Sheena remarqua que ses parents guidaient habilement celle-ci sur des sujets aussi anodins que les récents orages, les aléas de leur voyage depuis leurs terres de l'Ouest, ou le coût des denrées qu'il fallait bien importer d'Angleterre. Rien, toujours pas un mot sur le mariage.

Quand le dernier service fut enfin apporté, puis consommé, et que tout le monde eut dit son plaisir à déguster l'hypocras et les « vins de congé » accompagnés de gaufres, oublies et confitures, la tension de Sheena était arrivée à un tel paroxysme qu'elle craignit d'être victime de l'un de ses malaises. Ce fut la main de Robbie, pressant la sienne sous la table, entrecroisant leurs doigts, qui la sauva.

— Tout va bien, souffla-t-il. Mon père et le tien doivent s'entretenir en ma présence. Ne crains rien… je reviens très vite. Glynnis !

Glynnis, se levant aussitôt, vint s'asseoir à la place de Robbie, qui était allé rejoindre les deux chefs de famille. Ils quittèrent la salle les uns derrière les autres sans que rien sur leur visage ou dans leur attitude laisse supposer leur état d'esprit. Le cousin de Connor, Rurik et son fils aussi large et grand que son père, allèrent se positionner de part et d'autre des portes du parloir qui s'ouvrait sur le hall, en face de la grande salle.

Un silence inconfortable tomba sur le reste de l'assemblée, qui semblait comprendre que quelque chose d'anormal se passait. Lady Jocelyn, se rapprochant de sa fille, commença à poser des questions sur elle à la maîtresse de maison. Et Lady Elizabeth, pleine d'une bienveillance méritoire, s'employa à vanter les efforts de Sheena pour devenir une parfaite châtelaine tandis que Glynnis lui faisait écho en insistant sur ses progrès au luth et à la tapisserie. Lady Jocelyn, radieuse, souriait à sa fille. Elle lui souriait vraiment, pour la première fois depuis plus longtemps que

Sheena n'aurait pu s'en souvenir. Sheena sentit ses muscles se détendre, ses poumons se gonflèrent, et elle se remit à respirer normalement.

Jusqu'à ce que les cris commencent.

Les hommes d'armes de Rurik, encore assis à l'une des tables éloignées, se levèrent comme un seul homme. Personne ne sortit en urgence du parloir ni ne brandit d'arme, mais il était clair que tous les hommes de troupe étaient prêts à venir au secours de leur chef. Sur un geste de Rurik, les hommes de Connor MacLerie se rassirent, imités aussitôt par ceux des Cameron. Mais la tension, presque palpable, avait atteint maintenant tous les présents.

Les hommes d'armes attendaient un signal.

Quand les voix forcirent, dans un bel ensemble, toutes les mains se posèrent sur la garde des épées. Le fils de Rurik s'approcha de Lady Elizabeth tandis que Rurik, qui avait été appelé un bref instant dans le parloir, rejoignait Lady Jocelyn et sa fille.

— Milady, votre père souhaite vous consulter sur un point. Si vous voulez bien me suivre avec Lady Elizabeth ?

Sheena jeta un regard inquiet en direction de sa mère qui, déjà debout, affichait un air parfaitement naturel, quoique d'une gravité inhabituelle.

Et, trop vite, sans avoir pu s'y préparer, Sheena se retrouva au milieu de la pièce bondée qui servait de parloir. Sir Robert affichait la plus grande irritation tandis que son père arborait un air presque patelin. Mais c'était notoire, avant l'attaque, la Bête des Highlands savait se montrer d'un calme et d'un sang-froid redoutables.

N'y tenant plus, Sheena s'exclama :

— Père ! Que se passe-t-il ? Va-t-on m'expliquer, à la fin ?

Contre toute attente, personne ne la réprimanda pour son audace.

— Il semblerait que tous vos beaux efforts de ces

derniers jours aient été vains, Lady Sheena, tonna le chef des Cameron, la voix remplie de rage et de frustration, ce qui, contrairement à son interlocuteur, n'était pas son état habituel. Je ne vois pas comment vous annoncer cela, tant je suis indigné. Aussi, je vais aller droit au but.

Mais déjà, Connor MacLerie prenait le relais.

— Il se trouve que Duncan, notre régisseur et homme de confiance, a découvert un vice de forme dans la promesse de mariage que nous avons signée, Lord Cameron et moi.

Tout se figea autour de Sheena. Plus un bruit, plus un mouvement. On se serait cru dans le domaine enchanté des contes de son enfance. Son regard rencontra celui de Robbie, qui lui adressa un clin d'œil.

Sheena, interloquée, tourna vivement la tête. Un contrat établi entre les deux hommes les plus puissants du comté était annulé et il lui clignait de l'œil ? Comme s'il s'agissait d'une bonne plaisanterie ? Avait-il perdu la tête ? À moins qu'il ait eu un rôle à jouer dans tout cela ? Elle parcourut les assistants, médusée, et s'aperçut que tous les regards étaient posés sur elle.

Alors, elle attendit le verdict, la poitrine serrée dans un douloureux étau. Une promesse de mariage reniée pouvait être cause de guerre. Cela suffisait à transformer des alliés en ennemis et à diviser les clans les plus soudés.

Robert Cameron exhala un bruyant soupir.

— Votre père a accepté de me payer un dédommagement pour l'insulte faite à mon fils et à ma famille. Nous avons convenu de trouver une autre sorte d'alliance entre nous. Mais, finalement, ce ne sera pas par un mariage. Vous n'épouserez pas mon fils, Sheena. Ne m'en veuillez pas pour cette conclusion brutale. Je n'y suis pour rien. Mon épouse se joindra certainement à moi pour vous présenter ses excuses et vous souhaiter d'oublier ce regrettable incident.

Robert Cameron tourna un œil peu amène vers son visiteur et conclut :

— Nous finirons de parler de tout cela demain matin, avant votre départ. Viens, ma femme, laissons nos visiteurs prendre un peu de repos.

Ils quittèrent la pièce sans plus de façon, laissant Robbie en tête à tête avec Sheena et ses parents.

Elle aurait dû parler, bien sûr. Mille pensées la traversaient, mille paroles restaient bloquées dans sa gorge…

Ce fut son père qui reprit l'initiative.

— Il faut que je parle avec ma fille. Seul à seule… Non, ma chère femme, ajouta-t-il comme Lady Jocelyn voulait protester. J'ai dit : seulement elle et moi.

D'un coup de reins, Robbie se redressa du mur contre lequel il était adossé et rejoignit Sheena. Se penchant sur elle, il l'embrassa. Trois baisers très doux, très rapides, l'un sur le front, l'autre sur une joue, et le troisième sur les lèvres.

Si rapides qu'elle n'eut pas le temps de les savourer.

Et quelque chose lui disait que ce serait probablement les derniers baisers qu'elle recevrait jamais de lui.

Avant de s'éloigner, il chuchota, de sorte qu'elle soit la seule à l'entendre :

— Tu es libre, Wee Beastie. Et maintenant, plus jamais personne ne te fera du mal.

Elle le suivit des yeux jusqu'à la porte. Avant de sortir, il lui fit un petit signe de tête accompagné d'un sourire. Il échangea encore un regard entendu avec Connor MacLerie et laissa passer sa mère devant lui.

Et ce fut tout.

Robbie était parti.

Il avait tenu parole. Il avait trouvé le moyen de la tirer de là.

Mais Sheena n'était pas pour autant sortie d'affaire.

Tout allait même de mal en pis. Son père avait insulté l'honneur du chef des Cameron, il allait devoir payer une lourde somme en guise de compensation. Et tout cela par sa faute, à elle.

Une dette de plus qu'elle aurait envers lui.

— Sheena ?

La voix de Connor MacLerie, si proche que son souffle caressa sa joue, la fit sursauter. Il s'était rapproché sans faire de bruit et, quand elle plongea son regard dans celui de son père, si semblable au sien, elle y lut une grande tristesse.

— Je te demande pardon, mon enfant. J'ai commis tant d'erreurs ! Je n'ai fait qu'ajouter à tes souffrances.

Sheena sentit les larmes couler sur ses joues comme la crue d'une rivière au printemps.

— Je crois être un bon chef de guerre, reprit Connor MacLerie. Un bon combattant. Je sais planifier des batailles, prendre d'assaut des châteaux forts… Mais quand il s'agit de ma propre fille, c'est un vrai désastre. J'ai commis des erreurs avec ton frère et ta sœur mais des erreurs réparables. À toi, j'ai fait tellement de mal… Si je pouvais remonter le temps, assura-t-il en tendant ses grandes et grosses mains tremblantes vers elle, je le ferais, je te le jure.

Il ouvrit les bras, et Sheena, plus heureuse qu'elle ne l'avait jamais été, s'y jeta en sanglotant. Son père lui offrait des excuses, mais surtout il lui offrait enfin ce qui comptait le plus pour elle, son amour. Il la berçait maintenant contre son large torse, lui caressant la tête d'une main légère, continuant à mendier son pardon.

— Je regrette tellement qu'il ait fallu que ce soit un étranger qui me montre mes erreurs. Mais j'espère que tu me donneras l'occasion de me racheter.

Connor MacLerie conclut enfin en desserrant un peu son étreinte pour la regarder dans les yeux :

— Tu pourras retourner chez ta sœur et son époux. Si

tu le souhaites, bien sûr… Mais j'espère que tu accepteras de revenir à la maison pour que je te gâte et que je t'aime comme j'aurais dû le faire depuis toujours.

Chaque parole gentille la faisait pleurer encore davantage. Son père restait assis à côté d'elle en silence, lui laissant tout le temps dont elle avait besoin. Le chagrin, la douleur, la peur se déversèrent en Sheena dans un tourbillon d'émotions.

Puis soudain, tout s'apaisa.

— Je t'aime du fond du cœur, Sheena. Et ta mère aussi. Depuis toujours. Mais il semblerait, hélas, que nous n'ayons pas su te le montrer.

— Père, chuchota Sheena. Père, répéta-t-elle, trop émue pour trouver d'autres mots.

Pour la première fois depuis sa naissance, elle se sentait aimée.

Se remettant sur ses pieds, Connor l'aida à faire de même.

— Repose-toi, maintenant, dit-il encore en la reconduisant vers la porte. Nous repartons pour Lairig Dubh dès demain matin et la route est longue… Et ne t'inquiète pas pour Wee Dubh. Robbie te l'a rendu.

Sheena releva vivement la tête.

— Vraiment ? Quand ?

Puis, sans attendre la réponse, elle osa poser la question qui la torturait :

— Et Robbie ? Que va-t-il devenir ?

— En tant que *tanist*, il se doit de prendre femme. Son père y pourvoira.

Sheena serra les dents. Mais elle était toute trouvée, la nouvelle fiancée : Glynnis MacLachlan, Lady Modèle de Vertu !

Qui de mieux qu'elle ferait l'épouse idéale pour Robbie ? Parce que, en outre, c'était un modèle d'extrême bonté et qui savait s'intéresser à autrui.

Gracieuse et douce, patiente et loyale. Efficace et endurante. Oui, c'était bien l'épouse parfaite pour Robbie Cameron. Celle qu'on aurait dû choisir pour lui dès le plus jeune âge. N'avait-elle pas été élevée dans ce but ? Pour épouser un grand chef ?

À cette perspective, pourtant si parfaite, Sheena sentit une nausée l'envahir.

Tandis qu'elle traversait le hall maintenant désert au côté de son père, Sheena constata sans véritable surprise que l'idée de ne plus épouser Robbie ne suscitait en elle aucune satisfaction particulière. Aucun soulagement. Bien sûr, elle savait que cette union aurait été un véritable échec. Et de quelle fracassante manière ! Mais la perspective de ne plus le voir, de ne plus pouvoir le toucher, de ne plus entendre sa voix tantôt gouailleuse, tantôt tendre l'encourager ou se moquer gentiment d'elle, lui déchirait le cœur.

Pourtant, elle devait se montrer à la hauteur du cadeau qu'il lui avait fait. Elle devait honorer la liberté qu'il lui avait rendue.

Sheena serra les poings, la tête baissée.

Oui, elle le ferait.

Alors, pourquoi la vie sans Robbie lui paraissait soudain si fade ? Si peu digne d'intérêt ?

L'aube se leva, claire et lumineuse, comme une provocation. Sans doute un jour gris et humide eût-il été davantage au diapason de son humeur maintenant que Sheena quittait pour toujours la famille au sein de laquelle elle aurait dû passer le reste de sa vie. Elle ne descendit pas rejoindre les autres pour le petit déjeuner, prétextant qu'elle devait surveiller la préparation de ses bagages.

Sa mère était venue la voir au point du jour et, dans l'intimité de sa chambre, elles avaient parlé de bien des choses. Elles auraient encore tout le temps de le faire pendant le voyage, pour préparer l'avenir, surtout.

Mais Lady Jocelyn tenait à l'assurer tout de suite qu'elles ne parleraient pas de mariage tant que Sheena ne s'y sentirait pas prête.

Il fallut encore deux bonnes heures pour charger les bagages dans le chariot qui leur était destiné et procéder aux adieux. Sheena invita Glynnis à venir la visiter une fois que tout se serait apaisé, et la jeune fille promit, entre deux sanglots.

Et pourtant, en dépit de toutes ces réconfortantes démonstrations d'affection, rien ne prépara Sheena au terrible déchirement qu'elle éprouva tandis que les remparts d'Achnacarry disparaissaient lentement à l'horizon.

Le plus dur, sans doute, fut de ne pas revoir Robbie. Il ne descendit pas dans le hall pour saluer son départ, elle ne le vit ni dans la cour principale, ni dans les écuries, et cette soudaine disparition achevait de lui briser l'âme. Elle n'avait pas même pu lui dire adieu. Elle avait pourtant tant de choses à lui dire !

Ce n'était pas réciproque, apparemment.

Elle demanda à Glynnis de transmettre à Robbie quelques mots de sa part. Mais l'essentiel restait en elle, comme avorté.

L'autre étape de son chemin de croix fut la traversée du village. La foule était si dense que le cortège dut marquer un arrêt.

Tavie et sa fille étaient les premières en avant de la petite foule et la jeune fille lui tendit un petit paquet soigneusement emballé dans un torchon. Son travail de tisserande, expliqua Tavie, les yeux humides. Glenna lui présenta son nourrisson pour qu'elle l'embrasse. La femme de Finley, la grande Jeannie, lui tendit un panier rempli de galettes fumantes pour le voyage.

Et il en fut ainsi pendant toute la traversée du village, Sheena saluant les visages familiers, envoyant des baisers aux enfants.

Ses parents avançaient sans mot dire, son père se contentant de répondre au salut de quelques personnes de connaissance. Enfin, on arriva devant la large porte qui donnait sur la grand-route et le petit peuple familier d'Achnacarry s'arrêta, se contentant désormais d'agiter les bras.

Sheena dut faire appel à toute sa concentration pour contrôler un Wee Dubh dansant d'excitation à la perspective de rentrer chez lui. Ou de voir du pays.

Maintenant, tandis qu'elle s'éloignait de Robbie, et de son cœur, qu'elle avait laissé là-bas avec lui, une seule idée taraudait Sheena.

Pourrait-elle vivre sans lui ?

Chapitre 23

Robbie regarda un long moment encore la file des voyageurs s'éloigner le long de la rivière. Il avait suivi Sheena du regard, comme il le faisait souvent quand elle se promenait dans le village. Et, voyant tous ces gens qui s'étaient rassemblés pour dire adieu à celle qui n'était plus la fiancée du jeune *tanist*, il s'étonnait encore qu'elle pût douter à ce point d'elle-même.

Une fois de plus, la dernière sans doute, elle trouvait un mot pour chacun, se penchait sur l'encolure de son cheval pour serrer une main, caresser la joue d'un enfant, saisir un objet qu'on lui offrait. Elle avait paru surprise de tout cet empressement mais lui, Robbie, connaissait les intentions des villageois. Tavie, Finley, Glenna et les autres, s'étaient inquiétés auprès de lui de savoir si elle accepterait leurs cadeaux.

Les plus surpris, sans doute, étaient le comte et la comtesse eux-mêmes. Ils avançaient, figés sur leur monture comme des effigies de bois, stupéfaits sans doute de tant de démonstrations d'amitié de la part d'étrangers. De gens dont la position était de servir leur fille et non de l'aimer.

Et en observant la scène, Robbie avait compris quelque chose qui lui avait échappé jusqu'à présent. Sheena avait raison sur un point. Bien sûr, elle savait parler aux gens, mais elle n'était pas un être d'apparence, un être de parade. Et elle n'aurait pas aimé exercer son autorité sur ces personnes qui l'aimaient. Il lui aurait fallu beaucoup d'efforts, de travail sur elle-même, pour tenir son rang.

Bien sûr, si elle l'avait voulu, il l'aurait aidée de toutes ses forces. Mais ce qu'elle appelait son « problème » était trop incrusté en elle, faisait par trop partie d'elle-même pour qu'il ait le droit d'exiger d'elle de tels efforts, de tels sacrifices.

Pourtant, tandis qu'il suivait d'un œil maussade la disparition de la petite troupe dans le lointain, Robbie prenait clairement conscience d'une évidence : il ne pouvait pas laisser Sheena partir. En s'éloignant de lui, en quittant Achnacarry, elle emportait avec elle la joie de vivre, l'étincelle qui illuminait sa vie depuis qu'elle était à ses côtés.

Comment pourrait-il vivre sans elle ?

Robbie avait assuré à son père qu'il ferait son devoir et contracterait l'union qu'on attendait de lui. Son père avait alors mentionné à plusieurs reprises le nom de Glynnis.

Comme s'il était facile d'échanger une fiancée contre une autre !

Mais, quoi qu'il en soit, Robbie savait qu'il n'aurait pas le choix. Le fils loyal du chef des Cameron, le *tanist* élu par le clan, ferait ce qu'on lui demandait.

Mais comment savoir si c'était la bonne voie ? Était-ce là vraiment son destin ?

Des rires portés par la brise lui parvinrent. Des villageois, sans doute, à moins que ce ne soient les trois Nornes[1] ricanant derrière un arbre se moquant de sa naïveté et de ses espérances. N'était-ce pas elles, ces divinités responsables

1. Les Nornes (terme du vieux norrois, pluriel *nornir*) de la mythologie nordique sont comparables aux Dises qui règlent le destin de l'ensemble des habitants des neuf mondes de la cosmogonie nordique.

du cours de la vie des hommes, qui, en fin de compte, décideraient de ce qui allait lui advenir ?

Puis, en songeant au mépris qu'il portait quelques années plus tôt à sa petite fiancée, choisie pour lui par son père, ce fut à son tour de rire.

D'un rire sans joie.

Voilà qu'il était maintenant à la croisée des chemins. Avait-il même seulement le choix, lui qui ne pouvait pas garder la femme qu'il aimait sans la détruire ?

Soudain, comme la mince silhouette de Sheena disparaissait dans un tournant, il prit sa décision. Il était prêt à choisir son amour au risque de tout perdre. Pour donner à ses sentiments la chance de croître et de s'épanouir, comme cela avait été le cas pour ses parents. Et ceux de Sheena.

Elle en valait largement la peine. À lui maintenant d'être à la hauteur.

Descendant de son perchoir, il partit en quête de son père.

Il était temps de vivre selon ses goûts et non en fonction de ses devoirs.

Il fallut à Robbie beaucoup plus de temps qu'il ne l'avait imaginé, mais quand il quitta Achnacarry quelques heures plus tard, il n'était plus que le fils aîné du chef de clan, prêt à servir son père, son clan et le futur *tanist*. Il était tard et il n'atteindrait le cortège des voyageurs qu'à la nuit tombée. Mais qu'importait ?

Désormais, il avait tout son temps.

Robbie arriva assez vite en vue du campement… Les voyageurs étaient encore sur les terres des Cameron, ou plus exactement celles des Mackintosh, qu'il connaissait comme sa poche. Aussi, empruntant le chemin des bouviers, qui suivait les crêtes, il parvint à franchir la première ligne des sentinelles sans être repéré. Le soleil se couchait derrière les collines quand il aperçut enfin Sheena, qui circulait dans le campement. Il ne lui restait plus qu'à espérer qu'elle dispose de sa propre tente. L'attirer hors de celle de ses parents serait quasi impossible. Il poussa un soupir de soulagement quand, soulevant le panneau qui fermait une petite tente, un peu à l'écart, Sheena s'y glissa.

Se faufilant sans bruit entre les arbres, Robbie mit un certain temps à atteindre le bas de la pente. Il fallait encore contourner quelques tentes pour rejoindre celle de Sheena. Qu'allait-il lui dire ? Par où commencer ?

Rampant dans la pénombre, il s'accroupit derrière le noisetier contre lequel le petit abri était dressé et tendit l'oreille, à l'affût des moindres bruits susceptibles de lui parvenir de l'intérieur. Rien. Sheena devait dormir, maintenant. Il tira son poignard de sa botte et fendit la toile pour pouvoir se glisser par l'ouverture. Puis, une fois à l'intérieur, il se redressa lentement.

Sheena, assise sur sa couche, les yeux grands ouverts, le regardait sans ciller.

Le cœur de Robbie manqua un battement. Même à la seule lueur de la chandelle, avec ses grands yeux brillants dans la pénombre, ses épaules et sa gorge blanche largement dévoilés par sa chemise ouverte qui dissimulait à peine les courbes de ses seins, elle était magnifique. Le souvenir de cette soirée d'ivrognerie qui l'avait rendu assez fou pour faire irruption dans la chambre de sa fiancée lui revint. Les cheveux de Sheena ruisselaient en boucles fauves sur ses épaules et il tendit la main pour les toucher. Il aurait voulu en saisir une longue mèche dans son poing et attirer la jeune fille à lui.

— Robbie ! chuchota-t-elle sans songer à se recouvrir. Que fais-tu ici ?

— On m'a souvent répété, quand j'étais gamin, que le meilleur moyen de réclamer une épouse, c'est la bonne vieille méthode des Highlands[1].

Il sourit pour lui-même en constatant que, devant son intrusion, elle n'avait pas fait mine d'appeler à l'aide.

— La vieille méthode des Highlands ? Tu veux dire, le rituel des Rubans ?

— Disons que c'est la dernière étape. D'abord, il convient de s'introduire chez la jeune fille et de faire en sorte qu'elle accepte le rituel en question.

Des images de tout ce que recouvrait l'expression « faire en sorte » traversèrent l'esprit de Robbie, et la manière dont Sheena mâchonnait nerveusement sa lèvre inférieure, les yeux brillants, laissait supposer qu'elle pensait la même chose.

— Et qui t'a dit que c'était vraiment la manière dont il fallait se comporter ?

Tout en parlant, Sheena avait rassemblé ses cheveux et les nattait de ses doigts agiles. Était-elle seulement consciente que ce geste faisait se relever ses deux seins dont les mamelons se tendaient sous l'étoffe. Excité, Robbie se laissa tomber à genoux.

— Je… je te demande pardon ? bafouilla-t-il, plus troublé qu'il ne l'aurait cru.

Se redressant, les jambes nues, Sheena fouilla dans son coffre de voyage pour en sortir une robe qu'elle passa par-dessus sa chemise. Puis elle en lissa soigneusement l'étoffe de ses deux mains.

1. Le rituel des Rubans, originaire des Highlands, consistait à lier ensemble les fiancés par leurs poignets avec des rubans multicolores. Cette tradition a pris fin à partir de 1753, date à laquelle les fiançailles et le mariage sont devenus des cérémonies célébrées par un prêtre catholique.

— Qui t'a raconté cette histoire ? demanda-t-elle, fouillant encore dans son coffre pour y trouver ses bas.

— Ma nourrice, sans doute, quand j'étais gamin. Ou l'une ou l'autre femme du village, à la veillée.

Sheena le dévisagea, la tête penchée sur une épaule comme un jeune oiseau curieux.

— Et que se passe-t-il, exactement. Je n'ai jamais assisté à des veillées…

Comme, décidément, ses bas étaient introuvables, elle plia son plaid de manière à pouvoir l'ajuster sur ses épaules.

— Le jeune homme enlève la fille qu'il convoite et il se comporte de telle sorte qu'elle tombe enceinte. Ou que les parents redoutent qu'elle puisse l'être. Alors, on la lui donne pour épouse.

Comme Sheena le dévisageait sans comprendre, il expliqua encore, haussant les épaules :

— Geordie m'a rappelé tout ça quand, pour lui dire pourquoi j'avais besoin de prendre Wee Dubh, je lui ai expliqué mon plan original.

— Parce que ta présence ici, ce n'est pas ton plan original ?

— Non. Moi, je voulais me contenter de dire à ton père ce que je pensais de ce mariage. Et, de fait, je lui ai dit pourquoi tu ne pouvais pas épouser le *tanist* du clan Cameron.

— Tu lui as dit que…

Il vit la vérité faire son chemin dans le regard mordoré de Sheena.

— Tu as arrangé tout cela avec mon père ?

Il y avait un sanglot dans sa voix, et il secoua la tête. L'heure n'était plus au chagrin.

Robbie eut un petit rire amusé.

— Pas précisément. Je lui ai simplement dit la vérité, Sheena. Je lui ai expliqué le mal que tu te faisais en essayant de devenir celle que tu n'étais pas. Je ne pouvais pas assister à tout cela sans rien faire.

Il ajouta en lui prenant la main :

— Je voulais seulement m'assurer qu'il ne te ferait plus de mal. Que tu ne serais plus victime de ses machinations ni de celles de mon clan.

— Tu as fait tout cela pour moi ?

Les pleurs coulaient à flots, maintenant.

— Quel genre d'homme je serais si je laissais qui que ce soit te faire du mal, en connaissance de cause ? Fiancés ou non, nous sommes d'abord des amis, n'est-ce pas ? Et il est de mon devoir de protéger mes amis.

Se remettant sur ses pieds, il prit Sheena par la main.

— Mais je veux être plus que ton ami, Sheena, dit-il en l'attirant à lui.

Comme elle se laissait faire, il effleura ses lèvres d'un baiser. Il avait tellement besoin de sentir la bouche de Sheena frémir sous la sienne d'entendre ses soupirs. Il avait tant besoin… d'elle, tout simplement.

Reculant d'un pas, il s'éclaircit la voix. Les larmes s'étaient arrêtées de couler et, maintenant, quelque chose qui ressemblait à de l'espoir brillait dans le beau regard vert.

— Mais avant que je passe à la partie la plus intéressante de mon plan, j'ai encore quelque chose à te dire… Si tu acceptes de me suivre, si je t'emmène, c'est Robbie Cameron, simple fils aîné du chef des Cameron, que tu suivras. Un fils loyal qui a juré sa foi à son père et au nouveau *tanist*.

Elle le dévisagea, la bouche entrouverte.

— Le nouveau *tanist* ? Mais… tu es le *tanist*.

— Non. Je ne le suis plus. En m'obstinant à t'épouser en tant que *tanist*, j'ai compris que je t'en demandais trop, ma douce. Ou plutôt, que j'exigeais de toi des choses que tu ne pouvais pas faire. Qui n'étaient pas dans ta nature. Alors, j'ai fait ce que mon père a fait il y a de cela des années. J'ai renoncé à mon titre, en espérant que tu voudrais bien de moi malgré tout.

Il conclut en riant :

— Et dire que je pensais que mon père avait eu tort de mettre son amour avant son devoir. Comme je le comprends, maintenant !

Sheena le regardait toujours, très pâle. Elle demanda, joignant les deux mains :

— Robbie, crois-tu que ton père voudra bien te reprendre ? Je veux dire, te reprendre comme héritier du titre, quand tu retrouveras tes esprits et que tu comprendras quelle terrible erreur tu as commise ?

Robbie eut un grand rire joyeux.

— Mais je ne retrouverai jamais mes esprits ! À l'heure qu'il est, nos anciens sont certainement en train de délibérer. Et tant pis si Tomas ou Iain ne sont pas contents de leurs conclusions.

Prenant Sheena dans ses bras, il l'embrassa goulûment, affamé qu'il était d'elle depuis tant de jours. Leurs lèvres se joignirent, leurs langues explorèrent la chaleur humide de leurs bouches, leurs corps se pressèrent l'un contre l'autre.

— Mais tu vis pour ton honneur et ton devoir, Robbie, chuchota-t-elle en le repoussant enfin, le souffle court. Tu as prêté serment à ton père. Ne vas-tu pas me haïr de t'avoir obligé à enfreindre tout cela ?

De nouveau, la bouche de Robbie effleura la sienne.

— Je suis toujours affilié à mon clan et, comme tout un chacun, j'ai fait acte d'allégeance auprès de son chef, mon père. À ce titre, je le servirai de mon mieux. Mais je le ferai d'autant mieux avec toi à mon côté.

Elle lui baisa les lèvres à son tour, et, s'immobilisant, il la laissa faire. La douceur de sa bouche, son audace faisaient naître en lui des frissons de plaisir.

S'interrompant soudain, Sheena fouilla son regard, inquiète.

— Es-tu certain que mes… que mon état ne te fait pas peur ? Je ne puis dire comment tout cela va évoluer à l'avenir… Eh puis, je dois te dire encore une chose, Robbie. En dehors de ces crises, il y a aussi que…

Elle baissa les yeux tandis que ses joues s'empourpraient lentement.

— … que je ne sais ni lire ni écrire. Pas même compter.

D'un doigt, Robbie lui releva le menton.

— Mais tu sais comprendre les gens et les situations mieux que quiconque. Et, dans ton cœur, dit-il en pointant un index sur le sein gauche de son interlocutrice, tu sais te souvenir de ce qui est important. Et on t'aime et te respecte pour cela. Ensemble, si nous le désirons, nous pourrons abattre des montagnes. Ou, si tu le préfères, vivre simplement côte à côte au rythme des jours.

De nouveau, les yeux de Sheena se remplirent de larmes. Mais cette fois, il le savait, c'était des larmes de joie. Elle accepta ce qu'il venait de dire d'un second baiser.

Robbie s'écarta imperceptiblement. Il fallait savoir s'arrêter pendant qu'il était encore temps…

— Je ne t'enlèverai en bonne et due forme, comme dans le rituel des Rubans, que si tu me donnes ton accord. Cela dépend de toi seule. De ton entière volonté. Je n'irai pas plus loin ce soir si tu ne m'aimes pas autant que je t'aime. Ou si tu désires épouser un autre homme. À moins que tu n'aies pas envie du tout de te marier.

Sheena secoua doucement la tête.

— Serais-tu aveugle à ce point ? Il y a bien longtemps de cela que je suis tombée amoureuse de toi. Je t'ai aimé autant que je t'ai haï. Je t'ai haï, sans doute, parce que je t'aimais tant, et que, toi, tu ne m'aimais pas… Il m'a seulement fallu plusieurs années pour le comprendre.

— Vraiment ? souffla Robbie, incrédule. Tu m'as aimé pendant tout ce temps ?

Lui passant les bras autour du cou, Sheena effleura ses lèvres d'un baiser.

— Oui ! s'exclama-t-elle en riant. Trois fois oui. Mais toi, m'aimes-tu ?

Il rit aussi.

— Que ferais-je ici, sinon ? Il faut partir, maintenant, avant que quelqu'un ne nous surprenne.

— Mais je n'ai jamais été enlevée ! Comment cela se passe-t-il ?

— Il va nous falloir d'abord récupérer Wee Dubh, puis nous rejoindrons mon cheval, que j'ai laissé sur la colline. Ensuite, je t'emporterai dans mon repaire et j'en userai comme il se doit avec toi.

Et c'est exactement ce qu'ils firent.

Sheena s'était convaincue qu'il renonçait à beaucoup de choses pour elle, mais Robbie savait parfaitement à quoi s'en tenir. En faisant de Sheena son épouse devant Dieu et les hommes, c'était lui qui acquérait une immense richesse.

Ils ne purent éviter de trahir leur présence en sortant Wee Dubh de son écurie de fortune, simple enclos limité par des cordes tendues entre les arbres. Mais tandis que Sheena se cachait dans l'ombre, Robbie, monté sur Wee, toujours content de se dégourdir les jambes quelle que soit l'heure du jour ou de la nuit, fila comme l'éclair sur le chemin pentu menant à la crête retrouver le deuxième cheval.

Et, une fois sur leurs montures, plus rien ni personne n'aurait pu les rattraper.

Quand une cavalcade se fit entendre sur le chemin de la lande, Rurik, qui veillait au coin du feu avec Connor, s'apprêta à sonner l'alarme. Mais Connor arrêta son cousin d'un geste. Tendant tous les deux l'oreille, ils entendirent un rire clair qui dévalait la colline, se faufilant entre les sapins, résonnant dans la nuit.

C'était le rire de Sheena. Un rire que Connor n'avait pas entendu depuis des années et qui lui disait que tout allait bien. Que tout était dans l'ordre des choses. Sheena était en sécurité avec Robbie. Et, plus important encore, elle l'aimait et en était aimée.

Il ne lui restait plus qu'à dire à son épouse que, des années plus tôt, il avait bien jugé le jeune garçon venu apprendre chez lui le métier des armes. Robbie Cameron était devenu un vrai chevalier, qui ferait honneur à son clan et à sa femme.

Quand Robbie avait fait irruption dans sa tente l'avant-veille au soir, demandant justice au nom de Sheena au risque de la perdre, Connor MacLerie avait compris que c'était bien la flamme d'un pur amour qui brûlait dans le cœur du jeune homme.

Alors, si c'était lui que Sheena voulait pour époux – et n'était-ce pas ce que signifiait ce rire ? – c'était à lui, Connor MacLerie, malgré sa dure réputation, de renoncer à ses ambitions. De sacrifier un peu de son pouvoir.

Robbie le méritait bien. Car c'était grâce à lui qu'il avait regagné le cœur de sa fille. Et qu'il avait eu la chance de réparer ses propres erreurs.

Tout homme digne de ce nom était prêt à payer n'importe quel prix pour ça.

Sheena et Robbie cheminèrent pendant quelques heures, éclairés par la pleine lune. Après avoir dormi sous les branches basses d'un saule, chacun enveloppé dans son plaid comme il se doit pour deux jeunes fiancés, ils empruntèrent un chemin pierré qui, d'après Geordie, conduisait au nord du Loch Lochy. Là, dans le village de Kilfinnan, officiait un cousin des Cameron, druide de son état et officiant dans la religion de leurs aïeux. Ils lui demanderaient de les unir par une cérémonie qui était reconnue dans cette partie des Highlands et qui les engageait davantage que le simple rituel des Rubans.

La cérémonie fut en effet simple et rapide. Robbie et Sheena échangèrent leurs vœux et, après qu'ils se furent restaurés et que leur cousin, un jeune officiant qui refusait de se convertir au catholicisme, leur eut souhaité ses vœux de bonheur, ils remontèrent à cheval. Alors, reprenant la direction du sud, ils gagnèrent la petite cabane de rondins au-dessus de la cascade d'Achnacarry.

Robbie aida son épousée à descendre de sa monture et mit les deux chevaux dans le paddock.

Puis ils avancèrent vers la cabane, main dans la main.

Robbie poussa doucement Sheena devant lui et, quand elle en ouvrit la porte, l'expression ravie du visage de la jeune fille lui confirma que Tavie et les autres femmes du village avaient bien travaillé.

Chapitre 24

Sheena écarquilla des yeux émerveillés. Comment était-ce possible ? D'où venait pareille métamorphose ?

Partout, des guirlandes de fleurs, accrochées aux solives, entourant les fenêtres, décorant le linteau de la porte. Un panier de victuailles était posé sur la table sur laquelle était disposé le couvert pour deux.

Le lit avait été paré de linge d'un blanc immaculé et des pétales de roses en jonchaient la courtepointe.

Seul le fracas de la cascade, si proche qu'il envahissait la clairière, pouvait lui confirmer qu'elle était bien dans la modeste cabane de rondins d'Anna.

— Tavie et ses amies sont passées par là, dit Robbie avec un sourire, attendant que, revenue de sa surprise, Sheena franchisse le seuil.

— Les as-tu mises au courant de tes intentions ? s'enquit Sheena en lui rendant son sourire. Ce sont elles qui ont fait tout cela pour toi ?

Il la prit dans ses bras et l'embrassa.

— C'est pour toi qu'elles l'ont fait, Sheena. Pour ta nuit de noces.

Sheena embrassa du regard la cabane inondée de soleil.

— Notre nuit de noces ? fit-elle avec un rire joyeux. Mais il fait grand jour !

Robbie plongea son regard dans les yeux d'émeraude.

— Peu importe l'heure, Wee Beastie. Ce qui compte, c'est qu'elles ont voulu te faire fête. Es-tu inquiète de ce qui va se passer entre nous ?

Sheena fit non de la tête. Puis son geste de dénégation se transforma en acquiescement.

— Non, non, Enfin… C'est toute cette lumière. Tout ce soleil…

— Mais c'est en plein soleil que je t'ai caressée pour la première fois. Que je t'ai embrassée… Te souviens-tu, au bord de la rivière ?

Joignant le geste à la parole, Robbie se pencha sur elle et l'embrassa à lui en faire perdre le souffle. Puis, soulevant Sheena sans crier gare, il referma la porte d'un coup de talon et la porta sur le lit.

Là, il s'attaqua à la chemise de Sheena, qu'il lui arracha si prestement que l'air, toujours plus frais du fait de la proximité de la cascade, fit à la jeune femme l'effet d'une douche glacée, puis il jeta le léger vêtement sur le sol de terre battue. Mais loin de s'apaiser, le feu qu'elle sentait monter en elle s'accrut encore.

— Te souviens-tu de ce plaisir-là, ma douce ? demanda Robbie en glissant sa main entre les cuisses frémissantes de Sheena.

Pour toute réponse, elle poussa un long gémissement qui parut le satisfaire. Il revint à la charge, encore et encore. Et bientôt, elle ne fut plus consciente que des caresses de son partenaire.

— La jouissance te rend belle, souffla Robbie, penché sur elle.

Sheena rouvrit les yeux et rencontra son regard. Elle tenta de dissimuler son corps nu sous la courtepointe mais il l'arrêta.

— L'autre jour, au bord de l'eau, tu as pu me voir tout

entier. Moi, pas encore. Laisse-moi te contempler, ma femme. Tu es si belle !

Comme aveuglée par la force du souvenir, Sheena ferma les yeux. Et, aussitôt, le corps dénudé de Robbie dans sa virilité triomphante s'imposa sous ses paupières. Telle une ancienne divinité du petit peuple des eaux, il avançait dans l'eau claire, laissant la lumière ruisseler sur son torse doré par le soleil, glisser sur son ventre plat, se faufiler dans la toison où se nichait son sexe. Elle se souvint aussi d'avoir tendu la main pour le caresser.

Elle voulait le caresser encore, lui donner à lui aussi du plaisir.

— Me laisseras-tu te contempler ? répéta-t-il d'une voix douce.

Docile, elle se laissa faire, et Robbie rit lui-même de son impatience, du frémissement de ses mains tandis qu'il se penchait sur elle pour la baiser encore et encore. Le sourire taquin qu'il lui adressait était plein de promesses. Puis il jeta son plaid et sa veste sur un escabeau. Sa tunique suivit et il se dressa devant elle dans la splendeur de son corps de jeune guerrier. Le regard posé sur le sexe dressé, Sheena ne put retenir un soupir. Mais quand elle voulut toucher la hampe frémissante, Robbie la retint vivement par le poignet.

— Non, pas maintenant. C'est trop tôt… Je ne pourrais supporter…

Elle fronça les sourcils. Mais, déjà, Robbie expliquait :

— Le moment est venu de faire de toi ma femme, mon amour.

Sheena frémit de tout son être. Robbie la désirait. Il voulait la faire sienne. Quelqu'un l'aimait enfin assez pour la prendre dans ses bras et la garder pour toujours. Elle se laissa coucher sur le lit et, quand il la pénétra, elle s'abandonna à son étreinte. Alors, tout son corps sembla s'ouvrir encore davantage pour mieux l'accueillir et elle se laissa entraîner, les yeux clos, dans la grande chevauchée du plaisir.

— Sheena, ma femme, parle-moi, murmura Robbie contre sa joue. Comment te sens-tu ? Es-tu heureuse ?

Sa voix pleine de tendre sollicitude réchauffa le cœur de Sheena.

Elle hocha la tête, n'osant parler de peur de ne pas contrôler sa plainte voluptueuse et il accéléra ses mouvements. Ensemble ils atteignirent le sommet de la jouissance et ensemble ils s'abattirent dans les bras l'un de l'autre, repus et heureux.

Robbie resta en elle encore un long moment et elle fut emplie d'une satisfaction intense en sentant leurs deux chairs si intimement mêlées. Puis l'épuisement et la tension des derniers jours eurent raison d'elle et elle s'endormit.

Quand Sheena rouvrit les yeux, la nuit avait envahi la cabane. Robbie la tenait toujours serrée contre lui, sans rien, pas même une étoffe, qui les sépare. Elle sentit le sexe de son compagnon se dresser contre ses fesses et, réagissant aussitôt, ses reins se cambrèrent en une silencieuse invite.

— On ne peut rien te refuser, mon aimée, murmura-t-il contre son épaule. N'est-ce pas ta nuit de noces ?

Sheena sentait son sourire frémir contre sa peau.

— Maintenant, nous avons tout le temps, dit-elle en se retournant vers lui. Il fait vraiment nuit. Mais… que peut-on faire la nuit plutôt qu'on ne peut faire le jour ?

Dans le rayon de lune qui filtrait par la fenêtre, elle vit un sourire malicieux, presque diabolique jouer sur le visage de son compagnon.

— Qui sait ? rétorqua-t-il. Tant de choses peuvent arriver la nuit ! Des plaisirs interdits. Des actes condamnables mais si… plaisants.

Sheena s'étira longuement puis, de nouveau, se pressa contre lui. Mais, tandis que les longues mains savantes de son compagnon glissaient sur ses seins, caressaient son ventre et descendaient plus bas encore, jusqu'à cet endroit si sensible en elle, l'estomac de Sheena se manifesta bruyamment.

Ils rirent tous les deux.

— Bon ! Je vois que, pour certains, il y a d'autres priorités, la taquina-t-il en riant.

Et, tendant le bras, il attrapa le lourd panier rempli de victuailles.

— Si je n'ai pas déjeuné, ni dîné, à qui la faute ? rétorqua Sheena, riant aussi. Quelqu'un ne m'a-t-il pas arrachée des bras de mes parents pour prendre son plaisir avec moi ?

Elle se mit sur son séant et Robbie lui tendit un gros morceau de pain bis et du fromage.

— J'ai beaucoup à me faire pardonner, ma douce. Mais tu ne manqueras plus de rien, désormais. Ni d'amour ni d'eau fraîche. Je veillerai sur toi. À jamais. Je te le promets.

— Et moi aussi, Robbie. Je te le promets.

Cette nuit-là et plusieurs autres nuits encore, ils prirent ensemble leur plaisir.

Puis ils revinrent à Achnacarry pour faire la paix avec la famille de Robbie. Iain avait été élu *tanist* à sa place et il était prévu qu'il épouse à l'automne la jolie Glynnis, dont le doux regard n'avait jamais paru si lumineux.

Enfin, ils rendirent visite aux parents de Sheena, auprès de qui elle trouva une affection et une paix qu'elle n'avait jusqu'alors jamais connues.

Il fallut à Sheena encore beaucoup de temps pour que ses peurs et ses appréhensions s'apaisent. Pour qu'elle trouve sa place dans le clan de son époux et qu'elle ose exprimer ses volontés et ses préférences. Mais Robbie l'encourageait de son mieux. Comme il le lui avait promis, il était le plus souvent possible à ses côtés mais la laissait agir à son gré dans le village et mener sa vie comme elle l'entendait.

Ils s'étaient promis un amour mutuel, pour le meilleur et pour le pire. Dans la paix comme dans la guerre. Au milieu des naissances et des morts. Et cela seul avait de l'importance.

Parce que Sheena savait maintenant qu'elle l'avait aimé avant même de le haïr.

Et que lui avait compris qu'il avait aimé sa Wee Beastie au moment même où, alors qu'elle n'était encore qu'une gamine, il l'avait poussée dans la rivière.

Deux fois.

NOTE DE L'AUTRICE

Comme vous l'avez sans doute compris, mon héroïne, Sheena MacLerie, souffre de deux pathologies qui, de nos jours, auraient rendu au mieux sa vie difficile et, au pire, l'auraient transformée en un véritable enfer.

Mais, comme elle vit au XIVe siècle, sa vie est surtout très inconfortable, et même parfois dangereuse, pour elle comme pour sa famille.

La dyslexie est un dysfonctionnement de l'apprentissage du langage qui a pour résultat des difficultés à acquérir toutes les aptitudes qui en découlent : la lecture, l'écriture et l'orthographe. Pour ceux qui en souffrent, les lettres apparaissent parfois inversées ou dans le désordre. Aujourd'hui encore, ces symptômes étant souvent difficiles à identifier, cette pathologie est complexe à diagnostiquer et à soigner. Du fait que l'on ne connaisse pas à ce jour de traitement efficace, les protocoles de soin qui permettent d'en apaiser les différentes manifestations sont à mettre en place à très long terme.

Quant aux crises de panique, elles se manifestent sous des formes très variables en fonction des individus, tant en ce qui concerne leur durée que leurs symptômes. Elles se déclenchent sans crier gare, de manière occasionnelle ou régulière. La seule appréhension d'une crise peut suffire à la déclencher. La plupart du temps, elles ne durent que quelques minutes, mais cela peut durer beaucoup plus longtemps. Elles sont souvent suivies d'une phase d'épuisement et de sommeil aussi soudain que profond.

Les symptômes les plus courants sont la crainte de perdre le contrôle, la peur de la mort, l'accélération spectaculaire du rythme cardiaque, une forte transpiration, un tremblement plus ou moins prononcé des membres, une difficulté à respirer, des nausées et des maux de tête, une oppression de la cage thoracique et un sentiment d'étrangeté par rapport au monde qui vous entoure.

Comme je l'ai dit plus haut, au Moyen Âge, les médecins n'avaient aucune explication pour ces symptômes. On les attribuait donc à des puissances malfaisantes comme le diable et les mauvais génies. La personne atteinte était considérée comme « possédée » et, dans les pays de foi catholique, elle était soumise à la question, la plupart du temps par le biais de tortures physiques qui conduisaient les pauvres victimes à avouer les pires ignominies pour tenter d'y échapper. Maints procès en sorcellerie n'ont pas d'autre raison.

On peut donc comprendre que Sheena soit à la fois honteuse d'éprouver de tels dysfonctionnements et terrifiée par leurs symptômes. Ces crises sont une lourde épreuve pour elle-même mais aussi pour son entourage. Ses parents, même un homme aussi important socialement que la Bête des Highlands, n'ont pas d'autre choix que de cacher au monde une enfant qui risquerait de s'attirer les foudres de l'Église.

La description ci-dessus est très élémentaire et n'a pas la prétention d'être exhaustive. Si vous croyez reconnaître ces symptômes chez l'un de vos proches ou l'une de vos connaissances, n'hésitez pas à consulter le centre médical dont vous dépendez ou un professionnel de santé.

Vous avez aimé ? Découvrez prochainement
le nouveau roman de Ella Matthews,
Sous la protection du guerrier,
dans votre collection Les Historiques.

Retrouvez prochainement, dans votre collection

Les Historiques

Dans les bras du Viking, de Lucy Morris - N°942

Royaume de Northumbrie, Angleterre, Xe siècle

Le mariage. Une vie cousue de servitude et de misère, aux côtés d'un homme qu'elle n'aurait pas choisi. Cette perspective terrifiante tourmente sans relâche Amée. Et pour cause : après des années de souffrance et de soumission sous le joug de son père, elle croyait être enfin libre de vouer sa vie à Dieu, le seul à qui elle puisse offrir son âme et son cœur. Or la voici face à une nouvelle injonction : celle de s'unir à Jorund Jötunnson, dont le seul nom lui glace le sang... Assez, de la tyrannie des hommes ! Amée en fait le serment : ce barbare venu des lointaines provinces du Nord ne sera jamais son époux...

Sous la protection du guerrier, d'Ella Matthews - N°943

SÉRIE : LE CLAN LEOFRIC - TOME 1

Angleterre, XIVe siècle

Lady Katherine Leofric est aux abois. Depuis que son père a été accusé de trahison envers la Couronne, leur nom est traîné dans la boue. Pressée de fuir le déshonneur qu'elle subit, elle accepte d'aller s'installer chez son frère, dans la cité d'Abbotston, avec leur sœur, Linota. Mais cet espoir de vie nouvelle est bientôt terni par un cruel détail. Parmi les soldats chargés de leur protection, Jarin Ashdown, comte de Borwyn, lui manifeste d'emblée une franche hostilité. Hélas, lorsque Linota est enlevée, Katherine n'a d'autre choix que de s'en remettre à lui. Or, dans leur course effrénée pour retrouver la jeune fille, Katherine se surprend à éprouver un désir grandissant pour celui qu'elle pensait haïr de toutes ses forces...

Une passion clandestine, de Jenni Fletcher - N°944

Manoir de Vincennes, France, été 1325

Envoyée à la cour pour servir la reine Isabelle, dite « la Louve de France », la douce et modeste Mathilde Gosselin se retrouve propulsée dans une toile d'intrigues politiques et de mystères. Bien que jeune et inexpérimentée, elle tisse au fil des ans avec sa puissante souveraine un lien intense, mêlé d'admiration... Mais sa loyauté envers la Couronne est mise à l'épreuve quand elle rencontre le beau Henry Wright, qui se révèle être un espion ! Alors qu'elle devrait fuir cet homme qui lui est interdit, Mathilde cède au désir qu'il lui inspire. Et bientôt, déchirée entre sa fidélité pour la reine et son amour naissant pour Henry, elle n'a pas d'autre choix que celui du secret...

Sous le charme du capitaine, de Virginia Heath - N°945

SÉRIE : SCANDALEUSES LIAISONS - TOME 2

Manoir de Markham, Angleterre, 1814

Alors qu'il se promène près du verger familial, le capitaine James Warriner est alerté par les cris d'une femme affolée. Et quelle femme ! Miss Cassandra Reeves est une véritable beauté aux courbes voluptueuses, et la voilà coincée sur la plus haute branche d'un pommier ! James lui porte secours et tombe immédiatement sous son charme. Mais comment pourrait-il prétendre gagner son cœur, lui, le capitaine blessé, et membre de la très controversée famille Warriner ? Surtout, parce que la guerre fait resurgir son côté le plus sombre, il craint de ne représenter qu'un danger pour sa belle...

L'Esclave du harem, d'Anne Herries - N°946

Istanbul, 1530

Traqués par les espions de la reine Marie Stuart, Eleanor et les siens fuient l'Angleterre pour se réfugier à Chypre. Mais, lors de leur folle échappée, leur caravelle est abordée par des pirates ottomans qui les font prisonniers. Séparée des siens, désespérée, Eleanor est vendue sur le marché aux esclaves d'Istanbul et se retrouve enrôlée dans le harem de Soliman Bakhar, le fils préféré et omnipotent du calife...

L'Otage du Viking, de Michelle Styles - N°947

Liddy tremble de colère. Comment son père et son frère osent-ils la livrer aux Vikings en guise de tribut ? La voilà condamnée à devenir l'esclave du chef des envahisseurs. Pourtant, ce Sigurd la trouble plus qu'elle ne saurait le dire, car il n'a rien à voir avec le seigneur sanguinaire qui l'a précédé sur le trône du royaume d'Alba. Bien que Viking, il semble sincèrement guidé par l'honneur et lui témoigne plus d'égards que les hommes de sa propre famille. Mais prudence... Sigurd reste avant tout un ennemi et, si Liddy veut un jour se soustraire à son joug, elle ne doit pas se laisser amadouer !